17218
H

# MEMOIRES

*POUR SERVIR*

## A L'HISTOIRE

### DES

# HOMMES

## ILLUSTRES.

*TOME X.*

L'onziéme Volume de cet Ouvrage s'imprime, & paroîtra dans le mois d'Avril 1730. Les Volumes suîvans se donneront de trois mois en trois mois régulierement.

# MEMOIRES

*POUR SERVIR*

A L'HISTOIRE

D E S

# HOMMES

ILLUSTRES

DANS LA REPUBLIQUE DES LETTRES.

*AVEC*

UN CATALOGUE RAISONNÉ

de leurs Ouvrages.

*TOME X.*

A PARIS,

Chez BRIASSON, Libraire, rue S. Jacques,
à la Science.

M. DCC. XXX.

*Avec Approbation & Privilege du Roy.*

# PREFACE.

J E me suis toujours bien attendu, en entreprenant la Vie des Hommes Illustres dans la République des Lettres, que quelques soins que je prisse pour les rendre exactes & curieuses, il s'y trouveroit bien des défauts & des fautes. J'ai regardé cet inconvénient comme une chose inévitable & attachée inséparablement à tous les Ouvrages des hommes, & plus encore à ceux d'un genre aussi varié & aussi étendu que celui que je m'étois proposé ; & j'ai cru qu'il ne devoit point m'arrêter.

Je laiſſe à ceux qui ont aſſez
bonne opinion d'eux - mêmes
pour croire qu'il ne ſort de
leurs mains rien que de parfait,
le ſoin de s'attribuer la gloire
d'une entiere exactitudë ; pour
moi , qui ſuis perſuadé que
cette entiere exactitude eſt une
chimere , & qui vois tous les
jours les Ouvrages ſur leſquels
la réputation & le merite des
Auteurs font former avant qu'ils
paroiſſent les préjugez les plus
avantageux, bien loin de répondre à l'idée de perfection
qu'on en avoit conçuë, n'of-
frir au Public, à qui on les a
livrez, que des ſujets de critique & de cenſure, je ne pré-
tens point m'élever ſi haut. Je
me contente d'apporter tous
les ſoins & de donner toute
l'attention dont je ſuis capable
pour remplir mon deſſein , de

profiter des avis & des inftructions qu'on veut bien me donner, & de corriger les fautes
qu'on me fait connoître.

Les fautes qu'on peut trouver dans toutes fortes d'Ouvrages, font de deux efpeces.
Il y en a de réelles, & d'autres ne font qu'imaginaires.
Plufieurs chofes peuvent pro-
duire les premieres, & ont
caufé celles qu'on a remarqué
dans ces Memoires.

Quelquefois on fe trouve
obligé de fuivre des guides,
dont il femble qu'on ne doive
point fe défier, & l'on fe trompe en les fuivant. C'eft ainfi
que j'ai dit fur l'autorité de M.
*Baluze*, de M. *Graverol* & de
quelques autres, que M. *Cotelier*
avoit été Docteur de Sorbonne.
Des autoritez fi confiderables
ne me permettoient pas de

former le moindre doute fur ce fujet; cependant le fait eft faux.

Quelquefois les faits font fi embaraffez, & les Auteurs s'accordent fi peu fur le même, qu'il faut ufer de conjectures, & s'attacher aux plus vraifemblables, qui fouvent ne font pas les plus vrayes. Que pourroit-on faire de mieux? C'eft à ceux qui ont en main les preuves de la fauffeté du fait dont il s'agit, à les faire connoître, pour découvrir la verité.

Les Livres, qu'on doit naturellement confulter, ne renferment pas toujours tout ce qu'on peut dire. Il ne peut qu'il n'échappe quelques particularitez, qui ne fe trouvent que dans le recoin de quelque Ouvrage, où l'on ne s'aviferoit point de les aller chercher,

ou même qui ne font fçûës
que d'un petit nombre de perfonnes ; & il eft déraifonnable
de faire un crime à un Auteur
de les avoir ignorées. C'eft cependant ce qui fuffit quelquefois pour décréditer un Livre
dans l'efprit de certaines perfonnes, qui croyent que tout
le monde doit fçavoir ce qu'ils
fçavent eux-mêmes, & qui ne
tenant aucun compte à l'Ecrivain d'une infinité de chofes
qu'ils ignoroient & qu'il leur
apprend, s'imaginent avoir acquis par l'omiffion d'une autre
affez peu utile le droit de mé-
prifer fon travail.

On manque d'autres fois des
fecours neceffaires ; on ne trouve pas les Livres dont on pourroit tirer des lumieres ; leur ra-
reté fait qu'on eft obligé de s'en
paffer.

a iij

D'autres fois auſſi l'inatten-
tion inévitable en certains mo-
mens laiſſe gliſſer des choſes
dont on eſt ſurpris, lorſqu'on
les voit imprimées, ſans qu'on
puiſſe concevoir comment on
les a écrites.

Ajoûtez à cela les fautes
d'impreſſion qui échappent ſouvent aux yeux du reviſeur le
plus exact & le plus attentif.

Tout cela a contribué aux
fautes & aux omiſſions qui ſe
trouvent dans cet Ouvrage.
On en a relevé quelques-unes,
& j'en ai moi-même apperçu
d'autres, comme on peut le
voir par ce Volume. Mais on
auroit pû en découvrir un plus
grand nombre. On m'a même
communiqué, depuis qu'il eſt
imprimé, quelques Memoires
dont je n'ai pu faire uſage,
parce qu'il étoit trop tard. Ils

ne feront pas perdus pour cela ;
ils trouveront leur place ailleurs , puifque je me propofe
de donner dans la fuite une
feconde partie de ce dixiéme
Volume , qui contiendra de
nouvelles additions & de nouvelles corrections , & j'en ufe-
rai ainfi pour ne point confon-
dre les articles contenus dans
les dix premiers Volumes avec
ceux des Volumes fuivans.

Bien éloigné de vouloir foûtenir mes fautes , je les recon-
noîtrai toujours avec plaifir ,
lorfqu'on me les découvrira ,
& je me ferai une gloire de les
corriger. Je ne cherche que la
verité , & il m'importe peu que
je la trouve de moi-même , ou
que d'autres me la montrent.

Je fouhaiterois qu'il y eût
beaucoup de Sçavans affez ze-
lez pour la mémoire de ceux

dont j'ai parlé, pour vouloir
contribuer en quelque chofe à
rectifier ou à augmenter ce
que j'en ai dit, comme l'ont
été ceux qui ont pris la peine
de fournir les Supplémens que
je donne ici au Public, & à qui
je ne peux témoigner affez ma
reconnoiffance: on parviendroit
par là à avoir à la fin quelque
chofe d'exact & de parfait.

Mais c'eft une chofe qui eft
plus à fouhaiter qu'à efperer.
La plûpart font peu communi-
catifs & fe mettent fort peu en
peine de contribuer au bien
public en répandant fur les
travaux des autres des connoiffances qu'ils fe réfervent pour
eux feuls. D'autres diftraits par
leurs occupations, n'ont pas le
tems de fe livrer à l'inclina-
tion qu'ils ont pour l'avance-
ment des Sciences & des Let-

tres, ni d'aider de leurs lumieres ceux qui peuvent en
avoir befoin. Si cependant il
s'en trouvoit qui voulût prendre quelque part à la perfection de mon Ouvrage, je re-
cevrois avec plaifir fes avis,
& je profiterois de fes remarques & de fes obfervations
tant fur les Volumes qui ont
déja paru, que fur ceux qui
paroîtront dans la fuite.

Mais c'eft affez parlé des défauts réels de ces Memoires,
paffons à ceux que j'ai appellez
imaginaires, c'eft-à-dire qui
ne font fondez que fur les
idées particulieres de quelques
perfonnes.

Je ne répeterai point ce que
j'ai dit fur ce fujet dans les
Préfaces des Volumes précé-
dens ; je me borne à ce qu'on
a repris depuis, & dont je

n'ai point fait mention.

Quelques-uns auroient fou-
haité trouver dans ces Memoires les Vies des Sçavans avec
toutes les particularitez & les
circonftances qui les accom-
pagnent dans les endroits dont
je les ai tirées. Mais ils n'ont
pas fait attention que ç'auroit
été m'éloigner de mon deffein ,
qu'il auroit quelquefois fallu
un Volume entier pour une
feule Vie , que la plûpart des
Vies originales dont je me fers
font remplies de mille chofes
inutiles ; & qu'ainfi il me fuffit
d'en extraire l'effentiel , pour
faire connoître fuffifamment
l'Auteur & fes Ouvrages, fauf
à ceux qui veulent en fçavoir
davantage à aller à la fource &
à la confulter.

D'autres auroient voulu que
j'euffe marqué à chaque Ou-

vrage le nom du Libraire qui l'a imprimé ; mais outre que cela auroit allongé confidérablement les articles , fur tout lorfqu'il y a plufieurs éditions, ç'auroit été une chofe affez inutile à l'égard de plufieurs Livres , & impoffible par rapport à un grand nombre. J'ai cependant eu foin de le marquer en certaines circonftances, comme lorfqu'il donne un merite au Livre , ou lorfque certaines éditions meilleures & plus recherchées que les autres font diftinguées communément par là.

Quelques perfonnes ont trouvé à redire que je me fois borné aux Sçavans qui ont publié des Ouvrages, & ont voulu me perfuader de parler auffi de ceux qui fe diftinguent feulement dans leur profeffion ,

ſans rien donner au Public;
comme par exemple des Avocats, qui ont acquis de la réputation dans le Barreau. J'a-
vouë que ces Grands Hommes
meritent, & même plus que
bien d'autres, que l'on faſſe
paſſer leur nom à la poſterité,
en écrivant leur Vie; mais mon
projet eſt déja aſſez étendu
ſans l'étendre encore davantage. Ainſi j'en laiſſe le ſoin à
d'autres.

Je ne changerai donc rien
dans mon premier deſſein, que
je continuerai ſur le même
pied que je l'ai commencé.
J'apporterai ſeulement tous
mes ſoins pour rendre mon Ouvrage plus parfait, & pour
éviter les fautes que l'on a re-
priſes dans les premiers Volumes. Le Public s'eſt apperçu
ſans peine que mon exactitude

s'eſt augmentée à meſure que j'ai avancé dans mon travail, comme il arrive ordinairement, & j'eſpere qu'elle s'augmentera encore dans la ſuite.

Il ne me reſte plus qu'à dire quelque choſe ſur les Tables que j'ai ajoûtées à ce dixiéme Volume.

J'ai fait l'Alphabetique & la Nécrologique de la même maniere qu'elles étoient dans chaque Volume, excepté que j'ai crû devoir, pour la commodité des Lecteurs, ajoûter à la Nécrologique le tome & la page, où il eſt parlé de chaque Auteur.

Comme les trois premiers Volumes ont été réimprimez, & que les pages de la ſeconde édition ne ſe rencontrent pas avec celles de la premiere, j'ai marqué par tout entre deux

crochets celles de la réimpref-
fion après celles de la 1ᶜ édition.
Au refte il eft bon d'avertir que
la feconde édition eft peu diffe-
rente de l'autre ; je n'y ai prefque changé que certaines fautes groffieres , qui avoient
échappé dans l'impreffion , &
j'ai eu foin d'inférer ces changemens dans ce dixiéme Volume.

Pour ce qui eft de la Table
des Matieres , celle que j'ai
mife à la fin de chaque Volume m'a paru trop générale
& trop vague ; c'eft pour cela
que je l'ai ici particularifé le
plus qu'il m'a été poffible. On
y trouvera tous les fujets fur
lefquels les Auteurs contenus
dans les dix premiers Volumes de ces Memoires ont travaillé , rangez par ordre alphabetique. Quoique quelques

personnes ayent traité cette Table d'inutile, j'ai crû qu'un grand nombre d'autres seroient bien-aises de l'avoir, & qu'elle pourroit leur être utile ; & l'approbation que les Journalistes de Trevoux lui ont donnée, lorsqu'elle n'étoit encore que dans un état assez informe, m'a engagé à ne la pas omettre, & à lui donner au contraire une nouvelle forme qui la rendit d'un usage plus commode.

# LIVRES NOUVEAUX
qui se trouvent à Paris
chez Briasson.

JO. Mart. Ab. *Ebermayer The-saurus Gemmarum affabre sculptarum*, *digessit* Jo. Jac. Baierus. *fol. Noriberga.*

Le Journal Litteraire, tome 14. premiere partie. *La Haye.*

Les Trophées tant sacrées que prophanes du Brabant, par Butkens. *fol. 4. vol. fig.* la Haye.

De l'Entendement humain par Locke, nouvelle édition. *in 4°.* Amsterdam 1729.

Les Lettres Critiques de M. Simon augmentées avec la vie de l'Auteur. *in-12. 4. vol.* Amsterdam 1729.

Les Œuvres de M. de la Riviere du Fresny complettes. 4. vol. *in 12 sous presse.*

Les Parodies du Nouveau Theâtre Italien. *in-12.* plusieurs vol. *sous presse.*

MEMOIRES

# MEMOIRES

## POUR SERVIR

## A L'HISTOIRE

## DES

# HOMMES

## ILLUSTRES

### DANS LA RE'PUBLIQUE
*des Lettres.*

❧❧❧❧❧❧❧❧❧❧

## CHANGEMENS, CORRECTIONS
*& Additions.*

### Pour le *Tome premier.*

---

## ISAAC DE LARREY.

P. I. I L naquit le 7. Septembre, suivant un Mémoire manuscrit.

I. DE LARREY.

P. II Sa *Réponse à l'Avis aux Refugiez*, a été réimprimée *Tome X.*

A

à *Rotterdam* ( *Roüen* ) en 1714, & 1716. en 2. vol. in-12.

*P.* 12. *l.* 10. Le Mélange du vrai & du vrai-femblable, *ajoûtez*, que l'Auteur y a fait.

*P.* 12. Son Hiftoire de *Louis XIV.* n'eft pas en deux volumes *in-4°.* mais en trois, En voulant rendre cette Hiftoire agréable à la France par un ftile moderé, il a mécontenté tout le monde, fur tout les Hollandois & les Anglois, qui l'ont traité de Panégyrifte de *Louis XIV.* & de prévaricateur de fa Religion.

---

# LOUIS FERRAND.

L. FER-RAND. *P.* 13. ON a dit fur l'autorité du *Journal des Sçavans,* qu'il avoit étudié au College des Prê-tres de l'Oratoire de *Toulon,* mais comme ils n'ont point de College en ce lieu, il faut mettre feulement qu'il étudia dans le College de *Tou-lon.*

*P.* 17. (16.) Ses *Réflexions fur la Re-ligion Chrétienne* font pleines de Re-

cherches, felon M. *Du Pin* , & lui L. FER-
acquirent la réputation d'homme RAND.
fçavant. Ce fut lui-même qui écrivit fous le nom d'un Docteur de
Sorbonne la Lettre qui fe trouve
dans le *Journal des Sçavans.*

*P.* 18. (17.) A ce qui a été dit de
fon Livre des Pfeaumes, ajoûtez ce
jugement de M. *Du Pin* : » M. *Fer-*
» *rand* prétend y avoir fait bien de
» nouvelles découvertes fur l'occa-
» fion & le fujet des Pfeaumes, &
» pour l'intelligence de plufieurs
» paffages difficiles ; mais la plûpart
» de ce qu'il dit de nouveau fur
» l'occafion & le tems des Pfeau-
» mes, n'eft appuyé que fur des
» conjectures affez legeres, & fes
» nouvelles explications n'ont pas
» été du goût de bien des gens,
» non plus que fon attachement à
» préférer toujours la Vulgate au
» Texte Hebreu.

*P.* 19. (18.) Il s'en faut beaucoup,
felon M. *Du Pin* , que fa Verfion
Françoife des Pfeaumes égale dans
la pureté du langage quantité d'autres qui ont été faites avant & après
la fienne. Il y a cependant , fuivant

L. FER- *Bayle*, de fçavantes obfervations
RAND. dans la Préface fur la Vulgate.

*Ibid.* Il n'y a rien dans fes Pro-
légoménes fur la Bible, qui ne foit
fort commun, & qui ne fe trouve
dans la plûpart des Livres femblables. Il entaffe fur chaque matiere
un grand nombre de paffages fans
beaucoup d'ordre. Il s'étoit propofé
de publier plufieurs autres volumes,
dont il donne les argumens ; mais
il y a apparence que le peu de débit
qu'eut celui-ci, lui en fit perdre
l'envie. ( *Du Pin* ) On l'a fait repa-
roître en 1701. avec ce nouveau
titre : *Differtationes criticæ de Hebræa*
*Lingua, Origene, Hieronymo, Scrip-*
*turarum Divinitate, &c. Parif.* 1701.
*in-*8°.

*P.* 20. ( 19. ) Le Livre *de la Con-*
*noiffance de Dieu* a paru en 1706. &
non pas en 1719. comme on l'a mis
mal-à-propos. Les Remarques que
l'Editeur a jointes à l'Ouvrage de
M. *Ferrand*, font plus curieufes
que l'Ouvrage même.

*Ibid.* L'Abbé *Lenglet p.* 74. de la
Préface fupprimée pour le Traité
de M. *Pithou* des Libertez de l'E-

glife Gallicane, rapporte que M. L. Fer-
*Ferrand* avoit fait un Memoire pour rand.
la reception du Concile de Trente
par ordre de M. le Chancelier *Bou-*
*cherat.* ( M. *Bonardi* Docteur de Sorbonne. )

Voici le caractere que M. *Du*
*Pin* fait de cet Auteur dans fa *Bi-*
*bliotheque des Auteurs Ecclefiaftiques.*
» Il avoit beaucoup d'érudition ,
» il fçavoit les Langues, & avoit lû
» l'Antiquité. Il accable fon Lecteur
» de citations rapportées affez con-
» fufément & fans beaucoup de
» choix. Il n'écrit pas d'une maniere
» fublime, & n'eft pas extrêmement
» fort dans le raifonnement.

*Henri Ferrand* fon frere a publié
un Recüeil d'Inſcriptions faites avec
foin fous ce titre : *Inſcriptiones ad res*
*notabiles fpectantes ab anno* 1707. *ad*
*annum* 1726. *Avenione* 1726. *in-*4°.
*pp.* 42.

# JACQUES PERIZONIUS.

J. PERI- *P. 23.* IL eſt dit que ſon pere fut
ZONIUS.  fait Profeſſeur en Theologie en 1691. C'eſt une faute d'impreſſion, il faut mettre 1661.

 *P. 29.* (28.) Une des Pieces qu'il
publia contre *Pierre Francius*, eſt intitulée : *Epiſtola ad P. Franciſcum
Barbarum de noviſſimo ejus Carmine
in ſcurram Litterarium*, in-4°. Il ſe dit
dans cette diſpute bien des injures
de part & d'autre.

 *P. 31.* Son Diſcours *de Doctrinæ
ſtudiis* eſt un *in-4°.* de 50. pages.

# PHILIPPE DELLA TORRE.

P. DELLA *P. 35.* ON s'eſt trompé dans les
TORRE. (33.) *Nouvelles Litteraires* ſur
la date de ſa mort, en la mettant
le 24. Fevrier.

# JEAN LOCKE.

*P. 44.* (43) **M**Locke réfute souvent
. dans son Livre de l'En-
tendement humain le P. *Malebran-*
*che* ; ce qui fait que les disciples
de ce fameux Philosophe méprisent
fort les Ouvrages de M. *Locke.* Ils
disent que ce Livre en particulier
n'a eu de la réputation , que parce
qu'il est fort bien écrit en Anglois.
( M. l'Abbé *Bonardi.* )

*P. 47.* (45.) Le Traité de l'*E-*
*ducation des Enfans* de M. *Locke* a
été réimprimé après sa mort en
Anglois avec de grandes augmentations. Cela a donné à M. *Coste*
occasion de revoir sa traduction ,
d'en rendre le stile plus correct &
plus agréable , d'y joindre les additions posthumes de l'Auteur , qui
vont à plus d'un tiers , & d'y ajoûter quantité de passages de *Monta-*
*gne* , qui servent à confirmer ou à
éclaircir diverses pensées de M. *Loc-*
*ke.* Cette nouvelle édition a paru à
*Amsterdam* en 1721. *in-*8°. *Il s'est fait

* Se trouve
à Paris, chez
Briasson.

A iiij

J.LOCKE. à *Paris* chez *Muſier* une autre édition *in*-12. en 1711. ſur celle d'*Amſterdam* de 1708. On a une traduction Flamande de l'Ouvrage, imprimée à *Rotterdam*, 1698. *in*-8°.

Toutes les Oeuvres de M. *Locke* ont été imprimées en Anglois en 1714. à *Londres* en 3. vol. *in-fol.*

## PIERRE DANIEL HUET.

P. D.
HUET.

*P.* 65. M L'Abbé d'*Olivet* a don-
(63.) **M**.né une nouvelle édition de ſes Poëſies à *Paris* 1729. *in*-12. en y joignant celles de M. l'Abbé *Fraguier.*

*P.* 67. (65.) C'eſt M. de *Sallengre* qui a fait imprimer à *Amſterdam* l'Ouvrage de M. *Huet* : *De Rebus ad eum pertinentibus.* ( M. l'Abbé *Bonardi.*)

*Ibid.* Le P. *Caſtel* Jeſuite, a prétendu montrer dans les *Memoires de Trevoux, Juin* 1715. *p.* 989. que le *Traité de la Foibleſſe de l'Eſprit humain* n'étoit pas de M. *Huet*; mais M. l'Abbé d'*Olivet* a prouvé le contraire dans une Brochure publiée ſous le titre d'*Apologie. Paris* 1726, *in*-12.

*P.* 68. Il faut ajoûter aux Ouvrages de M. *Huet* celui-ci , qui a
été imprimé depuis peu.

*Diane de Castro* ou le faux *Yncas.*
*Paris* 1728. *in*-12. C'eft un Roman
qu'il compofa à l'âge de 25. ans ,
dans un tems où il aimoit fort ces
rtes d'Ouvrages.

On trouve auffi dans le 2 Volume des Memoires de Litterature du
**P.** *Defmolets* une Preface latine de
fon Traité de la Foibleffe de l'efprit humain.

## BENEDICT PICTET.

*P.* 90.
(87.) ON a fait deux traductions Allemandes de fa
*Morale Chrétienne.* L'une eft de la
Baronne de *Sporck ,* qui l'a fait imprimer deux fois à fes dépens à *Pra-*
*gue* , mais fans y mettre fon nom.
Elle a été réimprimée depuis à
*Kempten* en 1712. *in*-4°. L'autre ,
qui a paru en 1717. à *Leipfic in*-4°.
eft de *Jean Frederic Bachftrom* Lu-
thérien , Bachelier en Theologie à
*Léipfic.* L'Ouvrage François a été
réimprimé pour la 3 fois à *Geneve*
en 1721. en 3. vol. *in* 4°. dont le 3ᵉ
en nouvellement ajoûté.

## DOMINIQUE GUGLIELMINI·

**D. Gu-** *P.* 96. L'Academie de *Paris.* *Lifez*
**GLIELMI-** l'Academie des Sciences
**NI.** de *Paris.*

*P.* 100. (97.) Ses Reflexions Philofophiques fur les differentes configurations des ifels, ont été traduites de l'Italien en Latin par *H. Fiot*, & elles fe trouvent en ces deux Langues dans le Recüeil de fes Œuvres.

*P.* 101. (98.) Le Traité de la Nature des Fleuves a été auffi traduit en Latin par *H. Fiot*, & cette traduction, de même que le texte original, fe trouve dans le Recüeil de fes Oeuvres. Cet Ouvrage paffe pour le Chef-d'œuvre de M. *Guglielmini.*

## ALB. HENRI DE SALLENGRE

**A. H. DE** *P.* 127. AUx Ouvrages de M. de
**SALLEN-** *Sallengre* ajoûtez ce-
**GRE.** lui-ci.

*Effai d'une Hiftoire des Provinces-Unies pour l'année* 1621. *où la Trêve*

finit *& la Guerre recommença avec*
*l'Espagne. Ouvrage posthume. La Haye*
1728. *in-4°. pp.* 140. *avec les preu-*
*ves, pp.* 71. ( se trouve à *Paris* chez
Briasson ) L'Auteur placé dans la
Chambre des Finances des Etats
Generaux en 1717. employa ses
heures de loisir à feüilleter les Re-
gistres des Résolutions des Etats,
& forma le dessein de travailler à
l'Histoire de sa Patrie, en remplis-
sant le vuide qui se trouve dans cette
Histoire depuis la Tréve faite avec
l'Espagne en 1609. où finit l'Histoire de *Grotius,* jusqu'à la paix de
*Munster* en 1648. où commencent
*Wicquefort & Basnage.* Pour essayer
ses forces & le goût du Public, il
jugea à propos de détacher une année, & choisit celle de 1621. où la
guerre recommença après l'expira-
tion de la tréve. C'est ce qu'on a
donné après sa mort sous le nom
d'*Essai.* Quoique l'Auteur l'ait laissé
dans un état assez imparfait, il ne
laisse pas d'y avoir de fort bonnes
choses.

 M. de *Sallengre* est aussi l'Editeur
de l'Ouvrage de M. *Huet*: *De rebus*

A. H. DE
SALLEN-
GRE.

*ad eum pertinentibus* , comme je l'ai déja dit. La Préface qui eſt à la tête eſt de ſa façon.

## JACQUES LE LONG.

*P.* 159. IL eſt né le 19. Avril 1665. Au Catalogue de ſes Ouvrages ajoûtez :

*Lettre à M. Martin Miniſtre d'Utrecht. De Paris le* 12. *Avril* 1720. Inſerée dans le *Journal des Sçavans* de Juin 1720. Le P. *le Long* l'écrivit à l'occaſion de ce que M. *Martin* dans ſa Diſſertation ſur le fameux paſſage : *Tres ſunt* , *&c.* dit que *Robert Etienne* l'a mis dans ſes éditions de la Bible , fondé ſur l'autorité de pluſieurs manuſcrits de la Bibliotheque du Roi. Le P. *le Long* ſoûtient contre lui que *R. Etienne* n'a pû ſe fonder ſur l'autorité de ces Manuſcrits, puiſque ce paſſage ne ſe trouve dans aucun , comme il l'a juſtifié par l'examen qu'il en a fait. M. *Martin* lui a répondu dans le 12. tome de l'*Europe ſçavante*, *p.* 279. ( M. *Gouget*, Chanoine de S. Jacques de l'Hopital. )

# JACQUES RHENFERD.

*P.* 173. OUtre les Ouvrages dont J'ai parlé, *Rhenferd* a donné fous le nom fuppofé d'*Irenæus Philalethes* en 1708. un Livre intitulé : J. RHEN-FERD.

*Recit court & fincere de la premiere origine des difputes inteftines, qui ont troublé les Eglifes des Pays-Bas depuis quarante ans jufqu'à prefent.* ( en Flamand ) *Amfterdam* 1708. *in-8°.* C'eft un détail des difputes qui ont été entre *Voëtius & Des Marets* d'une part, & les Cartéfiens & les Cocceïens d'une autre, fur la Philofophie de Defcartes.

# ANTOINE PAGI.

*P.* 183. IL naquit à *Rognes*, & non *Rognis.* (M. *Bonardi*.) A. PAGI.

*P.* 184. Le premier volume de fa Critique de *Baronius* parut en 1689. Cet Ouvrage, quoiqu'excellent, n'ayant pas eu tout le débit qu'il auroit été à fouhaiter, on ne continua pas en France l'impreffion des autres volumes. Cependant le P. *Pagi* excité par les exhortations des plus habiles gens de fon tems, principalement par les Cardinaux *Cafanate* & *Noris*, continua fon travail & l'acheva heureufement. ( *Du Pin* ) L'édition de 1705. s'eft faite à *Geneve*, quoiqu'elle porte le nom d'*Anvers*. On a crû devoir mettre fur le titre une Ville Catholique, afin qu'on ne s'imaginât point que les Proteftans y euffent fait des changemens en leur faveur. ( M. *Bonardi.* )

C'eft auffi à *Geneve* que s'eft faite en 1727 une nouvelle édition en 4. *vol. fol.* fous le titre d'*Anvers* ; qui a été revûë par le neveu de l'Auteur, & dans laquelle on a fait entrer la *Differtation Hypatique.*

Aux Ouvrages citez du P. *Pagi,* ajoûtez :

D. *Antonii Paduani Ordin. Min. Sermones hactenùs de Sanctis & de Diverfis. Accedunt ex occafione Vindicia Regularum Coff. Cafareorum. Avenione* 1685. *in-8°.* Les Regles que le P. *Pagi* avoit établies dans fa *Differtatio Hypatica,* pour arranger les Confulats des Empereurs, ayant

été contredites en Italie par quel- A. PAGI.
ques Sçavans, dont le P. *Noris* rap-
porta les raisons dans son Epître
Consulaire, en y en ajoûtant d'autres de lui-même encore plus fortes, le P. *Pagi* profita de l'occasion
de l'édition de ces Sermons pour y
répondre ; ce qu'il fit encore dans
l'Ouvrage suivant.

*Dissertation sur les Consulats des
Empereurs Romains.* Inserée dans le
*Journal des Sçavans* du 11. Novem-
bre 1686.

Le P. *Pagi*, au jugement de M.
*Dupin*, étoit très-habile dans l'Histoire & dans la Chronologie, sage
& bon Critique, doux & moderé
dans ses expressions. Son stile est
simple, & tel qu'il convient à une
narration Chronologique.

Il étoit en relation & en commerce de Lettres avec le sçavant
Evêque de *Worcester*, avec MM.
*Spanheim, Cuper, Dodvvel*, avec
le Cardinal *Noris*, & sur tout avec
M. l'Abbé de *Longueruë*, qui lui
a été d'un grand secours pour sa Critique de *Baronius*. J'ai vû, dit M.
*Bonardi*, un volume *in-fol.* manus-

crit des Lettres de ces deux Auteurs, qu'on vouloit publier il y a
quelques années.

---

# ETIENNE BALUZE.

E. BALU-
ZE.

*P. 200.* L'*Antifrizonius* de M. *Ba-*
(194) *luze* a été oublié par M.
*Baillet* dans son Ouvrage sur les
*Anti.*

*P. 203.* (199.) La Collection des
Conciles de M. *Baluze* devoit avoir
plusieur volumes; mais il n'en a été
publié que le premier, ce que M.
*Bonardi* attribuë au peu de débit
qu'il eut. On en trouve une raison
plus plausible dans les notes sur les
Lettres de M. *Arnauld.* Il y est dit,
que M. *Colbert* voulant récompenser
M. *Martin*, qui étoit Précepteur
de ses enfans, lui fit donner deux
mille livres de pension sur l'Evêché
d'*Auxerre*, & que ce vertueux Ecclesiastique ayant refusé cette pension, en représentant à son Bienfai-
teur, que n'ayant jamais rendu aucun service au Diocese d'*Auxerre*,
il ne croyoit pas pouvoir joüir de
cette

E. BA-
LUZE.

cette portion des biens de cette Eglife, encore moins la recevoir à titre de récompenfe pour des fervices temporels ; M. *Colbert* en fit donner la moitié à M. *Baluze.* Celui-ci ayant befoin de *Rome* pour cette affaire, abandonna le deffein qu'il avoit pris de faire imprimer des Actes du Concile de *Bâle* fort amples, pour l'execution duquel il avoit principalement entrepris fa nouvelle Collection desConciles,& la laiffa ainfi imparfaite.

*P.* 205. (200.) La Préface de fon Hiftoire Généalogique de la Maifon d'*Auvergne* a été publiée féparément *in-*4°. en 1708. (M.*Gouget.*)

Ajoûtez aux Ouvrages citez de M. *Baluze.*

*Petri Gallandi vita Petri Caftellani magni Franciæ Eleemofinarii, edente cum notis D. Stephano Baluzio, qui etiam duas ejufdem Caftellani Orationes habitas in funere Regis Francifci I. adjecit. Parifiis* 1674. *in-*8°.

*Lucii Cæcilii Firmiani Lactantii Liber ad Donatum Confefforem de Mortibus Perfecutorum ; nunc primùm*

*Tome X.* B

*E. BA-*
*LUZE.*

*prodit opera & studio Stephani Baluzii, cum notis. Parif.* 1680. *in-8°. Editio secunda cum notis variorum. Recensuit Paulus Bauldri. Ultrajecti* 1692. *in-8°.*

*S. Cæcilii Cypriani Episcopi Carthaginensis & Martyris opera ad Mss. Codices recognita & illustrata studio & labore Step. Baluzii. Absolvit post Baluzium ac Præfationem & vitam S. Cypriani adornavit unus ex Monachis Congr. S. Mauri. Parif.* 1726. *in-fol.* C'est D. *Prudent Maran*, qui a eu soin de cette édition, & y a fait les additions necessaires.

Dans le sixiéme Tome, Part. 1. des Memoires du P. *Des Molets*, on a publié : *Carmen in laudem Joan. B. Broffard, Canonici & Officialis Tutelensis* : par M. *Baluze.* C'est une Piece d'imagination, qui n'a point d'objet fixe, & à laquelle M. *de la Monnoye* a fait un Commentaire ingénieux. (M. *Gouget.*)

# IGNACE GASTON PARDIES.

*P.* 206. ON s'eſt trompé en mettant ſa naiſſance en
1638. Il faut la placer en 1636.
c'eſt ſa veritable date. Ce fut à l'âge
de 37. ans qu'il mourut ; & non pas
à 35. comme on l'a mis dans la ſeconde édition de ce volume.

I. GAST.
PARDIES.

P. 210. (205.) On a deux traductions Latines de ſes *Elemens de Geo-
metrie.* L'une de *Joſeph Serrurier*,
Profeſſeur en Philoſophie & en Ma-
thématique à *Utrecht*, qui a été
imprimée dans cette ville en 1711.
*in-12.* L'autre eſt de *Jean-André
Schmidt*, & a été imprimée à *Jene*
en 1685. *in-12.*

On a imprimé en Allemagne une
traduction Latine de quelques Ouvrages du P. *Pardies* ſous ce titre :
*Opera Mathematica, continentia Ele-
menta Geometria, Diſcurſum de motu
locali, Staticam, & duas Machinas
ad conficienda Horologia habiles, per
P. Ignatium Gaſt. Pardies, Latino
ſermone donata.* 1701. *in-8°.*

B ij

# GUILLAUME DELISLE.

G. DE-
LISLE.

*P.* 219.
(214)
IL naquit le dernier Fe-
vrier 1675. ( Eloge par
M. *de Fontenelle.* )

P. 224. (219.) M. *de Fontenelle*
s'exprime ainſi ſur le differend que
M. *Deliſle* eut avec M. *Nolin.* » Ses
» Globes eurent une approbation
» générale, & un homme qui avoit
» le titre de Geographe du Roi,
» ( M. *Nolin* ) voulut en partager
» le fruit par une Mappemonde en
» quatre feüilles, qu'il publia auſſi-
» tôt après, fort ſemblable à celle
» qui venoit de paroître. M. *Deliſle*
» muni d'un Privilege, ſe plaignit
» en Juſtice d'avoir été entierement
» copié, à l'exception des fautes
» qu'on avoit miſes dans la nou-
» velle Mappemonde, ou par igno-
» rance, ou pour déguiſer le larcin.
» Le Conſeil Privé d'Etat du Roi
» nomma deux Experts en cette
» matiere, M. *Sauveur* & M. *Che-*
» *valier,* tous deux de l'Academie
» des Sciences. Le détail de l'exac-

» titude fcrupuleufe qu'ils apporte-
» rent à cette affaire eft imprimé.
» Ils fe convainquirent parfaite-
» ment que l'adverfaire de Monfieur
» *Delifle* étoit un plagiaire. L'Ar-
» rêt du Confeil fut conforme à leur
» avis & donna droit à M. *Delifle*
» de faire caffer les planches du
» Geographe condamné.

G. DE-
LISLE.

---

## RICHARD SIMON.

*P. 237.* **A**Yant fini fes cinq années
*de Theologie.* Il faut
mettre, *fes deux années de Philofophie.,* & *fes trois de Theologie.*

R. SIMON.

Il doit être rentré dans l'Oratoire
en 1660. ou 1661. puifque le P.
*Bourgoin* mourut en Septembre 1662.
(M. *Le Clerc*)

*P.* 239. (234.) Nous n'avons
point de Livre qui nous inftruife
plus exactement & en moins de
mots des coutumes des Juifs, que
celui que M. *Simon* a traduit de l'I-
talien de *Leon de Modene.* Sa traduction auroit été plus complete,
s'il avoit vû l'original dont *Leon*

**R. Simon.** *de Modene* fit préfent à *Guillaume Bofvvel* Ambaſſadeur d'Angleterre à *Venife*, parce qu'il y a quelque chofe, qui n'eſt pas dans l'imprimé. Outre les éditions que j'ai marquées, il y en a une de *Paris* 1713. *in-*12.

P. 247. (241.) L'Ouvrage marqué au n°. 28. eſt certainement de M. *Simon*, ſuivant M. *Bonardi*; il eſt intitulé : *Lettres Critiques, où l'on voit les fentimens de M. Simon fur pluſieurs Ouvrages nouveaux, publiées par un Gentilhomme Allemand fur l'imprimé à Bâle.* 1699. *in-*12.

M. *Simon* a fait une Critique de la Bibliotheque de M. *Dupin*, qui doit paroître bientôt en 4. volumes *in* 8°. On a réimprimé auſſi en Hollande fes Lettres avec de grandes augmentations en 4. vol. *in-*12. *

*Se trouve à Paris chez Briaſſon.*

Il a retouché la traduction du Livre de *Brederode* intitulé : *Recherches curieufes fur la diverfité des Langues & des Religions*, que *la Montagne* avoit publiée à *Paris* en 1640. & il y a fait des additions, où fous le mafque d'un Prêtre de l'Eglife Anglicane, il favorife en pluſieurs chofes les Proteftans. Le fieur *le Vier* Libraire à *la Haye*, qui R. Simon. rapporte ce fait dans la vie de *Jacques Bafnage*, dit avoir cette traduction retouchée, & ces additions, qu'il pourra donner un jour au Public.

---

## JEAN TOLAND.

P. 251. (245) **D**Epuis l'impreffion de fon article, j'ai eu occafion d'en voir une nouvelle vie, qui eft à la tête de fes Œuvres Pofthumes ; comme elle renferme plufieurs chofes dont je n'ai point parlé, j'en donnerai ici un extrait.

J. To-LAND.

*Toland* naquit le 30. Novembre 1670. On lui donna au Batême le nom de *Janus Junius* ; mais parce que les enfans avec lefquels il étudioit à l'école le railloient fur ce nom, le Maître voulut qu'on lui donnât celui de *Jean*, & il l'a toujours pris depuis.

On ne connoît pas trop fa famille. On lui a reproché qu'il étoit bâtard ; mais l'Auteur de fa vie oppofe à ce reproche une atteftation de trois Francifcains Irlandois, da-

J. To- tée de *Prague* en Bohême , que je
LAND. rapporterai ici. *Infrascripti testamur*
*Dom. Joannem Tolandum ortum esse ex*
*honesta, nobili & antiquissima Familia,*
*quæ per plures centenos annos, ut Regni*
*Historia , & continua monstrant memo-*
*ria , in Peninsula Hibernia Enis-Oen*
*dicta , prope urbem Londino-Deriensem*
*in Ultonia , perduravit. In cujus rei fir-*
*miorem fidem , nos ex eadem patria*
*oriundi propriis manibus subscripsimus.*
*Pragæ in Bohemia hac die 2. Januarii*
*1708. Joannes O Neill , Superior Col-*
*legii Hibernorum. O Deulin S. Theo-*
*logiæ Professor. Rudolphus O Neill Sac.*
*Theologiæ Lector.*

Pour faire quelque fond sur cette
Piece , il faudroit être sûr que ces
Ibernois eussent connu par eux-mêmes la famille de *Toland* , & non
point par ce qu'il leur en avoit dit.
C'est de quoi on n'a aucune certi-
tude.

Ce fut le 30. Juin 1690. qu'il fut
reçu Maître-ès-Arts à *Edimbourg* ,
& le certificat lui en fut donné le
22. Juillet suivant.

Il passa ensuite en Angleterre ,
d'où il alla à *Leyde* pour y continuer

nuer ses études. Il y étoit lorsque J. To-
*Daniel Williams*, Ministre Anglois, LAND.
publia un Livre intitulé : *La Verité
de l'Evangile établie & défenduë*
( en Anglois. ) *Londres* 1692. *in-12.*
*Toland* envoya ce Livre à M. *le
Clerc*, afin qu'il en donnât l'extrait
dans sa *Bibliotheque Universelle*, &
lui écrivit en même tems une Lettre assez longue, où il lui en faisoit l'histoire. Cette Lettre se trouve dans le vingt-troisiéme volume
de cette *Bibliotheque*, *p.* 505. à la
tête de l'extrait de M. *le Clerc*, qui
lui donne la qualité d'Etudiant en
Theologie.

Après un sejour d'environ deux
ans à *Leyde*, *Toland* retourna en
Angleterre, & alla demeurer à *Oxford*, où il avoit la commodité de
converser avec plusieurs sçavans
hommes, & de trouver les Livres
qu'il souhaitoit dans la fameuse Bibliotheque de cette Université.

Il commença dès-lors à faire
connoître le goût qu'il avoit pour
les paradoxes & pour les nouveau-
tez, & à attaquer les opinions vul-
gaires & communément reçûës. Il

**J. To-**
LAND.

écrivit pour cela quelques Pieces, & entr'autres une *Dissertation*, où il prouve que ce qu'on dit de la mort tragique de *Regulus* n'est qu'un Roman. Cette Dissertation, qui est datée d'*Oxford* le 6. Août 1694. se trouve parmi ses Œuvres Posthumes, *tom. 2. p. 28. Toland* reconnoît qu'il tenoit cette opinion de *Paumier de Grentemesnil*, qui avoit prétendu la même chose dans ses Observations sur les Auteurs Grecs.

Il avança des propositions plus dangereuses dans son Livre de *la Religion Chrétienne sans mysteres*, qu'il commença à *Oxford*, mais qu'il alla finir, & qu'il publia en 1696. à *Londres*.

Il donna la même année un *Discours sur les Monnoyes, par Bernard Davanzati, Gentilhomme Florentin*; traduit de l'Italien ( en Anglois. ) *Toland* jugea à propos de publier ce Discours, parce que la rognure des Monnoyes étoit alors un des grands griefs de la Nation, & qu'on avoit proposé divers moyens pour y remedier.

*Toland* ayant été obligé de sortir

d'Irlande après la condamnation de son Livre de la *Religion Chrétienne sans mysteres,* se retira en Angleterre, où il publia d'abord une Apologie. Elle est intitulée :

*Apologie pour M. Toland, contenue dans une Lettre écrite par lui-même à un Membre de la Chambre des Communes d'Irlande, la veille du jour que son Livre fut condamné au feu, avec une Préface qui explique le sujet qui la lui a fait écrire.* ( en Anglois )

En 1699. *Toland* fit imprimer les *Memoires de Mylord Holles Baron d'I-field en Sussex, depuis l'an* 1641. *jus-qu'en* 1648. ( en Anglois.) Il en avoit eu le manuscrit du Duc de *Nevv-Castle,* qui étoit un de ses Patrons, & il le lui dédia.

Outre les Ouvrages dont j'ai parlé & dont je ne dirai rien ici, il publia vers l'an 1701. un *Plan pour unir les deux Compagnies des Indes Orientales, contenu dans une Lettre à un Homme de qualité, qui souhaite sçavoir le sentiment d'une personne, qui n'est interessée dans aucune des deux.* ( en Anglois ) in-4°.

Peu de tems après, la Chambre

C ij

**J. To-**
**LAND.**

Baſſe de l'Aſſemblée du Clergé d'Angleterre ayant nommé des Commiſſaires pour faire le rapport des Ouvrages impies qui ſe répandoient dans le Royaume, on y comprit *la Religion Chrétienne ſans Myſteres*, & *l'Amyntor*. *Toland* écrivit alors deux Lettres au Docteur *Hooper*, Orateur de la Chambre Baſſe, pour tâcher d'arrêter les procedures qu'on ſe diſpoſoit à faire contre ſes Ouvrages, ou pour faire enſorte qu'on l'écoutât dans ſes défenſes avant que de les cenſurer; mais on n'eut point d'égard à ſes demandes. Les Commiſſaires tirerent des deux Livres, dont je viens de parler, cinq propoſitions, qui tendoient à la deſtruction de la Religion Chrétienne, & ſur leur rapport la Chambre Baſſe preſenta aux Evêques un Memoire pour leur demander leur avis & les prier de ſe joindre à eux pour ſupprimer ces Livres & autres ſemblables. Le tour que prit cette affaire merite d'être rapporté; on y verra pourquoi l'Angleterre eſt ſi féconde en Livres dangereux, qui attaquent ce que la Religion a de plus reſpectable.

Sur la remontrance de la Cham- J. Tobre Baſſe, la Haute nomma auſſi LAND.
ſes Commiſſaires, qui examinerent
les Livres de *Toland*, & y trouve-
rent diverſes propoſitions dan-
gereuſes, & entre - autres, une
qui leur paroiſſoit le fondement de
tout le reſte, quoique la Chambre
Baſſe ne l'eut pas remarquée. Là
deſſus les deux Chambres convin-
rent unanimement de proceder
contre l'Auteur & ſes Ouvrages,
autant que les Loix leur permettoient de le faire. Il fut donc ré-
ſolu de conſulter ſur cela les plus
habiles Juriſconſultes ; & les Evêques, qui furent chargez de ce ſoin,
rapportérent à l'Aſſemblée, que
leur ayant demandé leur avis au
ſujet des Livres impies, heretiques
& contraires aux bonnes mœurs,
& particulierement des Livres dé-
ferez par la Chambre Baſſe, ils
avoient répondu qu'il ne leur paroiſſoit pas qu'*à moins d'une per-*
*miſſion expreſſe du Roi,* ( qu'ils n'a-
*voient pas encore* ) *ils puſſent proceder*
*juridiquement contre aucun de ces Ou-*
*vrages ; qu'ils étoient perſuadez au*

**J. TO-**
**LAND.**

contraire que les deux Chambres de l'Assemblée du Clergé en procedant contre eux pourroient encourir les peines portées par le Statut de la 25. année de Henri VIII. Ils ajoûterent que les Jurisconsultes, qu'ils avoient consultez, avoient répondu ainsi sur les deux questions qu'ils leur avoient proposées. 1°. *Est-il contraire à quelque Loi que l'Assemblée du Clergé prononce qu'un Livre est heretique, impie & contraire aux bonnes mœurs?* Oüi. 2°. *Les Propositions extraites du Livre intitulé* : La Religion Chrétienne sans Mysteres, *contiennent-elles un sentiment qui soit contraire à quelque Loi?* Non. Ils dirent enfin, que ne se contentant pas de la décision des Jurisconsultes, ils avoient examiné ce qui s'étoit pratiqué auparavant en semblables cas, & qu'ils avoient trouvé qu'en 1689. sur une plainte portée par la Chambre Basse à la Haute contre certains Livres, les Docteurs en Droit Canon & en Droit Civil déciderent que l'Assemblée ne pouvoit prononcer judiciairement sur des affaires de cette nature.

Dès que l'Acte du Parlement, qui adjugeoit la succession de la Couronne d'Angleterre après la mort du Roi *Guillaume III.* & de la Princesse *Anne* de Danemarc à la Princesse *Sophie* Electrice & Duchesse Doüairiere de *Hanovre*, eût été passé au mois de Juin 1701. *Toland* publia un Ouvrage sur ce sujet, intitulé : *Anglia Libera*, ou *la Reserve & la succession de la Couronne d'Angleterre expliquée & défenduë, comme fondée sur la volonté du Roi, les procedures faites dans le Parlement, les desirs des peuples, la sûreté de notre Religion, la nature de notre Gouvernement, la balance de l'Europe, & le droit des Gens.* ( en Anglois ) *Londres* 1701. *in-8°.*

Le voyage qu'il fit à *Hanovre* & en Prusse ne lui fit pas tant d'honneur, qu'il veut le faire croire, dans la Relation qu'il en a donnée. La Reine de Prusse l'engagea à une conference avec M. de *Beausobre*, Ministre François, dont il ne se tira pas avec honneur. On en peut voir le détail dans la *Bibliotheque Germanique*, tom. 6. p. 39. Cela fit

C iiij

**J. To-**
**LAND.**

qu'il fut reçu très - froidement à cette Cour dans un second voyage qu'il y fit en 1707. & qu'il n'y demeura pas si long-tems qu'il se l'étoit proposé.

Le Parlement ayant été dissous le 11. Novembre 1701. & un autre ayant été convoqué pour le 30. Decembre suivant ; pendant qu'on briguoit par tout pour l'élection des Deputez , *Toland* s'avisa de faire mettre dans la Gazette cet avertissement. *Le bruit s'étant répandu que M. Toland briguoit pour être élû Député du bourg de Blechingley dans le Comté de Surrey , il a jugé à propos d'avertir le Public , qu'il ne songe point à se faire élire Député de ce lieu; ni d'aucun autre.* Ce qui donna occasion aux railleries d'un Ecrivain Anonyme , qui publia contre lui une brochure intitulée : *La fausse modestie , ou Lettre à M. Toland , sur ce qu'il ne veut pas qu'on croye qu'il cherche à être du prochain Parlement.* (en Anglois.)

La Harangue du Roi à l'ouverture de ce Parlement donna occasion à *Toland* de composer les Ouvrages suivans.

Paradoxes d'Etat, par rapport à la conjoncture presente & la situation des affaires dans l'Angleterre & les autres Royaumes de l'Europe, fondez principalement sur la Harangue du Roi. (en Anglois) 1702. in-4°.

J. ToLAND.

Raisons, 1°. Pour faire venir en Angleterre la Princesse Douairiere & le Prince Electoral d'Hanovre. 2°. Pour faire declarer atteints & convaincus de Leze-Majesté le prétendu Prince de Galles & tous les autres prétendans droit comme lui. Avec les motifs qui engagent à faire une vigoureuse guerre à la France. (en Anglois) 1702. in-4°.

Il donna en 1704. les Fables d'Esope traduites en Anglois du François de M. Baudoin avec ses remarques, & la vie d'Esope par M. de Meziriac.

L'année suivante on vit paroître de sa façon:

Le vrai tableau du Socinianisme, où l'on voit un exemple de la bonne foi que l'on doit garder dans les disputes Theologiques. (en Anglois) in-12.

Les Reglemens, Statuts & Privileges de l'Academie Royale établie à

J. To- *Berlin par le Roi de Pruſſe, traduit*
LAND. *de l'Original en Anglois.*

*Memoire ſur l'Etat preſent de l'An-*
*gleterre, pour la défenſe de la Reine,*
*de l'Egliſe & du Gouvernement.* ( en
Anglois ) Ce Memoire fut écrit
pour ſervir d'Antidote à un Libelle
fort malin & fort ſéditieux, qui
avoit paru en 1704. ſous le titre de
*Memoire pour l'Egliſe d'Angleterre,*
& où le miniſtere conduit par My-
lords *Godolphin* & *Malborough* étoit
fort maltraité. M. *Harley*, qui agiſ-
ſoit de concert avec ces Seigneurs,
en qualité de Secretaire d'Etat,
employa *Toland* pour faire cette réponſe, à laquelle il ne mit pas ſon
nom. Cette Réponſe ayant été atta-
quée par *Thomas Raulins*, un de ſes
intimes amis, qui ignoroit qu'il en
fut l'Auteur, on eut encore recours
à lui pour défendre le Gouvernement. La Piece fut écrite & envoyée
à l'Imprimeur; mais à peine y en eut-
il ſix ou ſept feüilles de tirées,
qu'on donna ordre de ſupprimer
l'Ouvrage, ſans qu'on en ait ſçû la
raiſon.

Il publia en 1707. la Philippique

de *Matthieu Scheiner* que M. *Harley*
avoit trouvée parmi quelques ma-
nufcrits, & qu'il lui avoit commu-
niquée. Comme la Piece eſt en Latin, il en fit une traduction An-
gloiſe qu'il en donna en même tems.
Voici le titre Latin : *Oratio Philip-*
*pica ad excitandos contra Galliam Bri-*
*tannos ; maximè verò, ne de pace cum*
*victis præmaturè agatur : ſanctiori An-*
*glorum Concilio exhibita, anno à Chriſto*
*nato 1514. Autore Matthæo Cardi-*
*nale Sedunenſi, qui Gallorum ungues*
*non reſecandos, ſed penitùs evellendos*
*eſſe ſtatuit. Publica luce, diatriba præ-*
*liminari, & annotationibus donavit*
*Joannes Tolandus.*

Le Réſident de l'Electeur Pala-
tin ſouhaitoit alors avec paſſion
d'obtenir de ſa Cour le caractere
d'Envoyé à celle de la Grande-Bretagne. Pour ſe rendre agréable à
ſon Maître, il s'aviſa de donner du
relief à la Declaration que ce Prince venoit de publier en faveur de
ſes ſujets Proteſtans, en la faiſant
traduire en Anglois par *Toland*, qui
en récompenſe de ce ſervice en reçut des Lettres de recommandation

J. To-
LAND.

J. To-
LAND.

pour la Cour Palatine , & de l'argent pour executer le deffein qu'il
avoit de voyager.

J'ai déja dit qu'il ne fit que paffer à *Berlin.* On le reçut affez froidement à *Hanovre.* A *Duffeldorp* l'E-
lecteur lui fit prefent d'une chaîne
& d'une médaille d'or , qui fut accompagnée d'une bourfe de cent
ducats. De là il alla à *Vienne* dans
le deffein d'y negocier un titre de
*Comte de l'Empire,* pour un Banquier François, qui étoit en Hollande , & qui avoit befoin de ce
Titre pour être à couvert des ava-
nies qu'on lui pouvoit faire. Il of-
froit pour cela une groffe fomme
d'argent ; mais la negociation ne
réuffit point. De *Vienne* il paffa à
*Prague* en Bohême , où les Francifcains Irlandois lui donnerent l'atteftation que j'ai rapportée ci-
deffus. Comme l'argent commençoit alors à lui manquer , il fe hâta
de retourner en Hollande , où il
demeura jufqu'en 1710. Il s'y fit
connoître du Prince *Eugene* de Savoye, dont les liberalitez ne lui furent pas inutiles , & il y publia divers Ouvrages.

J. *Adeisidamon*, dont j'ai parlé.

Une feconde édition de la Phi-lippique du Cardinal de Sion qu'il fit faire à *Amfterdam* en 1709. en y ajoûtant une invective contre l'Auteur du Mercure Galant fous ce titre : *Gallus Aretalogus, odium Urbis & ludibrium, five Gallantis Mercurii gallantiffimus fcriptor Vapulans.*

*Lettre d'un Anglois à un Hollandois, au fujet du Docteur Sacheverell,* préfentement en arrêt par ordre des Communes de la Grande-Bretagne. & accufé de hauts crimes & malverfations à la Barre des Seigneurs. 1710. *in*-4°. C'eft le feul Ouvrage François que *Toland* ait publié.

La révolution dans le Miniftere, qui arriva cette année 1710. en Angleterre, y rappella *Toland*, dont la plume venale fe livra auffi-tôt aux nouveaux Miniftres pour décrier les précedens. Il gagna d'abord à ce métier, & les liberalitez de M. *Harley*, qui étoit alors grand Tréforier, le mirent en état d'avoir une Maifon de Campagne à *Epfom*, village de la Province de Surrey, & d'y bien recevoir fes amis.

**J. To-
LAND.**

Ce fut alors qu'il donna la *Description d'Epsom , ou Lettre à Eudoxe
sur le tour d'esprit & le goût politique
de ce lieu. Avec la Traduction de quatre Lettres de Pline.* ( en Anglois )
1711. Cet Ouvrage a été réimprimé
parmi les Œuvres posthumes de
*Toland , tom.* 2. *p.* 91. mais tellement changé , qu'on peut dire que
c'est un Ouvrage nouveau.

Les plaisirs qu'il goûtoit dans l'a-
gréable sejour d'*Epsom* ne furent
pas de durée ; sa bourse fut bientôt épuisée, & quand il revint à la
charge , le Grand Trésorier lui
tourna le dos. Il étoit alors trop
puissant pour avoir besoin d'un
Ecrivain semblable à son service ;
il falloit même pour soutenir sa réputation dans son parti, qu'il ne
parut pas l'appuyer. Ainsi *Toland*
revenu à son premier état, revint
à ses premiers sentimens, & ne cessa
d'écrire Brochures sur Brochures
contre le Ministere regnant.

On vit paroître de lui en 1712,
*Lettre contre le Papisme, & prin-
cipalement contre l'autorité que les Pa-
pistes attribuent aux Peres & aux*

*Conciles dans les disputes de Religion.* J. TO‑
*Par la feue Reine de Prusse Sophie* LAND.
*Charlotte. Ou Réponse à la Lettre
écrite à cette Princesse par le P. Vota,
Jesuite Italien, traduite en Anglois,
avec une Préface du Traducteur, où
l'on voit ce qui a donné occasion à cette
Lettre, & une Apologie pour l'Eglise
d'Angleterre.*

    *Raisons qu'a eu sa Majesté de créer
(en 1706.) le Prince Electoral d'Ha‑
novre Pair de ce Royaume, ou le
préambule de ses Lettres Patentes de
Duc de Cambrige, (en Latin & en
Anglois) avec des Remarques. in-4°.*

    *Découverte du grand Mystere, qui
est de diviser les Protestans pour affoi‑
blir la succession de la Maison d'Ha‑
novre, & de renverser la succession,
pour détruire la Religion Protestante.*

    Ces Ouvrages de politique n'em‑
pêchoient pas *Toland* de former
d'autres desseins litteraires. Il distri‑
bua lui-même à ses amis le plan
d'une nouvelle édition de *Ciceron*,
qu'il se proposoit de faire imprimer
par voye de souscription. Ce plan,
qui est en forme de Dissertation,
est intitulé : *Cicero illustratus, Disser‑*

**J. To-**
**LAND.**

*tatio Philologico-Critica : ſive Conſi-*
*lium de toto edendo Cicerone, alia pla-*
*nè methodo quam hactenùs unquam*
*factum.* Il eſt daté du mois de Septembre 1712. On l'a réimprimé
dans le premier volume des Œuvres poſthumes de *Toland*, p. 231.
Si ſon deſſein n'a pas été executé,
il eſt à croire que le Public n'y a
pas perdu, puiſqu'il n'étoit pas
aſſez habile dans les Belles-Lettres
pour pouvoir y réuſſir.

L'année 1713. on vit ſortir de la
plume de *Toland* les Livres ſuivans.

*Appel aux gens de bien contre les*
*Eccleſiaſtiques vicieux, ou les princi-*
*pes & les maximes des Laïques Payens*
*touchant l'obéiſſance civile, & la li-*
*berté de conſcience, contraire aux prin-*
*cipes ſeditieux & intolérans de quel-*
*ques-uns des anciens Eccleſiaſtiques*
*Chrétiens; avec une application aux*
*Eccleſiaſtiques corrompus de ce tems:*
*Ouvrage compoſé à l'occaſion du der-*
*nier Sermon du Docteur Sacheverell.*
(en Anglois)

*Dunquerque, ou Douvre, ou l'hon-*
*neur de la Reine, la ſûreté de la Na-*
*tion,*

*tion,* la liberté de l'Europe, & la paix du monde perduës entierement, si l'on ne fait pas combler le port & raser le fort de Dunquerque. (en Anglois) *Toland,* qui ne travailloit que pour gagner de l'argent, avoit toujours soin de donner à ses Ouvrages des titres, qui en imposassent, & qui leur procurassent un bon debit ; & on le reconnoît facilement par celui-ci.

Il publia en 1714.

*L'Art de rétablir* ou *la pieté & la probité du General Monk dans le rétablissement du Roi Charles II. prouvées par ses propres Lettres.* ( en Anglois) Il s'est fait en trois mois dix éditions de cet Ouvrage.

*Recüeil des Lettres du General George Monk, au sujet du rétablissement de la Famille Royale ; précedé d'une Introduction, où l'on fait voir par des preuves incontestables, que Monk avoit formé en Ecosse le projet de ce rétablissement, contre les chicanes de ceux qui voudroient lui enlever la gloire de cet évenement.* ( en Anglois )

*L'Eloge funebre & le caractere de la Princesse Sophie, avec l'explication*

*Tome X.* D

**J. TO-**
**LAND.**

*d'une Medaille sur sa mort, écrite originairement en Latin [ par M. Cramer ] traduits en Anglois, & commentez par M. Toland, qui y a ajoûté le caractere du Roi, du Prince & de la Princesse.*

J'avois dit que l'*Anatomie de l'Etat de la Grande Bretagne* n'étoit point de lui; mais puisque le dernier Auteur de sa vie la met au nombre de ses Ouvrages, sans former le moindre doute sur ce sujet, il est juste de la lui rendre. Elle est intitulée:

*Anatomie de l'Etat de la Grande Bretagne, contenant un détail circonstancié de ses differens interêts, des Partis qui la divisent, & de leurs differens caracteres; & ce que chacun d'eux, de même que le reste de l'Europe, peut esperer ou craindre du Gouvernement & de la Famille du Roi George. Memoire envoyé à un Ministre étranger, qui doit venir résider en Angleterre, par un de ses intimes amis.* [ en Anglois ] 1717. Daniel de Foe, Ecrivain vénal comme lui, & le Docteur *Fiddes* Chapelain du Comte d'*Oxford*, ayant fait séparement des

Réponſes à cet Ecrit, *Toland* leur répondit conjointement dans une *ſeconde partie de l'Anatomie, &c.* On trouva ces deux Brochures aſſez curieuſes, & le debit en fut très-grand.

L'année 1718. il fit imprimer en Anglois, avec des éclairciſſemens à ſa mode, la prétenduë Prophetie de *S. Malachie*, Archevêque d'*Armargh*, d'où il concluoit, & par voye de prédiction, & par voye de raiſonnement que la chûte de l'Empire du Pape n'étoit pas éloignée. Son Ouvrage a pour titre : *La deſtinée de Rome, eu la probabilité de la prompte & finale deſtruction du Pape, tirée en partie de pluſieurs raiſons naturelles & obſervations politiques, & en partie de la fameuſe Prophetie de S. Malachie, Archevéque d'Armagh dans le 13. ſiecle. Avec une Piece curieuſe contenant les caracteres emblematiques de tous les Papes depuis ſon tems, juſqu'à leur entiere deſtruction, non ſeulement publiée dans ſon entier, mais encore miſe dans un plus grand jour qu'elle ne l'avoit été juſques-là.*

D ij

En 1720. *Toland* se trouva mêlé dans la querelle qui étoit alors entre M. *Hare* Doyen de *Worcester*, & M. *Hoadly* Evêque de *Bangor*. Le premier avança un fait douteux ou faux touchant *Toland*, qui s'en vengea par un petit Ecrit intitulé : *Essai sur le Mensonge.* [ en Anglois ]

On le vit la même année se mêler dans des disputes d'un ordre supérieur. La Chambre des Seigneurs du Parlement d'Angleterre ayant fait dresser un Bill, où il étoit dit qu'on pourroit appeller à elle des décisions de celle du Parlement d'Irlande, on publia à *Dublin* en faveur de celle-ci quelques petites Pieces que *Toland* fit réimprimer à *Londres*, & il fit lui-même à cette occasion une Brochure intitulée : *Raisons pour lesquelles la Chambre des Communes doit rejetter le Bill que celle des Seigneurs lui a envoyé.* [ en Anglois ]

*Toland* en publiant son *Pantheisticon*, prit les noms de *Janus Junius Eoganesius.* Les deux premiers étoient ceux qu'il avoit reçus au

Batême. Le dernier marque qu'il J. To-
étoit né dans la peninfule la plus LAND.
feptentrionale de l'Irlande, autrefois nommée *Inis-Eogan*, & à prefent *Inifoen*, ou *Enis-Ovven*. Le
*Pantheifticon* eft de 1720. & non
pas 1710. comme on l'avoit mis.

Le dernier Ouvrage qu'il a donné au Public eft un Recüeil des
*Lettres du Comte de Shaftsbury à M.*
*Molefvvorth*, avec une longue Préface de fa façon. Tout roule dans
ces Lettres fur l'amour de la Patrie,
& fur le choix d'une femme.

Il fe fit quelques jours avant fa
mort cette Epitaphe.

*H. S. E.*
*Joannes Tolandus,*
*Qui in Hibernia propè Deriam natus,*
*In Scotia & Hibernia ftuduit,*
*Quod Oxonii quoque fecit adolefcens,*
*Atque Germania plus femel petita,*
*Virilem circà Londinum tranfegit æta-*
*tem.*
*Omnium Litterarum excultor,*
*Ac Linguarum plus decem fciens,*
*Veritatis propugnator,*
*Libertatis affertor :*
*Nullius antem fectator aut cliens,*

*Changemens, corrections*

*Nec minis nec malis est inflexus,*
*Quin quam elegit viam perageret;*
*Utili honestum anteferens.*
*Spiritus cum æthereo patre,*
*A quo prodiit olim, conjungitur:*
*Corpus item, natura cedens,*
*In materno gremio reponitur.*
*Ipse verò æternum est resurrecturus,*
*A- idem futurus Tolandus numquam*
*Natus Nov. 30.*
*Catera ex scriptis pete.*

On a publié après sa mort:

*Recüeil de plusieurs Pieces de M.*
*Jean Toland publiées pour la premiere*
*fois sur les manuscrits de l'Auteur,*
*avec quelques particularitez historiques*
*touchant sa Vie & ses Ecrits.* [ en
Anglois ] *Londres 1726. in-8°. 2.*
*volumes.*

---

# JEAN-BAPTISTE DUHAMEL

*P. 280.* SON *Histoire de l'Academie*
*des Sciences* a été réimprimée à *Lipsic* en 1700. *in-40.* On
a dit mal-à-propos [ *p. 281.* ] que
M. *de Fontenelle* avoit traduit en
François cette Histoire, il faut

corriger cet endroit , & mettre que les deux dernieres années de l'édition de 1701. font une traduction de l'Histoire Françoise de M. *de Fontenelle* qui lui avoit prêté son Manufcrit.

---

# NICOLAS LE NOURRY.

*P.* 282. IL y a quelques fautes dans cet article , qu'il faut ainsi changer.

N. LE NOURRY.

Après le cours ordinaire de ses études, ses Superieurs l'envoyerent dans le Monaftere de *Bonne-nou-velle* , où il fit , à la priere de Dom *Jean Garet* , la Préface *du Caffio-dore* , que ce Pere donna en 1679. Il paffa de là à l'Abbaye de *S. Oüen* de *Roüen* , & y travailla avec D. *Jean du Chefne* , & D. *Julien Belaife* à l'édition de *S. Ambroife* ; mais ces Religieux ayant été feparez dans la fuite , on confia le foin de cette édition à D. *Jacques du Frifche,* à qui on affocia le P. *le Nourry* , & on les fit venir à *Paris* pour ce fujet. Le fruit de leur travail , &c. [ Le P. *le Cerf.* ]

N. LE
NOURRY.

P. 284. [277.] Les Reflexions sur son édition du Traité de la mo. des Persecuteurs inserées dans le *Journal Litteraire* sont de M. *de la Croze* ; le P. *le Nourry* y répondit par une Lettre inserée dans le *Journal des Sçavans* de Juin 1716. Un Professeur Allemand nommé *Herman* l'avoit attaqué plus vivement dans une Dissertation imprimée en 1722. [M. *Gouget.*]

## CASIMIR OUDIN.

C. OU-
DIN.

P. 285. [275.] Cet article peut être rectifié par une Lettre du R. P. *Jean Rouyer*, Premontré, Sous-Prieur & Maître des Novices de S. Paul de *Verdun*, en date du 13. Novembre 1727. dont je rapporterai ici un extrait.

Ce n'est point en 1658. qu'il se retira chez les Premontrez, mais en 1656. Ce n'est point par conséquent en 1660. qu'il fit profession, mais en 1658. En voici la preuve, tirée d'un ancien Registre, qui est à saint Paul de Verdun, & qui contient les

les noms des Novices, leurs âges, le jour qu'ils font entrez en Religion, &c. On y lit ces mots. *L'an 1656. Fr. Remy Oudin natif de Mezieres, âgé de 17. ans 9. mois moins trois jours, a pris l'habit à S. Paul le jour de S. Martin. Il a fait profession & pris le nom de Casimir le onze Novembre 1658. à S. Paul.* Sa Profession écrite de fa propre main, qu'on conferve dans les Archives du même lieu, en est une autre preuve, puifqu'elle porte la même date du onze Novembre 1658.

On a avancé qu'il eut des Maîtres fi ignorans en Philofophie & en Theologie, qu'il n'y fit aucun progrès. Mais c'est une calomnie, qui n'a pu être inventée que par *Casimir Oudin*, pour diffamer l'Ordre de Premontré, & toutes les fottifes qu'il a debitées contre fon Ordre & contre fon General dans fon *Commentarius de Scriptoribus Ecclesiæ antiquis*, décreditent entierement fon témoignage. Les Maîtres qu'il a eu en Philofophie & en Theologie, tant à l'Abbaye de *Sery*, qu'à celle de *Bucilly*, (qu'on appelle mal-à-propos

C. Ou-DIN.

C. Ou-
DIN.

*Boucilly* ) ont été les Peres *Joachim la Plume* & *Jerôme Janot*, tous deux hommes d'esprit, & très-capables, selon le témoignage de quelques anciens Religieux Premontrez, qui les ont vûs & connus. Le premier étoit Bachelier en Theologie à l'Université de *Pont-à-Mousson*, & a fait avec honneur plusieurs cours de Philosophie & de Theologie dans l'Ordre de Premontré. Le second a occupé dignement dans le même Ordre les premieres places, telles que sont celles de Definiteur, de Prieur, de Maître des Novices & de Professeur.

La Relation de ce qui arriva au passage de *Louis XIV.* par *Bucilly*, n'est pas juste. Il falloit dire que l'Abbé & le P. *Edmond Maclot*, Prieur de ladite Abbaye, qui a été depuis Abbé de *Letanche*, & qui est connu dans la Republique des Lettres par une Histoire de l'Ancien & du Nouveau Testament, étants absens, le P. *Oudin* se trouva chargé de faire le compliment au Roi. Il est vrai que *Louis XIV.* fut surpris de trouver dans un lieu si sauvage

un homme qui eût tant d'esprit ; C. Ou-
en voici un petit trait, qu'on ne DIN.
fera pas fâché de lire ici.

Le premier jour de Mars 1680.
le Roi étant entré dans la falle de
*Bucilly*, après un tems nébuleux le
Soleil parut tout à coup ; un rayon
paffé au travers des vîtres donna à
plomb fur le portrait du Roi ; ce
qui donna occafion à ces deux Vers
qu'il fit fur le champ.

*Solem verè novum nunc Sol antiquus
adorat,*

*Et Martem primum Martia prima
dies.*

Si le Roi fut furpris de trouver
dans un lieu fi fauvage un homme
qui eût tant d'esprit, il n'eft pas
vrai qu'il trouva auffi dans la perfonne du P. *Oudin* beaucoup de politeffe. Car *Louis XIV.* lui ayant
demandé quelle charge il avoit dans
la Maifon ? Il répondit avec la derniere de toutes les impoliteffes,
*qu'il portoit fon moufquet, & que quand
il ne pouvoit le porter, il le traînoit.*
Ce qui fut caufe que le Roi le fit
retirer, & ne voulut plus le voir.

C'eft encore mal-à-propos que

C. Ou-
DIN.

l'on dit qu'aucun des Religieux n'o-
foit s'approcher du Roi, pour faire
les honneurs de la Maifon. Le P.
*Servais Frouart*, qui étoit Procureur de ladite Abbaye, les fit avec
tant d'efprit & de politeffe, que
quand l'Abbaye de *Bucilly* vint à
vacquer en 1689. par la mort du P.
*Dufrenois*, ancien Religieux de la
Commune Obfervance de l'Ordre
de Premontré, le Roi s'informa,
lorfqu'on lui prefenta la feüille des
Benefices, fi le Religieux, qui étoit
Procureur de *Bucilly* en 1680. vivoit
encore, & fi fes Superieurs étoient
contens de lui. Comme on lui fit
réponfe qu'il étoit Superieur de la
petite Maifon du Calvaire proche
*Charleville*, fa Majefté lui donna
fur le champ l'Abbaye qu'il a con-
fervée jufqu'à fa mort arrivée le 27.
Novembre 1712.

On a été encore mal informé,
quand on a dit que le Roi fit donner cent loüis à l'Abbaye, il faut en
retrancher la moitié.

*Cafimir Oudin* a donné au Public,
outre les Ouvrages citez: *Acta Beati
Lucæ Abbatis Cuiffiacenfis*, in-4°.

Après son apostasie il a fait un C. Ou-
petit Ouvrage intitulé : *Le Premon-* DIN.
*tré défroqué.*

On a encore de lui : *Epistola de*
*ratione studiorum suorum. Lugd. Bat.*
*1692. in-4°.*

---

## LUDOLF KUSTER.

*P. 300.* IL naquit au mois de Fe- L. Kus-
[293.] vrier. Le plus grand avan- TER.
tage de sa naissance fut d'avoir un
frere aîné, qui s'étant de lui-même
appliqué à l'étude, & y ayant fait
de grands progrez, lui inspira de
bonne heure le goût des Lettres,
& l'éleva avec un soin dont les
Maîtres ordinaires sont rarement
capables. Ce frere enseignoit les Humanitez à *Berlin* dans le College
qu'on appelle de *Joachim,* du nom
de l'Electeur, qui l'a fondé. *Ludolf*
*Kuster* y entra fort jeune, & y profita si bien, qu'à l'âge de 15. ans
il répetoit déja les Ecoliers de son
frere.

Ce fut M. le Baron de *Spanheim,*
qui l'avoit entendu avec plaisir dans

E iij

**L. Kus-**
**ter.**

une difpute, qui le plaça chez le Comte de *Schvverin*, Premier Miniftre du Roi de Pruffe. De deux difciples qu'il eut, la mort lui enleva le plus avancé au milieu de fa courfe; il conduifit l'autre jufqu'en Philofophie, & eut enfuite l'affurance d'une chaire d'Humanitez dans le College de *Joachim*.

En attendant que cette chaire vint à vacquer, *Kufter*, qui n'avoit encore que 25. à 26. ans, réfolut de voyager en Allemagne, en France, en Angleterre & en Hollande. Il alla d'abord à *Francfort fur l'Oder*, où il s'appliqua quelque tems à l'étude du Droit. Il alla enfuite à *Anvers*, à *Leyde*, & enfin à *Utrecht*, où il fit un affez long fejour.

Dans le fecond voyage qu'il fit en Angleterre, il travailla à fon *Suidas* avec tant d'ardeur, qu'il en étoit occupé jour & nuit. On lui a oüi dire, que s'étant éveillé une fois au bruit du tonnerre & à la lueur de quelques éclairs, il avoit été faifi d'une frayeur mortelle pour fon pauvre *Suidas*, qu'il s'étoit levé précipitamment, qu'il l'avoit pris

entre fes bras, & qu'il l'avoit porté
dans fon lit avec tout l'empreffe-
ment d'un pere pour fon fils uni-
que.

Il reçut à *Cambrige* le titre de
Docteur avec fon ami *Syke.* L'U-
niverfité de cette Ville lui fit les
offres les plus avantageufes pour le
retenir ; mais il ne put en profiter,
parce que fes Maîtres le rappel-
loient à *Berlin.* Il fut inftallé en y
arrivant dans la chaire qu'on lui
avoit affuré avant fon départ.

Le premier Profeffeur du College
de *Joachim* étant mort, *Kufter* crut
que la date de fon infcription, qu'il
faifoit remonter jufqu'au moment
de fon départ, & le nouveau titre
de Bibliothecaire du Roi devoient
tout d'un coup l'élever à cette place
d'honneur. Un Profeffeur plus ancien en exercice la lui difputa & 
l'obtint. Cette préference lui fut
très-fenfible.

Au bout de l'année le Treforier,
qui payoit les Profeffeurs, voulut
lui retenir comme aux autres certains droits fur fes appointemens.
*Kufter* naturellement fimple & dé-

L. Kus-ſintereſſé, mais piqué d'ailleurs,
ter. ne voulut ſouffrir aucune diminu-
tion. Il cria une ſeconde fois à l'in-
juſtice, & propoſa enfin de donner ſa démiſſion moyennant une
certaine ſomme. Le Treſorier le fit
prendre au mot, il toucha dix mille
livres, & retourna en Hollande.

Cette addition eſt tirée de l'Eloge de ce Sçavant, par M. de *Boze*,
Secretaire de l'Academie des Inſcriptions & Belles Lettres.

---

## PIERRE HEYLIN.

P. Hey- *P.* 311. LE Catalogue que j'ai
lin. [304.] donné des Ouvrages de
cet Auteur eſt très-imparfait, il en
a fait un grand nombre, dont je
rapporterai ici les titres.

1. *Geographie* ou *Deſcription du
Monde*. Cet Ouvrage, qui eſt en
Anglois, de même que tous les autres dont je vais parler, parut pour
la premiere fois à *Oxford* en 1621.
*in*-4°. Il s'en fit de nouvelles éditions dans la même Ville en 1624.
& 1627. & dans les années ſuivan-

tes. La septiéme édition est de l'an
1636. *in-4°*. Ce Livre parut ensuite
fort augmenté sous le titre de *Cof-*
*mographie* en 1652. *in-fol.*

2. *Histoire de S. George de Cappa-*
*doce. Londres* 1631. *in-4°*. It. *Lon-*
*dres* 1633. *in-4°*. Il a ajoûté dans
cette seconde édition une Réponse
à *George Hakevill*, qui avoit repris
plusieurs choses dans son Histoire.

3. *Histoire du Sabbath. Londres*
1636. *in-4°*.

4. *Réponse à deux Sermons sedi-*
*tieux de Henri Burton. Londres* 1637.

5. *Réponse à un Livre intitulé :* La
Table Sainte, sainte de nom & d'effet, *sur la situation de la Table de*
*Communion à l'extrêmité Orientale de*
*l'Eglise. Londres* 1637. L'Auteur
qu'*Heylin* combat ici est *Jean Wil-*
*liams* Evêque de *Lincoln.*

6. *Replique à la Dissertation du*
*Docteur Hakevill sur le Sacrifice de la*
*Messe. Londres* 1641.

7. *Introduction à l'Histoire d'Angle-*
*terre.* Ce Livre contient une Liste
Chronologique de tous les Rois
d'Angleterre depuis les Saxons jusqu'à present, avec le Catalogue des

**P. Hey-**
**lin.**

Rois & des Princes de Galles, des Rois & des Seigneurs des Isles de *Man* & de *Wight*, des Ducs , des Marquis & des Evêques de ce Royaume , & la description des lieux qu'on appelle Titrez. *Heylin* publia la premiere édition de cet Ouvrage en 1641. sous le nom de *Robert Hall* ; il en donna une seconde fort augmentée en 1652. On en a publié une troisiéme à *Londres* en 1709. *in-12. pp.* 633. On n'a rien changé dans celle-ci ; on n'a fait qu'y ajoûter la liste des Princes & des Nobles , qui ont vêcu depuis l'an 1652. jusqu'en 1709. les armes de chaque Prince & de chaque Seigneur.

8. *Histoire de l'Episcopat. Londres* 1642. *Heylin* a donné cet Ouvrage sous le nom de *Theophile Church-man.*

9. *Traité Historique des Liturgies.* 1642.

10. *La Theologie des Anciens,* ou *Abregé de la Theologie Chrétienne contenuë dans le Symbole suivant les Grecs & les Latins. Londres* 1654. *in-fol.*

11. *Justification de l'Eglise An-* P. Hey-
*glicane. Londres* 1657. *in-*4°. LIN.

12. *La pierre de scandale*, *de déso-*
*béïssance & de révolte*, *jettée par Cal-*
*vin dans son Institution, découverte &*
*ôtée. Londres* 1658. *in-*4°.

13. *Le peuple tiré d'erreur au sujet*
*des Dixmes. Londres* 1657. *in-*4°.

14. *Histoire des cinq Articles* ( dé-
cidez par le Synode de Dordrecht)
*Londres* 1660. *in-*4°.

15. *Ecclesia restaurata*, *ou l'His-*
*toire de la Reformation de l'Eglise An-*
*glicane depuis l'an* 1556. *jusqu'en* 1566.
*avec un Appendix. Londres* 1661.
*in-fol.* It. 1674. *in-fol.*

16. *Aërius redivivus*, *ou l'Histoire*
*des Presbyteriens*, *depuis l'an* 1536.
*jusqu'en* 1647. *Oxford* 1670. *in-fol.*

17. *Cyprianus Anglicus*. *ou l'His-*
*toire de la vie & de la mort de Guil-*
*laume Laud Archevêque de Cantorbery.*
*Londres* 1670. *in-fol.*

*Wood* parle de quelques autres
Ouvrages d'*Heylin* dans son Histoire
de l'Université d'*Oxford*, mais il le
fait d'une maniere si confuse & si peu
exacte, qu'il vaut mieux n'en rien
dire, que de le copier.

# GILLES MENAGE.

*P.* 322. [315.] LÉs deux Pieces de *Me-nage* contre le Professeur *Montmaur*, avoient déja été imprimées, lorsqu'elles furent inserées dans ses Mélanges. Celle qui est intitulée : *Vita M. Gargilii Mamurræ Parasito-Padagogi. Scriptore Marco Licinio.* ( c'est le nom que *Menage* jugea à propos de prendre) parut à *Paris* en 1643. *in-4°. pp.* 34. L'autre, qui a pour titre : *Gargilii Macronis Parasito-Sophistæ Metamorphosis*, *ad Joannem Ludovicum Balzacium*, a été imprimé à *Paris in-4°. pp.* 12. L'année n'est point marquée, mais on peut la rapporter au même tems que la précédente.

*P.* 324. (317.) La multiplication des éditions des Poësies de *Menage* ne prouve pas qu'elles eussent beaucoup de cours ; parce que l'Auteur qui les faisoit imprimer à ses dépens, en faisoit tirer fort peu d'exemplaires, qu'il distribuoit à ses amis ; ensorte que plusieurs croyent que les huit éditions ne contenoient pas plus d'exemplaires qu'une édition ordinaire. ( *M. Bonardi.* )

*P.* 328. Les Poëfies de *Malherbe* ont été réimprimées à *Paris* en 1722. *in*-12. 3. *vol.* avec les notes de *Menage* & les obfervations de M. *Chevreau.*

*P.* 330. Les Remarques de M. de *la Monnoye* fur l'*Anti-Baillet* ont paru avec cet Ouvrage, à la fuite des *Jugemens des Sçavans* de *Baillet*, dans l'édition d'Hollande faite en 1727. en 17. vol. *in*-8°. & fe réimpriment préfentement à *Paris in*-4°.

---

# ISMAEL BOULLIAUD.

*P.*334. [327.] **M**. *Boulliaud* ajoûtoit beaucoup de foi à l'Aftrologie judiciaire, fuivant des perfonnes qui l'ont connu. ( *M. Bonardi.* )

*P.* 337. Son Ouvrage fur *S. Benigne* eft en Latin, il eft intitulé : *Diatriba de S. Benigno. Parif.* 1657. *in*-8°. Il a été réimprimé dans le quatriéme tome des *Memoires de Litterature* du P. *Des Molets.*

**I. BOUL-LIAUD.**

On a deux Lettres d*Ismael Boul-liaud* à *Albert Portner* sur la mort de *Gassendi*. Elles se trouvent dans un Recüeil intitulé : *Lessus mortualis, &c. Paris.* ( M. l'Abbé *Granet.* )

---

# ADRIEN RELAND.

**A. RE-LAND.**

P. 342. [335.] IL s'est fait à lui-même cette Epitaphe.

*Terra tegit cineres, quæ cunas præbuit olim ,*

　*Principium cursus, metaque facta mei.*

*Quisquis es , incertæ stadium decurrere vitæ*

　*Dum licet, ante oculos meta sit usque tuos.*

*Conficitur spatium dispar , verum exitus omnes*

　*Unus, & hac hora te quoque forte manet.*

*Ergo vive Deo, præpone æterna caducis ,*

　*Atque animi potior sit tibi cura tui.*

*Quidquid agis, paterisve, tuis Christi exprime mores :*

　*Non alia fas est scandere ad astra via.*

On trouve dans la Bibliotheque
de Breme deux Diſſertations de M. *Reland.*

1. *Diſputatio Philologica de Try-phone Judæo , Juſtini Martyris Anta-goniſta , in qua probatur eum à Tar-phone diverſum fuiſſe. Bibliot Bremenſ. Claſſis* I. *Faſcic.* 2. *p.* 86. *Druſius , Lightfoot* , & pluſieurs autres après eux , avoient prétendu que *Tarphon,* dont il eſt ſouvent fait mention dans la *Miſchna* , & qui vivoit du tems de S. *Juſtin* , étoit le même que *Tryphon.* M. *Reland* avoit été lui-même dans ce ſentiment ; mais per-ſuadé depuis de ſa fauſſeté , il le combat dans cette Diſſertation.

2. *Diſputatio Philologica de uxore Domiſeda. In Epiſt. ad Titum. Cap.* 2. *v.* 5. *Bibliot. Brem. Claſſis* I. *Faſcic.* 3. *P.* 314. Il y prétend que le mot Grec que la Vulgate a rendu par ceux-ci , *Domus curam habentes,* eſt mal rendu , & qu'il faut dire ; *Domi manentes,*

# CONRAD SAMUEL
## SCHURZFLEISCH.

P. 349. UN Mémoire manuscrit
( 342. ) me fournit deux faits,
qu'il est bon de rapporter, pour
faire connoître son caractere.

Lorsqu'il quitta sa Classe de *Corbach*, il écrivit sur les murailles :
*Hac schola me non capit.* Cette Classe
n'est pas digne de moi.

Pendant son sejour à *Rome*, il
alla voir une statuë de *Ciceron*, &
fit devant elle un discours à la loüan-
ge de ce fameux Orateur, à qui il
adressa la parole, comme s'il eût
été vivant, en presence d'un grand
nombre d'Auditeurs, surpris d'une
imagination si singuliere.

On a un Ouvrage Pseudonyme de
sa façon, qui a fait beaucoup de
bruit. Il est intitulé :

*Judicia de novissimis prudentiæ ci-
vilis Scriptoribus, ex Parnasso cum
Eubulo Theosdato Sarckmasio in se-
cessu Albipolitano ingenuè communi-
cata. Martismonte. Excudebat Satyrus
Stepabhius*

*Stepabbius.* 1669. *in*-4°. *Schurzfleisch* C. S.
entreprend dans cet Ouvrage , qui SCHURZ-
ne contient qu'une feüille & demie, FLEISCH.
de dire son sentiment sur quinze
Jurisconsultes ou Ecrivains Politiques tous Allemans ; ce qu'il fait
avec beaucoup de liberté. On vit ,
aussi-tôt après qu'il eût été rendu
public , paroître plusieurs Ouvrages , destinez à venger les Auteurs
qui y étoient maltraitez ; & *Schurz-*
*fleich* tâcha de repousser leurs atta-
ques par quelques écrits qu'il publia pour leur répondre.

*Crusius* a ramassé toutes ces Pieces , & les a publiées de nouveau
sous ce titre : *Acta Sarcmasiana ad*
*usum Reipublicæ Literariæ in unum*
*corpus collecta à Theodoro Crusio.* 1711.
*in*-8°.

Les Jugemens dont je viens de
parler y tiennent la premiere place.
On voit ensuite :

*Judiciorum à Sarckmasio cœptorum*
*continuatio. Autore Galiotto Galiacio*
*Karelsbergio , Teutoburgi elucubrata.*
Cette continuation , qui est sûrement de *Scurzfleisch* , comme il est
facile de le reconnoître au stile ,

*Tome X.* F

C. S.
SCHURZ-
FLEISCH.

avoit paru dans le Recüeil intitulé: *Librorum rariorum collectio*, de même que les premiers Jugemens, mais dans un état fort imparfait, & avec beaucoup d'omiſſions. *Placcius* s'eſt trompé dans ſon Theâtre des Pſeudonymes, lorſqu'il a dit que cette continuation traite de 46. Auteurs, puiſque ceux dont il eſt parlé tant dans le premier Ouvrage que dans celui - ci, ne vont qu'au nombre de 41.

*Labronis à Veraſio Satura Sarckmaſiana publicè detecta, modeſtè caſtigata. Teutoburgi* 1659. *in-*4°. On prétend que cet Ouvrage eſt de *Schurzfleiſch*, qui le compoſa pour adoucir l'amertume de ſa Critique, & Chrétien Gryphius l'aſſure poſitivement ; mais *Decker* en doute, parce qu'il n'y trouve ni ſon ſtile ni ſes ſentimens.

*Uperapiſmos pro ſcriptis Cyriaci Lentuli adverſus novum Criticum Judicia de Politicis cerebroſo è Parnaſſo proferentem. Marpurgi Cattorum* 1669. *in-*4°. On ne ſçait qui eſt l'Auteur de cet Ecrit.

*Petri Naſturtii Judicium de Judi-*

*ciis, quæ in noviſſimos Civilis Pruden-*    C. S.
*tiæ Scriptores exercere voluit Eub. The.* SCHURZ-
*Sarckmaſius. Acceſſerunt dua Epiſtola* FLEISCH.
*ejuſdem argumenti. Coloniæ ( Argen-*
*torati* ) 1669. *in-*4°. *Decker* croit que
le veritable Auteur de cet Ouvrage
eſt *Jean-Louis Praſchius.* Mais il ſe
trompe, ſelon *Cruſius,* qui ſuit le
ſentiment de *Placcius,* qui l'attribuë à *Bœcler.*

    *Satyra in Eubulum Theoſdatum*
*Sarckmaſium totius Europæ famigera-*
*tiſſimum Magiſtellulum, & Satyricum,*
*nugas jam in Parnaſſo vendentem,*
*conſcripta per Theophilum Franciſcum*
*Conradum Andræam Victorinum Fri-*
*dericum de Francimont, Francken-*
*huſo-Friſium. Albipoli, apud Eſurium*
*Slagmaſium Krekken, in vico Purga-*
*torii, ad inſigne Caſtigationis.* 1669.
*in-*4°. Cette Piece eſt d'*Oldenburge-*
*rus.* Elle n'eſt remplie que de railleries aſſez fades.

    *Initia Vindiciarum, quas pro E. T.*
*Sarckmaſio ſuſcepit, & ad diluendas*
*quorumdam iniquas juxtaque confictas*
*infeſtationes comparavit Zauerius Pa-*
*ranus ſcurrilis dicacitatis oſor maxi-*
*mus. Leovardia* 1669. *in-*4°. Cette

C. S.

SCHURZ-

FLEISCH.

défenfe eft de *Schurzfleifch* même.

*Canis fub fuftem miffus* ; *five Cor-*

*reptio Sycophantæ maximi E. T. Sarck-*

*mafii.* 1669. *in-*4°. L'Auteur de cet

Ecrit eft *Ulric Obrecht* Jurifconful-

te de *Strasbourg* , gendre de *Bœcler.*

*Comparatio Conftantini Germanici ,*

*& Sarckmafii.* Cette petite Piece ,

qui eft en ftile lapidaire , eft entiere-

ment ironique, felon *Struve. Conf-*

*tantinus Germanicus* eft *Philippe An-*

*dré Oldenburgerus* , qui a publié fous

ce nom un Ouvrage de Politique

intitulé : *Itinerarium Politicum.*

*Pica Pieris* ; *hoc eft, Sarckmafius,*

*ob intempeftivam loquacitatem , qua*

*Mufas finceriores provocare non eru-*

*buit, in Picam mutatus. Ex Helicone*

1669. *Mercurii Fafciculus è Deorum*

*Concilio & Confilio.* Cette Piece eft

encore en ftile lapidaire.

*Colloquium occafione tumultuantis*

*Verafii in Parnaffo inter Apollinem ,*

*Mercurium, Labronem à Verafio , &*

*Sarckmafium habitum de Judiciis*

*Sarckmafianis non ita pridem ex Par-*

*naffo editis . calamo exceptum , & eru-*

*ditis bona mente communicatum ab*

*Augufto Florida de Montalbano. Ire-*

*nopoli* 1669. *in-*4°. L'Auteur de cet
Ouvrage, qui eſt écrit en faveur de
*Schurzfleich*, eſt *Chrétien Henelius* de
*Pyru* en Miſnie, mort le 11. Jan-
vier 1687.

C. S.
SCHURZ-
FLEISCH.

*Programma Academiæ Vitember-*
*genſis in Judicia Sarckmaſiana.* 1669.

*Conradi Samuëlis Schurzfleiſchii*
*Epiſtola ad Joannem Henricum Bœcle-*
*rum. Coloniæ Brandenburgicæ.* 1669.
*Schurzfleiſch* ayant appris que *Bœcler*
vouloit lui faire des affaires, par
rapport à ſon premier Ecrit, lui
écrivit cette Lettre, où il tâche
de l'appaiſer. Il ne put cependant
y réuſſir, & n'évita ſes coups qu'en
ſe défendant dans les formes contre
lui.

Telles ſont les Pieces qui com-
poſent le Recüeil dont je viens de
parler. Elles ſont toutes fort cour-
tes, puiſqu'elles ne font enſemble
que 278. pages *in-*8°.

La Préface qui eſt à la tête nous
apprend quelques particularitez de
la vie de notre Auteur, qu'il ne
faut pas omettre.

*Schurzfleiſch* dit dans une de ſes
Lettres à *Herman Conringius*, que ce

**C. S.** qui lui fit quitter la Claſſe de
**SCHURZ-** *Corbach*, fut qu'on l'accuſa d'Ete-
**FLEISCH.** rodoxie, parce qu'il recomman-
doit à ſes diſciples la lecture de
pluſieurs Auteurs qui n'étoient pas
Luthériens. Mais *Cruſius* dit avoir
appris de perſonnes dignes de foi,
que ſa retraite eut un autre ſujet.
Comme ſa Claſſe ne ſuffiſoit pas
pour l'occuper, il s'appliquoit à
l'étude de la Philoſophie Morale
& de la Politique, & ſoûtenoit ſouvent des diſputes ſur quelque point
de ces ſciences, où il ſe trouvoit
un grand nombre de perſonnes. Un
jeune Conſeiller Saxon y alloit ſouvent diſputer ; mais irrité de voir
toujours ſes argumens refutez avec
ſolidité & avec force, il prévint la
Cour contre ces ſortes de diſputes,
qui furent bientôt interdites à
*Schurzfleiſch*. Celui-ci n'eut pas
grand égard à cette défenſe, & alla
toujours ſon train. Mais ayant appris depuis que le Magiſtrat avoit
reçû des ordres de le faire arrêter,
pour lui faire rendre raiſon de ſa
déſobéïſſance, il crut devoir s'éloigner, & ſe retira à *Leipſic*.

Il avoit été reçû Docteur à *Wit-*
*temberg*, mais il fut, à l'occasion de
ses *Jugemens*, retranché du Corps
de cette Université, qui condamna
son Ouvrage. Il y fut cependant ré-
tabli deux ans après, lorsqu'il y
eût été fait Professeur extraordinaire en Philosophie & en Histoire.
Comme son Ecrit lui avoit fait un
nom dans le monde, il disoit souvent, lorsqu'il fut sorti des embar-
ras qu'il lui avoit causé ce mot de
*Themistocle : Perieram, nisi periissem.*

*Schurzfleisch* a fait encore les Ouvrages suivans.

*Breves animadversiones in Relsendso*
*Heromontanum.* Il s'est proposé dans
cet Ouvrage, qu'il a publié sous le
nom de *Huno ab Hunenfeld*, de refuter un Livre de *Jean Volfgang*
*Rosenfeld*, qui avoit paru en 1669.
*in-*12. sous le nom de *Jean Rel-*
*sendso Heromontanus*, *de summa Prin-*
*cipum Germanicorum potestate.*

*Joannis Schefferi de Natura &*
*Constitutione Philosophiæ Italicæ seu*
*Pythagoricæ liber. Editio secunda, cui*
*accedunt aurea Pythagoræ Carmina.*
*Cum Præfatione Conradi Samuëlis*

**C. S.**
**SCHURZ-**
**FLEISCH.**

*Schurzfleischii. Witteb.* 1701. *in-8°.*

*Ortographia Romana ex Acroasibus V. C. Conradi Samuëlis Schurzfleischii,* collecta à *M. C. Accedit Ortographia Norisiana. Witteberga* 1707. *in-8°.* Ce qu'il a de *Schurzfleisch* dans ce volume est fort peu de chose. C'est *Jean David Cœlerus* qui l'a publié. On trouve dans le second volume de ses Lettres, imprimé en 1712, un Supplément de cette Ortographe.

*Dionysius Longinus de sublimi ad fidem Codd. à Jacobo Tollio omissorum recensitus, notisque è Schedis C. R. Schurzfleischii auctus. Witteberga* 1711. C'est *H. L. Schurzfleisch,* qui a publié cet Ouvrage de son frere.

*Joannis Sleidani de quatuor summis Imperiis libri tres à Conr. Sam. Schurzfleisch continuati. Witteberga* 1678. *in-8°.* La continuation de *Schurzfleisch* va jusqu'à l'année 1678. On l'a réimprimée depuis avec une nouvelle de *Chrétien Juncker. Francof.* 1711. *in-8°.* On a réimprimé depuis peu ses *Lettres* en 3. vol. *in-8°.* en Allemagne. Cette édition est fort augmentée.

ESPRIT

# ESPRIT FLECHIER.

*P. 367.* **I**L a été quelque tems de E: Fle-
(359.) la Doctrine Chrétienne. CHIER.
(M. *Bonardi.*) Il a eu l'Abbaye de
*S. Severin* (& non pas de *Severin.*)

Un Carme Italien, qui s'est caché sous le nom *Selvaggio Canturani*, a traduit en Italien ses Pané-
gyriques, ses Sermons & ses Oraisons funebres, & cette traduction
a été imprimée à *Venise* en 1712.
en 2. vol. *in-12*.

Son Oraison funebre faite par
M. l'Abbé *du Jarry* n'a jamais été
prononcée, non plus que la plûpart de celles de cet Abbé. ( M.
*Bonardi.* )

M. l'Abbé *Begaut* a adressé à M.
*de Basville* un Eloge de M. *Flechier*,
qu'il a fait imprimer dans le cinquiéme volume de ses Sermons.
( *Id.* )

## OLIGER JACOBÆUS.

O. JACO-
BÆUS,

P. 387.
( 379. )

S On bisayeul *Jacques Ja-cobæus* étoit Evêque d'*O. zenzée*, dans l'isle de *Funen* ( & non pas de *Fiunen*, comme on l'a marqué. )

Ajoûtez à ses Ouvrages:
*Compendium Geographicum. Hafniæ* 1693. in-4°.

## CHANGEMENS, CORRECTIONS
### *& Additions.*
#### *Pour le Tome second.*

---

## LOUIS ELLIES DUPIN.

*P. 32.* LE second volume de la
*Bibliotheque des Auteurs*
*Ecclesiastiques* a paru pour la premiere fois en 1687. en un volume
*in-8°*. Ainsi l'édition de 1688. en 2.
vol. n'est que la seconde.

*P. 39.* Le Traité de *la necessité de
la Foi en Jesus-Christ* est de M. *Arnauld*. M. *Dupin* y a fait seulement
une Préface & une addition consi-
derable.

*P. 43.* Un Carme, caché sous le
nom de *Selvaggio Canturani*, a traduit en Italien l'*Histoire de l'Eglise*
de M. *Dupin*, & sa traduction a été
imprimée à *Venise* en 1716. en 4.
vol. *in-12*. L'auteur du Journal de
*Venise*, parlant ( tome 27. ) de cette
traduction, dit qu'il y a differentes

G ij

L.E. Du-
PIN.

opinions fur l'Auteur de l'Ouvrage
François, mais qu'il eft inutile de
s'arrêter à examiner ce point. On
reconnoît là un trait de politique
du Journalifte, qui fçavoit que le
nom de M. *Dupin* n'étoit pas en
bonne odeur en Italie.

P. 47. M. *Gouget* me fournit un
fait touchant M. *Dupin*. qu'il eft
bon de rapporter ici. Pendant que
ce Docteur étoit malade de la ma-
ladie dont il mourut, le P. *le Courrayer* de fainte Genevieve alla le
voir avec un autre de fes Confre-
res. M. *Dupin* le mit d'abord fur la
Critique que l'*Europe fçavante* avoit
faite du premier tome de fa *Bibliotheque des Auteurs Heretiques*, & en
parla vivement, ne fçachant pas
que le P. *le Courrayer* en fût l'Auteur. Ces Peres monterent enfuite
à la chambre de M. *le Cointe*, qui
avoit travaillé avec M. *Dupin*, &
qui avoit fait la Réponfe à cette
Critique, qu'on a attribué mal-à-
propos à M. *Dupin* lui-même. M.
*le Cointe*, qui ignoroit auffi que le
P. *le Courrayer* fût leur adverfaire,
les mit fur le même chapitre, &

leur dit que s'il vivoit, il ne cesse- **L.E. Du-**
roit d'écrire contre ceux qui avoient **PIN.**
attaqué M. *Dupin*, qu'il appelloit
*son cher Maître*, & que quoiqu'il
eut peu de bien, il feroit en mou-
rant une fondation pour ceux qui
voudroient défendre sa memoire.
M. *le Cointe* mourut environ quinze
jours après M. *Dupin* ; mais sans
faire cette fondation.

On trouve un Catalogue exact
& raisonné des Ouvrages de ce Sçavant, imprimé à *Paris* en 1716.
dans une feüille *in-4°.* chez *Jacques
Vincent.* On s'y est trompé, en di-
sant qu'il fut reçu Docteur le 22.
Juin, il dit lui-même que ce fut le
premier Juillet.

---

# GODEFROY GUILLAUME
## DE LEIBNITS.

*P.* 84. **M**Antissa Codicis Juris Gen- **G. G. DE**
tium est imprimé en **LEIBNITS**
1700. & non pas en 1702.
*P.* 85. Le R. P. *Tournemine* Jesuite
assure que ce que M. *Pfaff* & M. *le Clerc*
ont avancé au sujet de la *Theodicée* de
M. *de Leibnits* est faux, & que ce Sa-

G iij

G. G. DE vant lui avoit écrit que ce Livre con-
LEIBNITS tenoit fes veritables fentimens.

On trouve à la fin du fecond volume des Œuvres Pofthumes de *To-*
*land*, imprimées en 1726. un petit
écrit de M. *de Leibnits*, qui a pour
titre :

*Annotatiuncula fubitaneæ ad Librum*
*de Chriftianifmo Myfteriis carente*,
*confcriptæ* 8. *Augufti* 1701.

## CHRISTIAN GRYPHIUS.

C. GRY- *P.* 90. IL a été encore malheureux
PHIUS.          en ce que *Daniel* fon frere
cadet mourut à l'Hôpital de *Na-*
*ples*, & que fa fœur eft morte auffi
à l'Hôpital des onze mille Vierges
près de *Breflau*, muette & malefi-
ciée dès la fixiéme année de fa vie.
( *Mem. Mff.* )

Son Hiftoire des Ordres de Chevalerie a été augmentée dans l'édition de 1709. par *Chrétien Stieff*,
Recteur, Profeffeur & Bibliothecaire du College de la Madeleine à
*Breflau*, qui a publié auffi une Lettre fur fa mort.

*Gryphius* a publié les Poëfies Allemandes du Baron d'*Abschatz*, avec une Préface de sa façon à *Lipsic* & à *Breslau* 1704. *in-*8°.

On trouve encore dans le dixiéme tome des *Miscellanea Lipsiensia* p. 1. une dissertation assez curieuse de sa façon, intitulée : *De exterorum, præcipuè Gallorum, erroribus Geographicis.*

---

# DANIEL PAPEBROCK.

*P.* 91. **O**N n'a pas fait mention parmi ses Ouvrages d'une traduction, dont il est à propos de parler ici ; elle est intitulée :

*Examen Divinitatis, quam in Carmelo Vespasianus consuluit, sive C. Suetonii Tranquilli locus de Deo Carmelo, Hispanicè explicatus per D. Gasparem de Mendoza, Marchionem Valhermosi & Agropolis, &c. Interprete Daniele Papebrochio S. J. T. eadem ex causâ calumniam passo. Antuerpiæ* 1698. *in-*4°. *pp.* 35. Les Carmes en dénonçant à l'Inquisition d'Espagne l'an 1691. les Actes des Saints, dirent que le P. *Pape-*

G iiij

**D. PAPE-** *brock* fe fervoit des argumens du
**AROCK.** Marquis d'*Agropoli*, qu'ils traitoient
d'ignorant. Ce Pere , pour faire
voir que ce Marquis n'étoit pas fi
ignorant qu'ils le prétendoient ,
jugea à propos de traduire cet Ouvrage. Il s'y agit d'un endroit de
*Suetone* dans l'Hiftoire de *Vefpafien*,
ch. 5. où il eft dit : *Apud Judæam*
*Carmeli Dei Oraculum confulentem*
*ita confirmavere fortes , ut quidquid*
*cogitaret , volveretque animo , quan-*
*tumlibet magnum , id effe eventurum*
*pollicerentur. Tacite* , liv. 2. de fes
Hiftoires , ch. 79. raconte la même
chofe , mais plus au long. Les Carmes ont prétendu qu'il s'agiffoit là
du veritable Dieu. Mais le Marquis
d'*Agropoli* fait voir clairement qu'il
ne s'agit que d'une divinité payenne.

---

## JEAN CHRIST. WAGENSEIL.

**J.C. WA-** *P.* 114. CEt article peut être
**GENSEIL.** rectifié & éclairci par
une nouvelle vie de *Wagenfeil* , que
je n'avois point vûë ; elle eft intitulée : *Vita & confignatio Scriptorum*

D. *Joh. Chriſtophori Wagenſilii*, *ex* J.C.WA-
recenſione *Friderici Roth-Scholzii Si-* GENSEIL.
*leſii. Norimbergæ & Altdorfii* 1719.
*in-*4°. *pp.* 20.

*George Chriſtophe Wagenſeil* ſon
pere étant allé s'établir à *Stokolm*
en 1634. l'y emmena avec toute ſa
famille ; ce fut là qu'il commença
ſes études ſous un Précepteur do-
meſtique , qui le ramena en 1645.
à *Grypſvvaldt* , enſuite à *Roſtok* ,
d'où il paſſa à *Lubec* , où il trouva
ſon pere, avec lequel il retourna l'année ſuivante à *Nuremberg.*

Il entra en 1654. chez le Comte
*Henri de Traun* , en qualité de Pre-
cepteur de ſes enfans. Mais ce Seigneur étant mort en 1659. il quitta
ce poſte & alla à *Heidelberg* , & enſuite à *Strasbourg* , où il ne demeura
que peu de tems ; parce que le
Comte *Erneſt de Traun* , frere de
*Henri* , Conſeiller Secret de l'Empereur , & Marechal de la Baſſe-
Autriche , l'engagea en 1661. à
accompagner ſon fils *Ferdinand Erneſt* , qu'il vouloit faire voyager.

Il employa à ce voyage ſix années , pendant leſquelles il vit l'I-

J.C. WA-
GENSEIL.
talie, la France, l'Espagne, les
Pays-Bas, l'Angleterre & l'Allemagne. Il passa même de *Cadis* en
Afrique, & alla à *Ceuta*, qui fut
le terme de ses voyages, & où il
écrivit sur une pierre ces paroles
de l'Ecriture en Hébreu : *Huc usque
auxiliatus est nobis Dominus.*

Etant à *Turin* il eut le bonheur
de trouver la Table d'*Isis*, qu'on
croyoit perduë, depuis l'an 1630.
qu'elle avoit disparuë au pillage du
Cabinet du Duc de Mantouë, où
elle étoit. Il la découvrit dans le
Cabinet du Duc de Savoye, où l'on
ignoroit qu'elle fût.

En passant par *Pampelune*, il
voulut voir l'endroit où S. *Ignace
de Loyola* avoit été blessé à la jambe.
Ayant trouvé en ce lieu une inscription à l'honneur de ce Saint,
il se mit en devoir de la copier,
mais les Espagnols le prirent aussi-
tôt pour un espion, qui levoit le
plan de la Ville, se saisirent de lui
& le menerent au Gouverneur, qui
le renvoya après avoir reconnu la
méprise.

*Wagenseil* fut de retour à *Nu-*

*remberg* à la fin du mois de Mars
de l'an 1667. Le 21. Août de la même année il épousa *Marie Barbe Praun*, veuve d'un Marchand de *Nuremberg*, qui mourut au mois d'Avril 1701. Sur la fin de cette année, il prit une seconde femme, nommée *Susanne Barbe Læscher*, veuve de *George Christophe Langius*, Ministre de *Nuremberg*.

La fille qu'il eut du premier mariage se nommoit *Helene Sibylle.* Elle naquit en 1669. & épousa le 11. Octobre 1692. *Daniel Guillaume Mollerus.* Elle s'est renduë celebre par son érudition & par son habileté dans les Langues Latine, Grecque & Hebraïque.

C'est en 1705. & non pas en 1706. comme on l'a mis par erreur, que *Wagenseil* est mort.

On a inseré dans le premier tome des *Amœnitates Litterariæ*, p. 142. une Dissertation Latine de sa façon, sur la Papesse *Jeanne*, dont il soûtient l'existence.

## CESAR VICHARD DE S. REAL.

*P.* 138. ON a prétendu que j'a-
vois donné à M. *Ar-
nauld* le fentiment de l'Abbé de S.
*Real* fur les paroles de *Zachée* ; mais
cette prétention n'eft fondée que
fur une équivoque, qu'on peut ôter,
en mettant au lieu de ces mots
*qu'il avoit entenduës*, ces autres *que*
*l'Abbé de S. Real avoit entenduës.*

Il y a trois éditions de la traduction des Lettres à *Atticus* toutes faites à *Paris.* Cette traduction a été
inferée dans une édition des Œuvres
de l'Abbé de *S. Real* faite en Hollande en 1726.

## JEAN MILTON.

*P.* 157. PErfonne n'avoit encore
fongé jufqu'ici à mettre
en François le *Paradis perdu de Milton*, mais enfin il en a paru une traduction avec les *Remarques de M.
Addiſſon* & la vie de l'Auteur à *Paris*

## SILVIO BOCCONI.

*P. 162.* **B**Occoni étoit déja Prêtre, S. Boc- CONI, lorsqu'il entra dans l'Or- dre de Cîteaux. C'est après *Mongitore* que j'ai dit qu'il fut fait Docteur & Professeur en Botanique à *Padoue*, mais c'est un fait qui est faux. Il est vrai qu'il demeura quelque tems à *Padoue*, & que *Jacques Pighi*, alors premier Professeur d'Anatomie dans cette Université, l'eut pour disciple, mais il n'y prit aucun degré & n'y reçut aucun titre. (*Journ. de Venise.*)

M. *de Jussieu* prétend que c'est le plus grand plagiaire qu'il y ait jamais eu, & que tout ce qu'il a publié a été pillé de côté & d'autre. On le connoissoit sur ce pied-là, & le P. *Barrelier* ne lui communiqua les desseins de ses Plantes, que parce qu'il lui avoit fait part de celles du P. *Matthieu*, Missionnaire de la Palestine. Il a cité à la verité quelquefois le P. *Barrelier* en rapportant les Plantes qu'il tenoit de lui, mais souvent il ne l'a point fait, voulant s'attribuer ce qui lui appartenoit.

---

# GATIEN SANDRAS
## DE COURTILZ.

G. S. DE
COUR-
TILZ.

*P.* 165. LE P. *le Long*, dont j'ai emprunté cet article, fait *Sandras de Courtilz* natif de *Montargis*; mais il étoit sûrement de *Paris*, né dans la ruë de l'Université; aussi ce Pere n'étoit-il pas bien certain de ce point, puisqu'en quelques endroits de sa *Bibliotheque de la France* il le dit de *Paris*. Ce qui a pu le tromper, c'est que *de Courtilz* a eu jusqu'à la mort une terre à quatre lieuës de *Montargis*, nommée *Vergé*. Il a toujours porté à *Paris* le nom de *Courtilz*, que quelques-uns prétendent avoir été celui de sa famille, & celui de *Sandras* celui d'une terre en Normandie dont il n'avoit que le nom, son pere l'ayant, dit-on, perdu au jeu. C'est ce que je ne crois pas.

Sa veuve, dont je tiens tout ce que je rapporte ici, n'a pu me donner aucun éclaircissement là-dessus.

Il épousa en troisiémes nôces en 1711. après sa sortie de la Bastille, la veuve d'*Amable Auroy*, & mourut l'année suivante chez M. *de Billy*, Libraire à l'image S. Jerôme Quai des Augustins, gendre de sa femme.

*P.* 176. Le P. *le Long* s'est trompé, en attribuant les Memoires de *Vordac* à *Sandras de Courtilz*. Ils sont sûrement d'un Prêtre de Languedoc nommé *Cavard*, dont le nom se trouve par anagramme dans celui de *Vordac*. Le second volume de ces Memoires, qui a paru depuis, a été composé par un autre Prêtre, nommé *Olivier*, Chanoine de *Milly* dans le Gatinois. (M. l'Abbé *Granet*.

## JACQUES GRONOVIUS.

*P.*180. IL s'est glissé une faute d'impression grossiere dans la derniere ligne de cette page, qui

J. GRO-n'a pas été corrigée dans l'*Errata*. Il
NOVIUS. y eft dit, que *Gronovius* fut invité
d'aller à Kiel *dans l'Alface*, il faut
mettre, dans l'*Helface*, ou le *Hol-
ftein*.

Ajoûtez aux Ouvrages de *Gronovius* le Difcours fuivant.

*Oratio de primis incrementis urbis
Lugduni, & appellatione ejufdem ha-
bita die 14. Novembris 1696. Notis
quibufdam illuftrata. Lugduni Batav.
1696. in-4°.*

---

# HENRI BASNAGE
## DE BAUVAL.

H. BAS-*P. 211.* C*Onfiderations fur deux*
NAGE DE *Sermons de M. Jurieu,*
BAUVAL. *touchant l'amour du prochain*, où l'on
*traite incidemment cette queftion cu-
rieufe*, *s'il faut haïr M. Jurieu, in-8°.
pp. 59.* M. *de Bauval* décrit fort
bien dans cet écrit l'efprit inquiet,
turbulent & vindicatif de M. *Jurieu*, qui y fit une réponfe, où il
reprefenta l'écrit de M. *de Bauval*,
comme une fatyre contre les Synodes. Il l'intitula : *Apologie pour les
Synodes*

*Synodes & pour plusieurs honnêtes gens
déchirez dans la derniere Satyre du
sieur de Bauval, intitulée :* Confiderations fur deux Sermons de M.
Jurieu, *&c. A l'Apologie sont ajoûtées les preuves que le sieur de Bauval
est complice de l'Auteur de l'*Avis aux
Refugiez. *Rotterdam 1694. in-4°.
pp.* 34. M. *de Bauval repliqua dans
une Piece qui a pour titre :*

M. *Jurieu convaincu de calomnie
& d'imposture, in-8°. pp.* 63. M. *Jurieu* ne pouvant y répondre, eut recours aux Deputez des Etats de
Hollande, & obtint par surprise
une défense de vendre cet écrit &
celui qui l'avoit précedé. (M. *Des
Maizeaux,* Notes sur les Lettres de
*Bayle.*)

*Lettre sur les differens de M. Jurieu
& de M. Bayle, in-8°. pp.* 40. Cet
écrit est en faveur de M. *Bayle,*
qui dit dans sa 108. Lettre à son
occasion : »De tous mes amis, il
» n'y a que M. de *Bauval* qui ait
» mis la main à la plume pour moi.
» M. *Jurieu* le hait pour le moins
» autant qu'il me hait, & le mêle
» dans tous ses Libelles avec une

H. BAS-» malhonnêteté tout-à-fait brutale,
NAGE DE » & enfin il le fait Auteur avec moi
BAUVAL. » de l'*Avis aux Refugiez*. M. de
» *Bauval* a donc fait une Lettre
» qui le pique finement & adroite-
» tement. M. *Jurieu*, faifant une
» Apologie adreffée au Synode, a
» répondu en paffant à M. de *Bau-*
» *val*. Celui-ci a fous la preffe fa
» Replique, où il le confond plei-
» nement & à n'en jamais revenir,
» fur ce qu'il y a eu entre eux deux à
» démêler dans cette querelle.

Cette *Réponfe à l'Apologie de M.
Jurieu* eft *in-12. pp. 23.*

Il a paru en Hollande une nouvelle édition du *Dictionnaire Uni-
verfel* de M. de *Bauval* un peu augmentée. 1726. 4. vol. *in-fol.*

---

# CHARLES PATIN.

C. PATIN *P.* 217. IL a eu deux filles, qui
ont été, de même que
leur mere, de l'Academie des *Rico-
vrati* de *Padoue*, & qui ont compofé
des Ouvrages, qu'il eft à propos de
rapporter ici.

*Charlotte Catherine* prononça à *Padoue* le dernier Octobre 1683. une Harangue Latine fur la levée du fiege de *Vienne*, qui a été imprimée la même année, & depuis en 1691. dans fes *Tabellæ felectæ*.

On trouve dans le Journal de *Leipfic* de l'an 1691. p. 237. l'extrait d'une de fes Lettres aux Journaliftes, où elle défend un Ouvrage de fon pere fur le tombeau de *Marcellin*, qu'ils avoient critiqué.

Elle a publié encore le Livre fuivant. *Tabellæ felecta ac explicatæ à Carola Catharina Patina, Parifina, Academica. Patavii* 1691. *in-fol. fig.* 42. C'eft l'explication de 41. Tableaux des plus fameux Peintres que l'on y voit gravez. La 42. Eftampe reprefente la famille de *Charles Patin*.

*Gabrielle Charlotte* a publié auffi *de Phœnice in Numifmate Imp. Antonini Caracallæ expreffa. Venetiis* 1683. *in-*4°.

Elle a prononcé outre cela dans l'Academie de *Padoue* en 1685. le Panégyrique de *Louis XIV*.

C. PATIN.

H ij

P. 217. Le Livre des *Tourbes combustibles* a été aussi imprimé en 1663. *in-*4°. à *Paris.*

---

## JACQ. BENIGNE BOSSUET.

P. 248. IL s'est glissé une faute d'impression dans la date de sa naissance , qu'il est facile de corriger en mettant 1627. au lieu de 1667.

P. 250. La Refutation du Catéchisme de *Paul Ferri* a été réimprimée depuis peu à *Paris* avec quelques autres Ouvrages de M. *Bossuet;* qui étoient devenus rares.

P. 255. Le Comte *Philippe Vezzano* a traduit en Italien le Discours de M. *Bossuet* sur l'Histoire Universelle , & cette traduction a été imprimée à *Modene* en 1712. Un Carme déguisé sous le nom de *Selvaggio Canturani*, en a donné une autre dans la même année à *Venise;* & y a joint la continuation de M. de *la Barre.*

Le même Carme a traduit aussi en Italien la *Politique* tirée de l'E

criture, & elle a été imprimée en
cette Langue à *Venise* en 1713. en
2. vol. *in-8°*.

    Ajoûtez aux Ouvrages de M.
*Bossuet* celui-ci, qui n'a été publié
que depuis l'impression du second
volume de ces Memoires, quoiqu'il
fût imprimé depuis plusieurs années.

    *Elevations à Dieu sur tous les Mys-
teres de la Religion Chrétienne. Ouvrage Posthume. Paris* 1728. *in-*12.
2. *vol.* Cet Ouvrage, qui est d'un
stile extrêmement relevé & sublime,
n'est pas achevé.

---

# JEAN ANTOINE CAMPANI.

*P.* 268. **C**Ampani prit son nom
de son Pays natal, qui
fut la *Terre de Labour*, appellée en
Latin *Campania. Cavelli*, où il naquit, étoit un village de cette partie
du Royaume de *Naples*, assez près
de *Galluzzo*, Château du district de
*Capoue*. C'est ce que l'on voit par
ces Vers qui se trouvent dans le second **Livre** de ses Epigrammes, n° 8.

*[marginal notes:]* J. B. Bos-
cette su et.

ET

J. A.
CAMPANI

**J. A.**
**CAMPANI**

*Omnia cum cupiam , montes & plana*
            *valete*

*Gallutii imprimis mœnia parva mei.*
*Sunt illa modica qua me genuere Ca-*
    *vella ,*

*Parva , fed ingenio cognita rura*
    *meo.*

Ainfi *Jules Cefar Capacio* s'eft
trompé , en affurant dans fon Hiftoire Napolitaine que *Sueffa* étoit
fa Patrie. ( *Journ. de Venife.* ) C'eft
auffi mal-à-propos qu'on a mis qu'il
étoit né dans la Campagne de
Rome.

P. 271. C'eft de *Teramo* qu'il fut
Evêque , & non pas de *Tevano*.

P. 272. *Campani* fit à la Diete
de *Ratisbonne* un Difcours pour ani-
mer à la guerre contre les Turcs ,
qui fe trouve parmi fes Œuvres,
& dans le premier volume du Recüeil que *Reufner* a fait de plufieurs
Pieces femblables.

On raconte un effet affez burlef-
que de fa haine pour les Allemands.
Lorfqu'il fut forti de leur Pays , &
qu'il fe vit fur les Alpes , il défit fa
culotte , & le derriere tourné vers
l'Allemagne , il dit ce Vers avec in-
dignation.

*Aspice nudatas barbara terra nates.*

M. *Menckenius* dans l'édition qu'il a donné des Lettres & des Poësies de *Campano*, y a joint un Discours pour défendre les Allemands contre le mal que *Campani* a dit d'eux, mais assez inutilement, puisque l'on ne doit point juger des mœurs des Allemands d'aujourd'hui par ceux d'autrefois. D'ailleurs *Campani* avoit le défaut de ceux qui ne sont jamais sortis de leur Pays, & qui jugent de tout par rapport à leur Patrie, ensorte que tout ce qui ressemble à leurs coûtumes est bon, & que ce qui y est contraire est mauvais. Il faut cependant avoüer qu'il y avoit alors en Allemagne beaucoup moins de gens de Lettres & de sçavoir qu'en Italie.

*Campani* n'est pas mort le 4. Juillet comme on l'a mis, mais le 15. de ce mois, *Idibus Quintilibus*, dit *Ferno* dans sa vie. M. *le Clerc* s'est trompé dans sa *Bibliotheque choisie*, tom. 14. p. 108. en substituant le mois d'Août à celui de Juillet.

Il fut enterré, à ce que dit *Ughelli*,

**J. A. CAMPANI** dans la Cathedrale de *Sienne*, où l'on voit cette Epitaphe.

*Campanus hic jacet noftri clarum decus*
    *ævi,*
    *Eloquio refonans, carmine & hiſ-*
    *toria.*
*Nec tamen hîc totus, fola hîc funt offa,*
    *petivit*
    *Cœlum anima, aft orbem gloria,*
    *corpus humum.*
*Interiit corpus, vivit fed gloria, vivit*
    *Spiritus, in folo corpore mors po-*
    *tuit.*
    *Vixit annos 50. obiit anno 1477.*

L'Auteur de cette Epitaphe n'é-toit nullement Poëte ; il y en a une autre d'*Ange Politien*, qui eft infini-ment mieux tournée & plus fine, mais qui n'eft pas fort honorable pour *Campani*.

*Ille ego, laurigeros cui cinxit & infula*
    *crines,*
    *Campanus, Romæ delicium, hîc jaceo.*
*Mî joca dictarunt Charites ; nigro fale*
    *Momus,*
    *Mercurius niveo, tinxit utroque*
    *Venus.*
*Mî joca, mî rifus, placuit mihi uterque*
    *Cupido ;*

                           *Si*

Si me fles , procul hinc , quæso, Via-
tor abi.

V. le *Journal de Venise* , tom. 12.
& la *Bibliotheque choisie* , tome 14.
& non pas 24. comme on l'a mis
à la fin de cet article.

---

## DOMINIQUE BOUHOURS.

D. Bou-
HOURS.

P. 282. LES *Entretiens d'Ariste &*
d'*Eugene* ont été réim-
primez à *Paris* en 1721. *in-*12.

P. 285. J'ai oublié une nouvelle
édition de *La maniere de bien penser,*
*&c.* faite à *Paris* en 1715. *in-*12.

P. 288. Il est faux que les *Lettres*
*sur la Princesse de Cleves* soient du P.
*Bouhours.* Elles sont de M. *du Trousset*
*de Valincourt,* qui ne les désavouë
pas. Il avoit été écolier du P. *Bou-*
*hours,* & ce Pere l'aida de ses con-
seils , & fournit les Remarques sur
le stile ; c'est la seule part qu'il ait
à l'Ouvrage. ( Le R. P. *Tournemine.* )

## JULES MASCARON.

J. MAS-
CARON.

*P.* 301. UNe transposition de chiffres a fait faire une faute dans son article, où l'on a mis qu'il étoit mort âgé de 96. ans; il faut 69. ans.

## SCIPION DUPLEIX.

S. DU-
PLEIX.

*P.* 310. IL a paru sous le nom de *Scipion Dupleix* un Livre intitulé :

*Les Loix militaires touchant le duel en quatre livres, de toute sorte de duels, de l'honneur & du démentir, de l'appareil & circonstances du duel, des appointemens des querelles.* Paris 1702. *in-*4°. It. *Paris* 1611. *in-*8°. La ressemblance des noms pourroit faire attribuer cet Ouvrage à notre Historien, mais il est, selon le P. *le Long*, de son frere aîné, qui portoit comme lui le nom de *Scipion*, & qui étoit Lieutenant Particulier de *Condom* ; ce qu'il prouve par un Son-

net de l'Historien qui est à la tête S. Du-
de ce Livre , & où il loüe son frere PLEIX.
aîné comme Auteur de ce Livre.

Il avoit un autre frere , nommé
*François* , dont on a *Partitiones Juris
Methodicæ heroico versu conscripta.
Parif. 1615.*

---

## PIERRE LE NAIN.

*P. 311.* IL a laissé une Histoire P. LE
manuscrite des Martyrs NAIN.
des quatre ou cinq premiers siecles,
& M. *Gouget* assure l'avoir vûë écrite de sa main , *in 8º.* La vie de ce
saint Religieux est attribuée , selon
lui, à M. d'*Arnaudin* neveu du Docteur de ce nom. C'étoit un jeune
homme , qui est mort à l'âge de
30. ans.

---

## ANDRE' FELIBIEN.

*P. 346.* SOn fils aîné, Chanoine A. FELI-
de *Bourges* , est mort en BIEN.
1711.

I ij

## JACQUES GOUSSET.

J. GOUS-
SET.

P. 356. LE titre du Livre marqué au Nº 8. est:
*Vespera Groningana, sive amica de*
*rebus sacris colloquia, ubi varia Scrip-*
*tura loca selecta, difficilia & magni*
*momenti accuratè tractantur, atque*
*egregiè explicantur. Amstelodami 1711.*
*in-12.* Ceci n'est qu'une seconde
édition; je ne sçai quand la pre-
mieré a paru.

## JEROSME VIGNIER.

J. VI-
GNIER.

P. 357.
( 356.) LA mere de *Jerôme Vi-*
*gnier* est mal appellée
*Olympe le Blond*, elle s'appelloit
*Olympe Belon*, & étoit fille de *H.*
*Belon*, Auteur d'un Livre intitulé:
*Le Trésor de l'ame Chrétienne*, qu'il
dédia à *Roberte Mougne* sa femme &
mere d'*Olympe Belon*. ( *Le Clerc* Bibliot. de *Richelet*.)

*Jerôme Vignier* fit abjuration en
1628. & pensa ensuite à se faire

Chartreux ; mais sa santé ne le lui permettant pas , il entra à l'Oratoire vers l'an 1630. *( Id.* )

---

# GREGORIO LETI.

P. 380. **S**On Ouvrage sur les Lot- (378.) teries fut critiqué dès qu'il parut , dans un Ecrit imprimé sous le titre de *Considerations sur la Critique des Lotteries de M. Leti* ; & comme l'Auteur traitoit un peu durement *Leti* , celui-ci crut que le meilleur moyen de faire son apologie , étoit de publier un recüeil de Lettres , que des personnes de distinction lui avoient écrites , & où elles temoignoient avoir beaucoup d'estime pour lui. Ce volume fut accompagné d'une longue Préface, où *Leti* répondoit à l'Auteur des *Considerations*, qu'il accusoit d'être *adorateur de la France, & ennemi de sa Majesté Britannique.* Dans le tems que ce recüeil de Lettres étoit prêt à paroître, on jugea à propos d'en suspendre la publication. Mais l'Auteur des *Considerations* ayant recou-

I iij

G. LETI. vré un exemplaire de la Préface, y répondit dans une Brochure intitulée : *Reflexions sur la derniere Préface de M. Leti en forme de Réponse aux Confiderations sur la Critique des Loteries* ; & ce fut là qu'on apprit que ces Confiderations n'étoient que le coup d'essai d'un jeune homme, qui s'appelloit *Pierre Ricotier*, & qui étudioit en Theologie à *Franequer*.

Ces *Confiderations* ont été imprimées une seconde fois à la fin de la *Critique des Loteries*, dont *Mortier* & *de Lorme* firent faire à *Amsterdam* en 1697. sous le nom des amis de l'Auteur une nouvelle édition en 2. vol. *in-12.* où pour faire piece à *Leti*, ils mirent son portrait habillé en Moine ; ce qui a fait croire à quelques personnes qu'il l'avoit été effectivement, mais cela n'est pas.

Les Lettres après avoir été supprimées quelque tems parurent enfin ; mais la Préface en fut entierement ôtée. (M. *Des Maizeaux*, Notes sur les Lettres de M. *Bayle*.)

## P. PELLISSON FONTANIER.

*P.* 381. **Q**Uelques Auteurs l'ont
(379.) fait natif de *Castres*, &
l'Abbé de *Faur-Ferriés*, né dans
cette Ville, son cousin & son ami,
le disoit natif de *Castres* & son com-
patriote; mais il étoit seulement
originaire de cette Ville. *Jean Jacques Pellisson* son pere étoit Conseiller de la Chambre de l'Edit, qui fut
transportée de *Castres* à *Beziers* en
1623. & c'est une assez bonne preuve qu'il étoit né à *Beziers*, sans
parler du témoignage de plusieurs
Auteurs qui le font naître dans
cette Ville. ( *Le Clerc.* )

    Il prit le surnom de *Fontanier*,
qui étoit celui de sa mere, unique-
ment pour être par là distingué
plus aisément de son frere. ( *Id.* )

    Peu de tems après la publication
de sa paraphrase des *Institutes de
Justinien*, il vint à *Paris*, où M.
*Conrart*, à qui il étoit recommandé,
se fit un honneur de le montrer aux
Academiciens, dont sa maison étoit

I iiij

P. PELLIS-
SON.

le rendez-vous. Il retourna enfuite à *Caftres*, où la petite verole non-feulement lui déchiqueta les jouës, & lui déplaça prefque les yeux, mais affoiblit & ruina pour toujours fa fanté. ( M. l'Abbé d'*Olivet.* )

Il fut depuis d'une laideur fi extraordinaire , que Madame *de Sevigné* difoit qu'*il abufoit de la permiffion qu'ont les hommes d'être laids.*

M. *Defpreaux* le fit entrer à ce fujet dans fa Satyre huitiéme, où il difoit ,

*L'or même à Pelliffon donne un teint*
*de beauté.*

Mais dans l'impreffion il fupprima le nom de M. *Pelliffon* , ne voulant point lui reprocher un défaut corporel , dont il n'étoit point coupable , & mit à fa place *à la laideur.* Cependant cet adouciffement ne contenta pas M. *Pelliffon*, qui conferva toujours du reffentiment contre M. *Defpreaux.* ( M. *Broffette.* )

P. 385. (383.) J'ai dit qu'il avoit fait fon *Hiftoire de l'Academie Fran-çoife* à la follicitation des plus illuftres Academiciens , qui étoient fes amis, & pour fatisfaire la loüable

curiofité d'un de fes proches parens. M. *le Clerc* trouve qu'il y a
quelque chofe à rectifier à cela. *Sa*
*Relation* , dit-il, *contenant l'Hiftoire*
*de l'Academie Françoife* , eft adreffée
à M. D. F. F. c'eft-à-dire, *de Faur-*
*Fondamente* , & ce *de Faur* n'étoit
point parent de M. *Pelliffon* , mais
fimplement fon ami. Cependant les
deux familles de *de Faur* & de *Pel-*
*liffon* étoient unies , parce que de
*Faur-Ferriés* frere de *Faur - Fonda-*
*mente* avoit époufé une *Fontanier* ,
fœur de la mere de M. *Pelliffon.*
C'eft ce que l'on apprend d'un Memoire de M. l'Abbé de *Faur-Fer-*
*riés* , coufin de M. *Pelliffon* & fils
de cet autre *Ferriés* , frere de *Fonda-*
*mente.* L'Abbé *de Faur* marque dans
fon Memoire que ce ne fut point à
la follicitation des Academiciens,
comme le dit le Journal de 1693.
que M. *Pelliffon* travailla à fon Hiftoire de l'Academie. Ce fut uni-
quement , dit cet Abbé , pour con-
tenter un de fes plus anciens amis,
frere de mon pere , & parce qu'ils
avoient établi une Academie à *Caf-*
*tres* leur Patrie , qui n'a fubfifté que

P. PEL-
LISSON.

tant que la Chambre de l'Edit a été à *Castres*. Il fut aisé à M. *Pellisson* d'avoir tout ce qu'il falloit pour composer cette Histoire, parce qu'il étoit lié d'une étroite amitié avec M. *Conrart*, qui charmé de la beauté de l'Ouvrage, crut en devoir faire part à l'Academie; car M. *Pellisson* ne l'avoit écrite que pour mon oncle.

P. 386. (384.) M. l'Abbé d'*Olivet* dit que M. *Pellisson* allant en 1659. à *Montpellier* pour s'y faire recevoir Maître des Comptes, passa par *Pezenas*, où *Sarasin* étoit mort quatre ans auparavant, qu'il se transporta sur la tombe de son ami, l'arrosa de ses pleurs, fit celebrer un service pour lui, & lui fonda un Anniversaire, tout Protestant qu'il étoit alors; & il assure sçavoir ce fait d'original. M. *le Clerc* rapporte que le même fait se trouve dans le Memoire de M. *Ferriés*, que j'ai déja cité; mais il ajoûte avec raison, qu'il voudroit que cet Abbé eut marqué le lieu de cette fondation, & l'eût si bien circonstancié, que personne ne fût tenté de la revoquer en doute.

*P.* 386. (384.) M. l'Abbé d'O*i-* P. PEL-
*vet* raconte une chofe finguliere de LISSON.
fes occupations pendant fa déten-
tion à la Baftille. Il dit que pour
charmer fon ennui , il entreprit
d'apprivoifer une araignée qui faifoit fa toile à la petite fenêtre de fa
chambre ; pour cela il mit pendant
long-tems des mouches fur le bord
de cette fenêtre , pendant qu'un
Bafque , qu'il avoit avec lui , joüoit
de la mufette. Peu à peu l'araignée
s'accoûtuma à diftinguer le fon de
cet Inftrument , & à fortir de fon
trou , pour courir fur la proye qu'on
lui expofoit. Ainfi l'appellant toujours au même fon , & mettant fuc-
ceffivement fa proye dans une dif-
tance plus éloignée , il parvint ,
après un exercice de plufieurs mois,
à difcipliner fi bien cette araignée ,
qu'elle partoit au premier fignal, pour
aller prendre une mouche au fond de
la chambre, & jufques fur les genoux
du prifonnier. *Conftantin de Renne-
ville* dans fon *Hiftoire de la Baftille* ,
*tom.* 1. a attribué cette invention à
M. le Duc de *Lauzun* , qui , dit-il ,
avoit appris à une araignée à venir

P. PEL-
LISSON.

prendre dans fa main du pain qu'il lui prefentoit.

*Des Courtils* dans fes Memoires d'*Artagnan*, donne une autre occupation à M. *Pelliſſon* dans fon fejour de la Baſtille. Il aſſure qu'il s'étoit fait acheter un millier d'épingles, & qu'il les ôtoit les unes après les autres de deſſus leur papier, les répandoit toutes dans fa chambre, & ſamuſoit à les ramaſſer l'une après l'autre, pour les remettre à leur place.

P. 387. (385.) Quelque temps après fon abjuration, le Roi lui aſſura deux mille écus de penſion.

On ne ſçait point au juſte quand il reçut le Soûdiaconat; mais il le reçut ſûrement. Quand les Proteſtans lui ont fait un crime d'avoir des Benefices pour vingt mille livres de rente, ils ignoroient qu'il les tenoit en qualité d'Eccleſiaſtique. Il étoit Abbé de *Gimon* & Prieur de *S. Orens d'Auch*, ſelon M. *d'Olivet*, & Abbé de *S. Sernin* de *Toulouſe*, ſuivant M. *le Clerc*.

P. 394. (391.) Pour faire parler M. *Pelliſſon* dans fa priſon, on apoſta un Allemand, simple & grossier en apparence, mais fourbe & rusé, qui feignoit d'être prisonnier à la Bastille, & dont la fonction étoit de faire le rôle d'espion. *M. Pellisson* découvrit d'abord le piége; mais ne faisant point voir qu'il le connût, & redoublant au contraire ses politesses envers cet Allemand, il l'enchanta tellement, qu'il en fit son émissaire. Il eut par là un commerce journalier de Lettres avec Mademoiselle de *Scudery*, & fit passer jusqu'à elle divers Ouvrages, qu'il avoit composez dans sa prison en faveur de M. *Fouquet*. Quand ces Ouvrages parurent, on ne fut pas long-tems à en deviner l'Auteur; c'est pourquoi on lui ôta plumes & encre, & il fut plus resserré qu'auparavant. ( M. d'*Olivet*. )

Aux Ouvrages citez de M. *Pellisson* joignez le suivant.

*Lettres Historiques de M. Pellisson. Paris 1729. in-12. 3. tom.* On auroit pû, dit l'Avertissement qui est à la tête, intituler ces Lettres: *Journal des Voyages & des Campagnes de Louis XIV. depuis* 1670. *jusqu'en*

**P. Pel-** 1688. Il s'y trouve une infinité de
**LISSON.** faits & de circonftances qu'inutilement on chercheroit ailleurs, &
les perfonnes qui voudront étudier
ou écrire l'Hiftoire du Regne pré-
cedent, ne fçauroient puifer dans
une fource ni plus pure ni plus
abondante que celle-ci. On trouve
à la fin du troifiéme tome l'Epitaphe de la Reine *Anne* d'Autriche &
celle de l'Abbeffe de *Malnoue*, de
même que l'Infcription Latine pour
la demi-lune de *Tournay*.

P. 399. ( 396. ) Sur ce que j'ai
dit après *Borel*, que la Famille des
*Felliffons* eft defcenduë par les femmes de celle de *du Bourg*. M. *le Clerc*
ajoûte ; elle en defcend, parce que
*Pierre Pelliffon*, grand pere de l'A-
cademicien, époufa en 1588. une
*du Bourg*. Ainfi l'expreffion n'eft pas
correcte, parce qu'il femble que
l'alliance eft bien plus ancienne.

V. la vie de M. *Pelliffon* par M.
l'Abbé d'*Olivet* à la tête de fes *Lettres Hiftoriques* & dans l'*Hiftoire de
l'Academie Françoife*, & la Bibliotheque de *Richelet* par M. *le Clerc* à
la tête du Dictionnaire.

# CHANGEMENS, CORRECTIONS
## & additions.

### Pour le Tome troisiéme.

---

## ISAAC PAPIN.

**P. 14.** **R**Emarques de M. l'Abbé I. PAPIN.
**( 13. )** Gouget.

On auroit pû avertir que l'édition de ses Œuvres, que l'on dit donnée par sa veuve, vient en effet du P. *Pajon* de l'Oratoire, son parent. Il falloit avertir des Ouvrages nouveaux que contient cette nouvelle édition, & dire que le P. *Pajon* est Auteur de celui qui est intitulé : *La cause des Heretiques discutée*, & qui paroît dans le troisiéme volume en François & en Latin. Puisque la Veuve paroît comme Editeur, & qu'elle est en partie Auteur de la vie de M. *Papin*, on pouvoit marquer sa propre mort arrivée à *Blois* au mois de Mars 1725.

I. PAPIN. *Les deux voyes oppofées en matiere de Religion*, n'ont point été imprimées à *Liege*, comme le titre le porte, mais à *Amsterdam* par les foins du P. *Quefnel.*

M. *Papin* avoit écrit contre la Priere publique de M. *Du Guet*, & l'Ouvrage avoit été mis entre les mains du feu P. *Germon* Jefuite. Je fçai ces faits de Madame *Viart Papin*, veuve de l'Auteur.

Ce que j'ai dit (*P.* 14.) que *Claude Pajon* avoit été Miniftre à *Orleans*, a été cenfuré par M. l'Abbé *le Clerc*, qui dit l'avoir toujours crû ainfi; mais que le P. *Pajon* de l'Oratoire fon fils l'avoit affuré, qu'il ne l'avoit jamais été, mais feulement ce que les Calviniftes appellent Propofant.

---

## SIMON PAULLI.

S. PAUL-
LI.

P. 23.
[ 22.] IL naquit le 6. Avril 1603. & mourut le 23. de ce mois 1680. âgé de 77, ans.

Il a été marié deux fois ; la premiere, à *Elizabeth Fabrice*, fille de
*Jacques*

*Jacques Fabricius*, Medecin du Roi S. Paul
de Danemarc, dont il a eu quinze LI.
enfans, dix garçons & cinq filles ;
& la seconde, à *Anne Batscher.*

Outre les Ouvrages que j'ai rapporté, il a fait encore les suivans.

*De Hæmorrhagia Disputatio. Haf-*
*niæ* 1629. *in-*4°.

*De Arthritide. Witteberga* 1630.
*in-*4°.

*De Catarrho. Rostochii* 1637. *in-*4°.

*De dolore Dentium. Hafniæ* 1639.
*in-*4°.

*De Anatomiæ origine, præstantia*
*& utilitate Syntagma. Hafniæ* 1634.
*in-*4°.

*Oratio introductoria, cum Galenum*
*de Ossibus ad Secleton publicè in Colle-*
*gio Finkiano esse interpretaturus. Haf-*
*niæ* 1641. *in-*4°.

Une Traduction Allemande de
l'Anatomie de *Gaspar Bartholin. Co-*
*penhague* 1648. *in-*8°.

Une Traduction Allemande des
Tables Anatomiques de *Jules Casse-*
*rius*, & de l'Ouvrage de *Spigelius*
de la formation du *fœtus* avec un
Appendix. *Francfort* 1656. *in-*4°. &
1683. *in-*4°.

*Tome X.* K

V. *Vindingii Academiœ Hauniensis.*
*Freheri Theatrum. Alb. Bartholinus de*
*scriptis Danorum*, avec les additions
de *Mollerus.*

---

## JEAN BONA.

J. BONA. *P.* 37. LE Cardinal *Bona* pour-
(35.) roit bien être de la Mai-
son de *Bonne*, originaire de Dau-
phiné. Quoiqu'il en soit, il donna
part de sa promotion, comme parent, à MM. le Duc de *Lesdiguiere*
& le Comte *de Saulx* son fils, leur
écrivant à chacun une Lettre de
compliment cachetée aux Armes de
*Bonne.* Le Duc y répondit d'autant
plus obligeamment, qu'il regardoit
ce nouveau Cardinal, comme un
sujet universellement estimé & digne de parvenir au Pontificat. Il le
prioit à la fin de sa lettre de vouloir bien ajoûter à l'honneur qu'il
lui avoit fait de le prévenir, la grace de lui envoyer son portrait, *pour
le placer*, disoit-il, *avec celui de M.
le Connétable notre commun parent.*
Memoires de *la Houssaye,* tom. 1.
p. 441.

P. 41. ('39.) *Via Compendii ad* J. Bona.
*Cœlum.* On ne marque qu'une traduction Françoise de cet Ouvrage.
Il y en a eu une seconde à *Paris* en
1727. *in-*8°. (M. *Gouget.*)

*Manuductio in Cœlum.* On a deux
autres traductions de cet Ouvrage.
L'une a pour titre : *La conduite au*
*Ciel, où est renfermé l'esprit des Saints*
*Peres & des anciens Philosophes, tra-*
*duite par un Ecclesiastique. Bruxelles*
1665. *in-*12. L'autre est intitulée :
*Le Chemin du Ciel & le testament ou*
*préparation à la mort de feu M. le Car-*
*dinal Bona. Paris* 1715. *in-*12. It.
1727. *Mariette in-*18.

P. 42. (40.) Il a paru une nouvelle traduction des *Principes de la*
*vie Chrétienne* du *Cardinal Bona*, à
*Paris Mariette* 1728. *in-*12. qui est
de M. *Gouget*, Chanoine de *S. Jac-*
*ques l'Hopital.* Il a mis à la tête une
vie abregée de l'Auteur.

Outre les Ouvrages dont j'ai parlé,
il a fait encore :

*Horologium Asceticum indicans mo-*
*dum obeundi Christianas exercitationes.*
*Opus posthumum. Paris.* 1679. *in-*12.
Cet Ouvrage ne se trouve point

J. BONA. dans le Recüeil de ſes Œuvres., où l'on auroit dû faire entrer ſes Poëſies Latines & ſes Lettres aux PP. *D'Achery* & *Mabillon*, à M. *Thiers*, à M. *Boſſuet* & à pluſieurs autres.

Je n'ai rien dit du different que le Cardinal *Bona* eut avec le P. *Macedo* au ſujet des Azimes, me reſervant à en parler dans l'article de ce dernier.

*Colomiés* dans ſa *Bibliotheque choiſie*, p. 86. cite une édition de tous ſes Ouvrages faite à *Anvers* en 1677. *in-4°.* & ajoûte au ſujet du Livre *de Divina Pſalmodia*, une choſe dont il eſt à propos de faire mention. Il reprend l'Auteur du *Journal des Sçavans* d'avoir dit que le Cardinal *Bona* étoit le premier qui eût donné le Catalogue des Auteurs qu'il cite, avec un jugement ſur chacun en particulier, & d'avoir ignoré qu'avant lui *Thomas Dempſter*, Ecoſſois, avoit fait un pareil *Indice* des Auteurs qu'il allegue dans ſes nôtes ſur les Antiquitez Romaines de *Roſin*. Mais cette Critique tombe à faux, car *Dempſter* n'a fait qu'un ſimple *Indice*, au lieu que le

Cardinal *Bona* y a joint des Jugemens, chose dont personne ne s'é-
toit avisé avant lui, & c'est ce que
le Journaliste a voulu dire.

---

## PIERRE HALLE'.

P. 247.
(240.) ON a oublié dans le Catalogue de ses Ouvra-
ges le suivant.

*Differtationes de Cenfuris Ecclefiaf-
ticis, & breves aliquot animadverfiones
in excerpta quædam ex Tractatibus
Joannis Davezan de excommunica-
tione. Parif. 1659. in-4°.*

Ses Harangues prononcées dans
l'Ecole du Droit font intitulées :
*Schola Juris Encenia. 1656. in-4°.*

---

## HENRI NORIS.

P. 257.
(250.) ON voit dans l'Ouvrage
cité au *N°. 12.* une
Lettre Latine du Cardinal *Noris* au
Comte *F. Mezzabarba Birago* du 26.
Juin 1685. à l'occasion d'un Livre du
P. *Hardouin,* intitulé : *Nummi antiqui*

H. NORIS *Populorum & Urbium illuſtrati*, imprimé à *Paris* en 1684. *in*-4°. où il étoit attaqué avec pluſieurs Antiquaires d'Italie. On a mal daté cette Traduction de l'an 1675. puiſqu'elle eſt de l'an 1685. L'Original Italien a été inſeré dans le *Journal de Veniſe* tom. 11. *p.* 48.

Le *Thraſo* avoit déja été imprimé en Italie, avec ce titre, *Altdorfii Noricorum*, *in*-4°. ſans marque d'année. Mais l'édition doit avoir été faite vers l'an 1675.

---

## PHILIBERT COLLET.

P. COL-
LET.

*P.* 268. CE fut M. *Tournefort* lui-
( 260. ) même, qui répondit dans le *Journal des Sçavans* à la Critique de M. *Collet*. Mais pour ne pas ſe commettre avec un homme, qui lui étoit infiniment inferieur en fait de Botanique, il prit le nom de M. *Chomel*, qui étudioit alors ſous lui.

# JOSEPH MARIE TOMMASI.

*P.* 273. (265.) ON trouve dans le *Journal de Venise*, *tome* 18. & les fuivans, une longue vie de ce Cardinal, qui me fournit plufieurs chofes dont je n'ai point parlé dans fon article,

J'ai mis fa naiffance au 12. Septembre. On la recule dans ce Journal au 14.

Le premier Ouvrage qu'il publia eft le fuivant.

*D. Auguftini Hipponenfis fpeculum, ut in eo quam obediens Deo inobedienfque fit facilius quifque agnofcat, hac minori forma primò editum. Acceffit ejufdem S. Doctoris Pfalterium, quod matri fuæ compofuit. Romæ* 1679. in-8°. Il mit à la tête une Préface fort fage & fort pieufe, à laquelle il ne jugea pas à propos d'ajoûter fon nom.

Il dédia fes *Codices Sacramentorum* (*N°.* 1.) à la Reine de Suede, qui accepta cette dédicace avec plaifir, mais qui ne fut pas contente de la qualité de *Sereniſſime*, qu'il lui donna dans ſon Epître Dedicatoire, prétendant que le nom de Reine diſoit plus tout ſeul qu'avec cette épithete ; ce qui engagea l'Auteur à faire ôter la feüille & ôter ce terme. Cette Princeſſe avoit ordonné qu'on payât la dépenſe que *Tommaſi* avoit faite pour l'impreſſion de cet Ouvrage, mais il ne voulut pas le ſouffrir ; car il étoit parfaitement déſintereſſé, & ne cherchoit point à rien recevoir d'elle.

Il fit l'Ouvrage marqué au *N°.* 10. *Vera Norma*, *&c.* en faveur des Religieuſes de *Palma*, qui ſe plaignoient de ce qu'elles ne pouvoient retirer aucun fruit de leurs Livres d'Egliſe, parce qu'elles n'entendoient pas le Latin.

Il a fait de plus les Ouvrages ſuivans.

*Coſtitutioni delle Monache Benedittine del Monaſterio della B. Virgine Madre di Dio, Maria del Roſario di Palma nella Diocefi di Gergenti. In Roma* 1690. *in-8°.*

*Priſci Fermenti nova expoſitio. De Fermento quod dabatur Sabbato ante*
*Palmas*

*Palmas in Confiftorio Lateranenfi.*
Ces deux Diſſertations ſe trouvent
dans l'Ouvrage de *Ciampini*, intitulé : *Conjectura de perpetuo Azymo-*
*rum uſu in Ecclefia Latina, vel fal-*
*tem Romana. Roma* 1688. *in* - 4°.
Elles ont apparemment été imprimées ſeparément , puiſque l'Auteur
de ſa vie les cite ſous le titre de
*Diſſertatiuncula de Fermento Ecclefiaſ-*
*tico ,* in-8°.

*Efercizio Cotidiano. In Roma* 1712.
*in-*8°. C'eſt un Livre de prieres ,
qu'il fit imprimer pour l'uſage de
ſes domeſtiques.

*Breve Iſtruzione del modo di aſſiſtere*
*fruttuoſamente al ſanto Sacrificio della*
*Meſſa ſecondo lo ſpirito e intenzione*
*della Chieſa per le perſone che non in-*
*tendono la Lingua Latina. In Roma*
1710. *in-*12.

Il a procuré une nouvelle édition
de la traduction Italienne des Mo-
rales de S. Gregoire Pape ſur Job ,
faite par *Zanobio da Strata* & imprimée à *Florence* en 2. vol. *in-fol.* en
1481. Mais on n'a pû imprimer de
ſon vivant que quatre Livres de 35.
qu'il y a , & le premier volume ,

*Tome X.* L

J. M.
TOMMA-
SI.

J. M.
TOMMA-
SI.

qui contient les huit premiers, a paru en 1714.

L'Office propre de S. *Gaudence*, Evêque de Rimini, & la Messe *pro bona morte*, approuvée par Clement XI. sont aussi de lui.

---

## NOEL ALEXANDRE.

N. ALE-
XANDRE.

*P.* 345. IL s'est glissé une faute (334.) grossiere dans ce qui est dit du premier Ouvrage du P. *Ale-xandre.* On a dit qu'il y attaque quelques maximes de M. de *Launoy* sur l'Usure. Le titre du Livre fait voir qu'il faut mettre *sur la Simonie.* En effet, le P. *Alexandre* y combat ce Docteur, qui avoit prétendu qu'il y avoit de la simonie dans les Annates.

---

## FRANÇOIS LAMY.

F. LAMY.

*P.* 355. CE n'est point à *Monte-* (344.) *reau* que le P. *Lamy* est né, comme le dit le P. *le Cerf*; mais à *Montireau* dans le Diocese de *Chartres*.

P. 360. ( 348. ) Le sujet de la dis- F. **Lamy.**
pute entre le P. *Lamy* & M. *Gibert*,
vient de ce que le P. *Lamy* avoit
avancé dans le Traité *de la connois-*
*sance de soi-même*, que la circulation
des esprits animaux contribuë à l'é-
loquence. M. *Pourchot* adopta ce
sentiment ; mais M. *Gibert* s'éleva
contre. Voilà ce qui engagea la querelle. ( M. l'Abbé *Granet*. )

---

## BARTH. DE CHASSENEUZ.

P. 365. L'Eloge de *Chasseneuz*, dont B. DE
( 353. ) j'ai tiré cet article , est CHASSE-
de M. le Président *Bouhier*.       NEUZ.

   *Chasseneuz* est son vrai nom ,
comme il paroît non-seulement par
son contrat de mariage avec *Petro-*
*nille Languet*, & par une inscription qu'il rapporte en son Catalogue
de la Gloire du monde, *part.* 12.
*cons.* 89. mais encore par le titre des
anciennes éditions de son Commentaire sur la Coutume de Bourgogne,
& par ce distique , qui est à la tête
de la premiere de toutes.

*Hedua nunc tenet Auctorem Bartholo-*
    *mæum , quem*

*Yſſiacus genuit, nomine* de Chaſ-
ſeneuz.

Dans la ſuite latiniſant ſon nom,
il s'appella *Bartholomæum à Chaſſa-
neo*, & c'eſt pour cela qu'on l'a
nommé communément *Chaſſanée*.
Pour la petite Seigneurie de *Pre-
lay*, qui lui appartenoit en toute
juſtice, elle étoit ſituée en la Pa-
roiſſe de *Broye*, près d'*Autun*. Après
ſa mort elle paſſa à *Philipote* l'une
de ſes filles, & fut venduë le 15.
Octobre 1603. par un de ſes deſ-
cendans au Préſident *Jeannin*, pour
être unie à ſa Baronie de *Montjeu*,
dont elle fait maintenant partie.

P. 373. ( 361. ) *Antoine de Laugier*. Mettez *Honorat de Laugier*.

P. 376. ( 364. ) Le Sieur d'*Alenc*.
Ajoûtez : *Jacques de Raynaud, Sieur
d'Alenc*.

P. 381. ( 368. ) Ce fut vraiſem-
blablement vers le 15. du mois d'A-
vril 1541, que mourut ce grand Magiſtrat. En effet, le 19. de ce mois
l'Avocat Général *Garçonnet* vint
annoncer ſon décès au Parlement,
lequel en conſéquence propoſa au
Roi pour remplir ſa place trois ſu-

jets, du nombre defquels fut le mê- **B. DE**
me Avocat General , qui en fut **CHASSE-**
pourvu le 18. Juin fuivant. *Pitton* , **NEUZ.**
p. 528. donne la date de fes Lettres
de Provifions , & je croyois qu'il
avoit mis 1541. pour 1542. Ma raifon étoit que l'année commençant
alors à Pâques par tout le Royaume , le mois de Juin , qui fuivit la
mort de *Chaffeneuz* , devoit être de
1542. Mais j'ai fçû depuis que l'année commençoit en Provence à la
fête de Noël en ce tems là.

*Ibid.* Il a laiffé un garçon & une
fille , mettez deux filles , l'une nommée *Anne* , & l'autre *Philippote*.

*P.* 382. ( 369. ) La premiere édition du Commentaire fur la Coutume de Bourgogne s'eft faite chez *Simon Vincent in-*4°. en lettres Gothi-
ques. Mais quoique la date ne foit
que de 1517. le Privilege en avoit
été obtenu dès le 16. Août 1515. *à
la requête* , eft-il dit , *de M. Nicole
Boyer Préfident au Parlement de Bourdeaux*.

En 1521. un nommé *Hugues le
Vaffeur* , Châtelain Royal de Châ-
lon , & parent très-proche de *Chaf-*

*feneuz*, lui dédia les Commentaires
d'un Docteur celebre, nommé *Ja-
cobinus de S. Georgio*, fur quelques
Titres du Digeste ancien & du Co-
de, qu'il fit imprimer à *Lyon in-fol.*
chez *Simon Vincent* en Lettres Go-
thiques. Dans l'Epître Dedicatoire
il donne de grandes loüanges à *Chaffeneuz*, & nous apprend qu'on lui
avoit l'obligation de l'édition qu'on
avoit donnée depuis peu, c'eſt-à-
dire en 1517. & 1518. des Commentaires d'*Alberic à Roſate* ; quoique dans cette édition l'honneur en
foit donné à *Jean Thierry de Lan-
gres.*

J'ajoûterai ici un Ouvrage très-
rare de fa façon, qui a échappé à la
diligence du P. *le Long.*

*Epitaphes des Rois de France, depuis
Pharamond jufques à François I. en
Vers, avec leurs effigies, ainfi qu'elles
étoient taillées en pierre en la Grand'-
Salle du Palais à Paris. Item Bartho-
lomæi Chaſſanei in eofdem Reges diſ-
ticha & Carmina Latina. in - 12.* à
*Bourdeaux* chez *Jean Mentele, aliàs
de Vaten*, fans date.

Il avoit formé le deſſein de don-

ner au Public d'autres Ouvrages. Il
parle quelquefois de son Commentaire sur le Concordat, & des Notes qu'il avoit faites sur le Commentaire de *Guillaume Benedicti in*
*Cap. Raynutius Extr. de Testamentis.*
Il promettoit de plus un plus grand
nombre de Consultations, comme
on le voit à la fin de la premiere
édition de celles qui sont imprimées ; mais aucun de ces Ecrits
n'a vû le jour. M. *Taisand* en ses
Vies des Jurisconsultes. p. 124. lui
attribuë encore un Dictionnaire de
Droit, que cite *Chasseneuz* en quelques endroits. Mais je crois que ce
n'étoit qu'une espece de repertoire,
qu'il avoit fait pour son usage particulier, & qu'il n'avoit jamais eu
envie de publier.

B. DE
Chasse-
neuz.

---

# FRANÇOIS REDI.

P. 386.
(373.)
ON a fait un recüeil de
tous les Ouvrages de
*Redi* sous ce titre :

F. Redi.

- *Opere di Francesco Redi in questa*
*nuova edizione accresciute & miglio-*

**F. Redi.** *rate. In Venezia* 1712. *in-*8°. 3. *tom.*

Le premier volume contient d'abord la vie de l'Auteur par l'Abbé *Salvino Salvini* , qui est tirée du premier tome des *Vite degli Arcadi* , & l'Eloge que l'Abbé *Antoine Marie Salvini* fit de lui dans l'Academie de *la Crusca* le 13. Août 1699. On trouve ensuite les Ouvrages suivans de *Redi*.

*Esperienze intorno alla generazione degli Insetti.* V. N°. 3.

*Esperienze intorno agli animali viventi.* ( *N°*. 6. )

*Osservazioni intorno a' pellicelli del corpo humano* , publiées plusieurs fois sous le nom du Docteur *Jean Cosme Bonomo*. Ce qui avoit fait croire jusques-là qu'il en étoit l'Auteur , mais il n'y avoit point de part. Ces Observations sont en partie de *Redi*, & en partie de *Cestoni* , & c'est *Redi* qui les a redigées , comme il est facile de le reconnoître à la pureté du stile.

*Lettera di Sign. Diacinto Cestoni* , *nella quale espone la sua opinione intorno alla rogna che vuole caggionata da' soli pellicelli.* *Cestoni* se declare

dans cette Lettre Auteur de la dé-
couvèrte des Cirons.               F. REDI.

*Miglioramenti e correzzioni d'al-*
*cune sperienze ed osservazioni del Sign.*
*Redi fatte dal Sign. Antonio Vallis-*
*nieri, e registrate dal Sign. Dottor Gi-*
*rolamo Gaspari Veronese.*

Le second tome contient.

*Esperienze intorno a diverse cose*
*naturali.* ( N°. 4. )

*Osservazioni intorno alle Vipere.*
( N°. 1. )

*Lettera sopra alcune opposizioni,*
*&c.* ( N°. 2. )

*Osservazioni intorno a quelle Goc-*
*ciole o fili di Vetro, che rotte in qual-*
*sisia parte tutte quante si stritolano.*
( N°. 4. )

*Esperienze fatte alla presenza del*
*Ser. Gran-Duca di Toscana intorno a*
*quell'acqua che si dice che stagna subito*
*tutti quanti i flussi di sangue, che scor-*
*gano da qualsisia parte del corpo.*

*Lettera intorno all'invenzione degli*
*occhiali* ( N°. 7. ) *con aggiunta in*
*questa nuova impressione.*

*Esperienze intorno a' sali fattizi.*
*Redi* enseigne dans cet écrit une
maniere facile de tirer les sels des

**F. REDI.** herbes, des fleurs, des plantes, des fruits, &c.

*Lettera d'alcune esperienze intorno al veleno delle vipere.* Cette Lettre de *Redi* est tirée du treiziéme Journal des Sçavans de *Rome* de l'an 1673.

*Lettere.* Ces Lettres n'avoient point encore paru, à l'exception de quelques-unes qui se trouvent dans les *Mescolanze* de *Menage.* Il y a beaucoup de choses curieuses sur la Physique & sur l'Histoire Littéraire.

*Etimologie Italiane tratte dall' Origini della Lingua Italiana compilate da Egidio Menagio.* Comme *Redi* avoit fourni à M. *Menage* un grand nombre d'Etymologies, l'Editeur de ses Œuvres les a tirées du gros volume de *Menage*, pour les mettre ici de suite par ordre alphabetique.

Le troisiéme tome renferme.

*Bacco in Toscana. Ditirambo. Colle annotazione accresciute.* ( *N°.* 8. )

*Sonetti.* ( *N°.* 9. ) C'est la quatriéme édition. La premiere étant de *Florence* 1702. *in-fol.* La seconde de la même Ville 1703. *in-12.* & F. REDI la troisiéme de *Parme* 1705. *in-12.* Tous ces Sonnets ne sont pas également bons, mais les meilleurs sont incomparables.

*Giunta a Sonetti.* Ce sont 52. nouveaux Sonnets, qui n'avoient pas encore paru, & qu'on a tiré du rebut, où l'on les avoit mis, en faisant choix des précedens.

*Giunta di varie Poesie.* Une des Pieces qui paroissent ici, intitulée l'*Incanto amoroso*, avoit déja été imprimée dans les *Mescolanze* de *Menage.*

P. 388. (375.) L'Ouvrage indiqué au Nº. 4. est adressé au P. *Kirker* Jesuite, à qui *Redi* fait voir modestement les fautes qu'il a commises en parlant des choses naturelles, qui nous viennent des Indes. Quelque tems après on entreprit de défendre le P. *Kirker* dans un Livre intitulé : *Prodomo Apologetico alli studii Chircheriani, opera di Gioseffo Petrucci Romano, nella quale con un' apparato di saggi diversi si da prova dell' esquisito studio*

**F. REDI.** *che ha tenuto il P. A. Chircher circa il credere all' opinioni degli scrittori, sì de tempi andati, come de presenti, e particolarmente intorno a quelle cose naturali dell' India. Amsterdam 1677.*

# CHANGEMENS, CORRECTIONS *& Additions.*

## *Pour le Tome quatriéme.*

---

## PIERRE ABE'LARD.

**P. 41.** **C**Orrigez *Paul François, &c.* **P. ABE'-**
*lig. 26.* & mettez *Pierre François* **LARD.**
*Godard de Beauchamps*, Secretaire de
M. le Marechal de Villeroy, originaire de *Paris* & non d'*Autun.* Ajoûtez de même une ſ à la fin de ſon nom
chaque fois qu'il eſt repeté.

---

## SAMUEL SORBIERE.

**P. 82.** **A**UxOuvrages citez ajoû- **S. SOR-**
tez ceux-ci. **BIERE.**
*Diſcours de Samuel Sorbiere ſur ſa*
*converſion à l'Egliſe Catholique. Paris*
*1654. in 8°.*

*Lettre au Comte de Nogent. 1660.*
*in-4°.*

*Diſcours de l'excès des complimens*
*& de la civilité, de la critique, &c.*
*Lyon 1675. in-12.*

M. d'*Auvier*, Avocat au Parlement de Touloufe, poſſede un Ma-

**S. SOR-**
**BIERE.**

nuſcrit de *Sorbiere*, qu'il tient de *Henri Sorbiere* ſon fils ; c'eſt un *in-fol.* de 828. pages intitulé : *Epiſtolæ Samuelis Sorbiere ad illuſtres ac erudi-tos viros ſcriptæ, in quibus multa con-tinentur ad rem litterariam ſui temporis illuſtrandam , ſcilicet ad Hiſtoriam naturalem , Philoſophiam , Theolo-giam , & ad hominum mores dignoſ-cendos. Accedunt illuſtrium & erudi-torum virorum ad eumdem Epiſtolæ ; itemque Catalogus & index rerum & verborum locupletiſſimus. Cura & opera Henrici Sorbiere , Autoris filii.* Ces Lettres ſont differentes de celle que *Sorbiere* fit imprimer en 1669. M. *d'Aurier* prétend que *Sorbiere* s'ap-pelloit *Samuel Joſeph* , & non *Sa-muel* ſeulement, & que c'eſt ainſi qu'il eſt nommé dans la legende de ſon Eſtampe. Cependant il ne s'eſt jamais donné le nom de *Joſeph* , & je ne trouve point d'Auteur qui le lui donne.

---

# SCIPION AMMIRATO.

**S. AMMI-**
**RATO.**

P. 104. ſign. 23. **O**Tez ces mots. *Il s'at-tacha au Marquis de Ca-poue, qui étoit auprès de la Reine Chriſ-*

*tine de Suede*; & subſtitez-y ceux-ci.
*Il s'attacha à la Reine de Pologne, par
le Conſeil de Jean Laurent Papacoda,
qui fut depuis Marquis de Capurſo.*
Cette Reine étoit *Bonne Sforce* veuve
de *Sigiſmond I.* Roi de Pologne,
qui s'étoit retirée en Italie.

*P.* 107. L'édition *in-4°.* de l'Hiſtoire de Florence d'*Ammirato* n'eſt
pas la meilleure. Il y en a une *in-fol.*
qui lui eſt infiniment préferable,
puiſqu'on a fait entrer dans le texte
de très-fideles extraits des Pieces
qui ne ſont que mentionnées dans
l'édition *in-4°*. On reconnoît ces
extraits aux guillemets. C'eſt dans
les Archives de *Florence* qu'on a
trouvé ces Pieces, entre leſquelles
il y en a de très-importantes; mais
l'édition n'a pas été faite dans cette
Ville là, elle eſt en 3, vol. *in-fol.*
( *M. de la Barre.* )

*P.* 108. Les diſcours d'*Ammirato*
ſur *Tacite* ſont au nombre de 42.
Voici le jugement que le P. *Rapin*
en porte dans ſon *Inſtruction pour
l'Hiſtoire, p.* 145. Après avoir dit
que *Tacite* a gâté beaucoup d'eſprits par la fantaiſie d'étudier la
Politique, qu'il inſpire à tant de

S. AMMI-RATO.

gens, il ajoûte : » C'eſt où tant
» d'Eſpagnols, comme *Antonio Pe-*
» *rez*, & tant d'Italiens, comme
» *Machiavel* & *Ammirato*, ont
» échoüé. Ce n'eſt que par l'éclat
» de ſon ſtile que ce dernier plaît
» tant aux eſprits forts, & ſi peu
» aux gens naturels ; car il rebute
» par la ſubtilité de ſes raiſonne-
» mens & de ſes reflexions. Il eſt
» ſi obſcur en ſes expreſſions, qu'il
» faut être bien rompu dans ſon
» ſtile pour ſçavoir démêler ſes pen-
» ſées. Sa maniere de critiquer eſt
» fine par elle-même ; mais elle de-
» vient groſſiere par l'envie qu'il a
» de critiquer tout. Il a du ſublime,
» à force d'avoir toujours de grands
» ſentimens ; ce n'eſt que par là
» qu'il impoſe, & ce n'eſt point
» tant pour plaire & pour inſtruire
» qu'il écrit, que pour donner de
» l'admiration. Il a je ne ſçai quoi
» de grand & d'extraordinaire, qui
» fait excuſer la plûpart de ſes dé-
» fauts : mais il y a tant de choſes
» à dire ſur cet Auteur, en bien &
» en mal, qu'on ne peut finir quand
» on en parle. C'eſt une ſorte d'eſprit
qui

» qui n'eſt d'uſage que pour l'oſten- S. AMMI-
» tation ; on ne s'en accommode RATO.
» pas dans le commerce ordinaire
» des hommes.

M. *Amelot de la Houſſaye* qui cite
une partie de ce jugement dans ſon
diſcours critique ſur les Auteurs qui
ont traduit ou commenté *Tacite*,
qu'on voit à la tête de ſa Traduction des Annales de cet Hiſtorien,
ajoûte :

» Je n'ai pas laiſſé de trouver
» beaucoup de bon ſens dans ſes
» raiſonnemens, & même beaucoup
» de droiture dans ſes maximes. Il
» affecte ſouvent d'en tenir de tou-
» tes contraires à celles de *Machia-*
» *vel*, qu'il cenſure en divers en-
» droits. Ce qu'il y a de ſingulier ,
» c'eſt que le citant preſque par
» tout , & toujours pour le refuter,
» il ne le nomme jamais par ſon
» propre nom , mais par celui de
» l'*Autor de' Diſcorſi*, tantôt par ceux
» d'*Alcuno* & d'*Altri* , comme s'il
» craignoit de ſoüiller ſes écrits en
» y nommant *Machiavel*. Son ſtile
» eſt nerveux & concis , comme
» celui de *Tacite* , ce qui fait quel-

S. Ammi-
rato.

» quefois qu'il en est obscur ; &
» peut-être a-t'il affecté ce défaut,
» pour ressembler mieux à son Au-
» teur. Il entremêle assez souvent
» les exemples modernes avec les
» anciens, afin, dit-il dans un de
» ses Discours, que chacun voye
» que la verité des choses n'est pas
» alterée par la diversité des tems.
» En un mot, son Commentaire est
» assurément un des meilleurs que
» nous ayons sur *Tacite*.

*P.* 109. L'édition des Familles de
*Florence* marquée au *N*°. 8. est mal
mise à l'année 1675. elle est de 1615.

On trouve parmi les Opuscules
de cet Auteur les Discours qu'il a
prononcez en differentes occasions,
& dont plusieurs ont été imprimez
séparément. Tels sont les suivans.

*Orazione nella morte di Francesco
Duca di Toscana. Firenze* 1587. *in*-4°.

*Orazione a Clemente VIII. Firenze*
1594. *in*-4°.

*Orazione a Filippo II. Re di Spagna.
Firenze* 1594. *in*-4°.

*Orazione a Clemente VIII. Firenze*
1595. *in*-4°. Ce Discours est appellé
la seconde Clementine, & le suivant
la troisiéme.

*Orazione a Clemente VIII. Firenze* S: AMMI-
**1596.** *in*-4°. RATO.

*Orazione al Chriſtian. Enrico IV.*
*di Francia doppo la pace fatta con Spa-*
*gna. Firenze* **1598.** *in*-4°.

*Orazione in morte di Filippo II. di*
*Spagna. Firenze* **1598.** *in* 4°.

On eſt encore redevable à *Scipion*
*Ammirato* de la premiere édition
des Poëſies Italiennes de *Bernardin*
*Rota*, Napolitain, qu'il fit faire à
*Naples* l'an **1560.**

V. *Negri Scrittori Florentini. Lo-*
*renzo Craſſo Elogii, tom.* 1. p. 107.
Ce dernier Auteur ſe trompe en
mettant la mort d'*Ammirato* en **1603.**

---

## JEAN WILKINS.

**P. 118.** L'Ouvrage marqué au *N°.* J. WIL-
2. a été traduit en Fran- KINS.
çois ſur la ſixiéme édition imprimée
à *Londres* en **1680.** & il a paru en
cette Langue à *Amſterd.* **1690.** *in*-12.

Celui qui eſt cité au *N°.* 4. a
auſſi été traduit en François ſous ce
titre : *Traité du don de la priere, tra-*
*duit par le ſieur de la Montagne. Que-*
*villy* **1665.** *in*-12.

# PIERRE POIRET.

P. Poi-   *P.* 145. CE fut en 1659. à l'âge
RET.   de 13. ans qu'il com-
mença à s'appliquer à la Langue Latine à *Mets*. Il alla ensuite en 1661.
continuer cette étude à *Buxoville*,
près de *Strasbourg*, où M. de *Kir-
cheim*, Gouverneur du Comté de
*Hanau*, le fit venir pour apprendre
le François à ses enfans.

A *Bâle*, où il demeura plus de
trois ans, il fut presque toujours
malade ou valetudinaire ; ce qui fut
cause qu'il ne fit pas de grands progrez dans la Philosophie, à laquelle
il s'appliqua d'abord, & ensuite
dans la Theologie. Mais cela lui
fournit l'occasion d'étudier seul
dans son cabinet & de ne s'attacher
à aucun système.

Il sortit de *Bâle* au mois d'Août
1667. peu de jours avant que la
peste attaquât cette Ville, & alla à
*Hanau*, où il demeura six mois occupé à étudier, autant que ses infir-
mitez le lui permettoient. Il passa

au mois d'Avril ſuivant à *Heidel-berg.*

Ces particularitez ſont tirées d'u-ne Lettre du 4. Decembre 1717. où il fait un détail de ſa vie, & qui ſe trouve dans la *Bibliotheque de Breme Claſſ. II. Faſc.* 1. *p.* 77.

Outre les Ouvrages dont j'ai par-lé, il a publié encore les ſuivans.

1. *La Theologie de la Croix de J. C. ou la Vie & les Oeuvres de la B. An-gele de Foligny ; avec les exercices ſur la Paſſion. Par Bloſius. Cologne* 1696. *in-*12.

2. *Le Catechiſme Chrétien pour la vie intérieure. Par M. Olier, nouvelle édition. Cologne* 1703. *in-*12.

3. *Opuſcules ſpirituels de Madame J. M. B. de la Mothe-Guion, nouvelle édition augmentée de ſon rare Traité des Torrens, & d'une Préface touchant ſa perſonne & ſa doctrine. Cologne* 1704. *in-*12.

4. *Poëſies & Cantiques ſpirituels ſur divers ſujets qui regardent la vie inté-rieure ; par Madame Guion. Cologne* 1722. *in-*8°. 4. *tom.* C'eſt lui qui les a recüeillis.

5. *La Vie de Madame la Mothe-*

P. POI-
RET.

Guion, *écrite par elle-même. Cologne*
1720. *in-*8°. C'eft lui qui a fait la
longue & ennuyeufe Préface qui eft
à la tête ; comme il mourut auffi-
tôt après, il n'eut pas le tems de la
revoir.

6. *Le faint Solitaire des Indes*, ou
*la Vie de Gregoire Lopés, de la tra-*
*duction de M. Arnauld d'Andilly.*
*Cologne* 1717. *in-*12. Cette édition
eft accompagnée d'une Préface de
M. *Poiret·*

7. *La Theologie de la préfence de*
*Dieu. Contenant*, 1°. *La Vie & les*
*Oeuvres du F. Laurent de la Refurrec-*
*rection.* 2. *Un Traité de l'importance*
*de la préfence de Dieu par P. Poiret.*
*Cologne* 1710. *in-*12.

8. *Pratique de la vraye Theologie*
*Myftique. Cologne* 1709. *in-*8°. Çe
Recüeil contient quelques Opuf-
cules de F. *Malaval* & de M. *de*
*Bernieres.*

9. *Virtutum Chriftianarum infinua-*
*tio facilis & quibufvis accommodata.*
*Colonia* 1705. *in-*8°. It. *correctior &*
*auctior.* 1711. *in-*12.

10. *Sacra Orationis Theologia. Co-*
*lonia* 1711. *in-*12. Les Pieces con-

tenuës dans ce volume font , 1°. *Ora-* P. POI-
*tionis mentalis analysis per P. de la* RET.
*Combe.* 2°. *Gerlaci Soliloquia divina.*
3°. *Blaquerna Eremita Aphorismi*
365. *de amico* & *amato.*

I I. *Theologia pacifica , itemque*
*Mystica ac hujus Autorum idea bre-*
*vior. Amstelodami* 1702. *in* 12. Son
idée de la Theologie Mystique & le
Catalogue de ses Auteurs ont re-
paru dans plusieurs de ses Ouvrages.

I 2. *Recüeil de divers Traitez de*
*Theologie Mystique , qui entrent dans*
*la celebre dispute du Quietisme , qui*
*s'agite presentement en France. Conte-*
*nant ,* 1. *Le moyen court & très-facile*
*de faire Oraison.* 2. *L'explication du*
*Cantique des Cantiques : tous deux par*
*Madame Guion.* 3. *L'Eloge , les Ma-*
*ximes spirituelles , & quelques Lettres*
*du F. Laurent de la Resurrection.* 4.
*Les Mœurs & Entretiens du même F.*
*Laurent , & sa pratique de l'exercice*
*de la presence de Dieu. Avec une Pré-*
*face , où l'on voit beaucoup de parti-*
*cularitez de la Vie de Madame Guion.*
*Cologne* 1699. *in*-12. Poiret n'est
point exact dans ce qu'il dit de

P. POI-Madame *Guion*, comme lorfqu'il l'a
RET. fait native de *Riom* en Auvergne,
au lieu qu'elle étoit de *Montargis*.

13. *L'Amante de fon Dieu, repre-*
*fentée dans les emblêmes de Herman-*
*nus Hugo, fur fes pieux defirs, & dans*
*ceux d'Othon Vænius fur l'amour divin,*
*avec des figures nouvelles, accompa-*
*gnées de Vers qui en font l'application*
*aux difpofitions les plus effentielles de la*
*vie intérieure. Cologne* 1 7 1 7. *in*-12.
*pp.* 185. *fig.* 60.

14. *Lettres chrétiennes & fpiri-*
*tuelles fur divers fujets, qui regardent*
*la vie intérieure ou l'efprit du vrai*
*Chriftianifme. Cologne* 1717. & 1718.
4. *vol. in*-8°. Cet Ouvrage eft de
Madame *Guion*, & c'eft *Poiret* qui
l'a donné au Public, de même que
les Ouvrages fuivans de cette Dame.

15. *Les Livres de l'Ancien Tef-*
*tament, avec des explications & re-*
*flexions,qui regardent la vie interieure,*
*divifez en douze tomes. Cologne* 1715.
*in*-8°.

16. *Le Nouveau Teftament de No-*
*tre Seigneur Jefus-Chrift avec des ex-*
*plications & reflexions qui regardent la*
*vie interieure. Cologne* 1713. *in*-8°.
8. *tomes.* 17.

17. *Thomas à Kempis, ou les qua-*
*tre Livres de l'Imitation de Jesus-*
*Chrift.* Cologne 1683. *in*-12. It. retouchée 1701. & 1710. *Poiret* a fait
plufieurs changemens dans fa traduction, fur tout dans le quatriéme
Livre.

18. *Bibliotheca Myftica.* Amftelod.
1708. *in*-8°.

V. *Anonymi Epiftola ad amicum de
Morte ac Scriptis P. Poireti,* dans la
*Bibliotheque de Breme.* Claff. III. Faff.
1. p. 75.

---

# JEAN-BAPTISTE COTELIER.

P. 245. J'Ai dit que *Cotelier* fut reçu Docteur de la Maifon
& Societé de Sorbonne au mois de
Decembre 1648. & je ne l'ai dit
qu'après M. *Graverol,* M. *Baluze* &
M. *Ancillon ;* mais ce fait eft faux,
il ne l'a jamais été ; il a été feulement Bachelier ; il ne voulut
point faire fa licence, parce qu'il
n'avoit pas deffein de s'engager dans
les Ordres Sacrez, comme le dit
M. *Dupin Bibliot. des Aut. Ecclef.*

*Tome X.* N

P. 248. M. *le Clerc* a donné une nouvelle édition des *Patres Apostolici* de M. *Cotelier*, plus ample que les précedentes, à *Amsterdam* 1724. 2. vol. *in-fol.*

---

# BARTHELEMI CARRANZA.

**B. CAR-RANZA.** *P.* 259. **O**Utre les éditions de sa Somme des Conciles que j'ai citées, il y a celles de *Paris* 1555. *in-16.* d'*Anvers* 1564. *in-12.* de *Lyon* 1602. de *Lyon, cum appendice Conciliorum Galliæ à Jacobo Sirmondo.* 1675. *in-8°.* de *Paris* 1677. *in-8°.* Celle-ci renferme quelques Statuts Synodaux de l'Eglise de *Paris*, & de celle de *Sens*, l'Appendix des Conciles de France du P. *Sirmond*, les Notes de *François du Bois* ( *Sylvius* ) & d'autres Notes critiques.

# CHARLES LE COINTE.

P. 288. IL a été passé une ligne qui cause un contre-sens. Il est dit qu'on trouve dans les Analectes du P. *Mabillon* de sçavantes Dissertations, qui contiennent des preuves très-solides contre le sentiment du P. *le Cointe*. Il faut rétablir ainsi cet endroit : qui contiennent des preuves très-solides contre le sentiment du P. *Chifflet*, & en faveur de celui du P. *le Cointe*.

# JACQUES BASNAGE.

P. 299. JAcques *Basnage* , Ecuyer Sieur de *Franquenet*, comme l'appelle le Sieur *le Vier*, n'est pas mort le 22. Septembre ; c'est une faute d'impression qui s'est glissée dans cet endroit , mais le 22. Decembre. On s'est trompé dans les Nouvelles Litteraires du *Journal des Sçavans* du mois de Juin 1724. en mettant sa mort au 19. Decembre.

**J. BAS-**
**NAGE,**

*P.* 300. L'Ouvrage indiqué au *N°*. 2. eſt adreſſé à l'Egliſe de *Rouen*, dont *Baſnage* avoit été Miniſtre.

*Ibid.* Les Lettres marquées au *N°*. 8. ſont au nombre de 14. La premiere eſt datée du 15. Janvier 1698. & la derniere du premier Decembre de la même année. M. *Baſnage* n'y a pas mis ſon nom.

*P.* 301. Dans une ſeptiéme édition de *la Communion ſainte* faite en 1708. M. *Baſnage* a ajoûté un Livre, dans lequel il traite des devoirs de ceux qui ne communient pas. M. *Volebe* Paſteur de *Bâle* en Suiſſe, a traduit cet Ouvrage en Allemand, & ſa traduction a été imprimée en cette Ville.

*P.* 302. Ce que j'ai dit des differentes éditions de l'*Hiſtoire de la Religion des Egliſes Reformées*, n'eſt pas aſſez circonſtancié ni aſſez exact. Il eſt bon de les faire connoître en détail. La premiere parut à *Rotterdam* en 1690. en 2. volumes *in-12*. La ſeconde fut faite l'an 1699. que M. *Baſnage* publia ſon *Hiſtoire de l'Egliſe* en 2. vol. *in-fol.* où il fit entrer cet Ouvrage, qui en com-

pose la quatriéme partie. Mais il J. Bas-
faut remarquer qu'il y a fait des re- NAGE.
tranchemens considerables , pour
éviter la repetition des faits qu'il
avoit déja discutez plus au long dans
les parties précedentes. La troisiéme édition est de l'an 1721. à Rotterdam 5. vol. in-8°. Elle est augmentée de plus de la moitié. Il en
a paru une quatriéme après la mort
de l'Auteur en 1725. en deux volumes in-4°. Celle-ci a encore de grandes augmentations , puisque M. Basnage y remonte jusqu'au premier
siecle du Christianisme , pour y re-
joindre le neuviéme, où il avoit
commencé la succession des Eglises
Protestantes.

P. 305. L'*Histoire de l'Ancien &*
*du Nouveau Testament* a été contre-
faite sous le titre de *Grand Tableau
de l'Univers* en 1705. *Amsterdam* in-
4°. L'édition *in-12.* est de *Geneve.*
M. l'Abbé *Lenglet* prétend que les
Catholiques ne doivent point faire
difficulté de se servir de ce Livre ,
qui est très-instructif & sans aucune
partialité.

L'*Histoire des Juifs* de M. *Basnage*
N iij

**J. Bas-** a été traduite en Anglois, & cette
**nage.** traduction, qui eſt de M. *Taylor*,
a été imprimée à *Londres in-fol.* M.
*Crull* en a donné un abregé en Anglois en 1708. en 2. vol. *in-8°.*

P. 306. Les *Entretiens ſur la Religion* parurent pour la ſeconde fois
en 1711. Cette édition eſt augmentée. Mais la troiſiéme eſt encore
plus ample & plus correcte.

Aux Ouvrages citez ajoûtez.

*Avis ſur la tenuë d'un Concile Na-
tional en France, ou Réponſe aux dif-
ficultez propoſées par M. Dupin contre
ce Concile.* 1715. *in-8°.* Ce n'eſt
qu'une Brochure à laquelle il n'a
pas mis ſon nom, non plus qu'aux
autres Ouvrages qu'il a compoſez
ſur le même ſujet.

Dans l'*Appendix* d'un Catalogue
de Livres, qui devoient ſe vendre
à *la Haye* chez *Huſſon* le premier
Juillet 1720. on a attribué à M. *Baſnage* un Livre intitulé : *La Verité
ſans replique.* Il n'eſt pas de lui, mais
du Baron de *Montazet*, à qui M.
*Baſnage* le donne dans une Lettre,
où il ſe défend d'en être l'Auteur.
Cette Lettre ſe trouve dans le dou-

ziéme tome de l'*Europe sçavante*, p. 302. & dans le onziéme tome des *Nouvelles Litteraires*, p. 498.

---

## JEAN DE SERRES.

P. 319. LE P. *Richeome*, caché J. DE sous le nom de *Louis des* SERRES. *Montagnes* dans un Livre publié en 1601. & intitulé: *Reprimande aux Ministres sur la declaration d'Edmond prétendu Jesuite. Tournon in-12.* té-moigne aussi que *de Serres* fut em-poisonné avec sa femme.

P. 324. On a supposé mal-à-pro-pos que la *Remontrance au Roi* (mar-quée au *N°. 6.*) étoit de *Jean de Serres.* C'est une faute qui vient de ce que *Bodin* nomme cet Ecrivain son adversaire *Serranus*, & que *Jean de Serres* latinisoit ainsi son nom. M. de *la Monnoye* sur l'article 868. de *Baillet* a corrigé cette méprise. Il y observe que la *Remontrance* est, non pas de *Jean de Serres*, mais d'un nommé *Michel de la Serre*, Gentil-homme Provençal, qui la fit impri-mer à *Paris.* (*Le Clerc Bib. de Richelet.*)

N iiij

On trouve parmi les Lettres de *Casaubon* une Lettre de *Jean de Serres* à ce Sçavant, du 11. Août 1597. datée *ex Serrano nostro*; c'étoit un petit fief situé aux portes d'*Orange*, & dont *de Serres* portoit le nom. Il l'invite à le venir voir, quoique sa maison se ressentît encore de sa prison; paroles qui montrent qu'il avoit été prisonnier pendant quelque tems. Pour en découvrir le sujet il faut consulter le Recüeil des *Synodes Nationaux des Eglises Reformées de France*; publié par M. *Aymon* en 1710. On y voit que *de Serres* avoit reçû quelque argent de la Cour pour ces Eglises, & qu'il faisoit difficulté d'en rendre compte; sur quoi le Synode de *Saumur* tenu au mois de Juin 1596. ordonna qu'il rendroit ses comptes dans le terme qui lui seroit prescrit par le Commissaire que le Roi avoit nommé. Il y a apparence qu'on lui donna sa maison ou sa terre pour prison. ( M. *Des Maizeaux* Notes sur les Lettres de *Bayle*. )

Il mourut certainement en 1598. car le Synode de *Montpellier* du mois

de Mai de cette année ordonna
qu'on demanderoit ses Manuscrits à
ses heritiers.

---

## JEAN-BAPTISTE THIERS.

P. 341. JE crois qu'il est né trois
à quatre ans avant 1641.
car il étoit Bachelier de Sorbonne
avant 1660. & l'on ne peut l'être,
suivant les regles ordinaires, que
dans sa vingt-deuxiéme année. (M.
le Clerc.)

J. B.
THIERS.

P. 353. Le *Traité des Cloches* est
de M. *Thiers*, mais celui de *l'Of-
frande du Pain & du Vin aux Messes
des Morts* n'en est pas. Il est de M.
*de la Croix*, Curé de *Bruyeres*, au-
dessus de *Beaumont*. Il l'avoit donné
à M. *Nulli*, qui l'imprima avec le
*Traité des Cloches*, pour faire un
plus gros volume. (M. l'Abbé *Gouget.*)

# JOSEPH PITTON
## DE TOURNEFORT.

*P. 371.* AUx Ouvrages citez ajoûtez.

*Réponse à deux Lettres écrites par* M. P. C. ( Monsieur *Philibert Collet*) *sur la Botanique.* Inserée dans le *Journal des Sçavans* du 27. Mai 1697. Quoiqu'elle porte le nom de M. *Chomel*, elle est veritablement de M. *Tournefort,* comme on l'a déja dit dans l'article de *Collet.*

Il est à propos de donner ici un détail des Memoires de sa façon , qui se trouvent dans l'Histoire de l'Academie des Sciences.

1. *Description d'un Champignon extraordinaire & Raisons Physiques sur sa production.* Année 1692.

2. *Observations Physiques touchant les muscles de certaines Plantes.* An. 1693.

3. *Histoire des Tamarins.* Année 1699.

4. *Observations sur les Plantes qui naissent dans le fond de la mer.* Année 1700.

5. Comparaisons des Analyses du Sel
Ammoniac, de la Soye & de la Corne
de Cerf. Ibid.

J. PITTON
DE TOUR-
NEFORT.

6. Description du Labyrinthe de
Candie, avec quelques observations sur
l'accroissement & sur la génération des
Pierres. Ann. 1702.

7. Description de la Persicaria O-
rientalis, Nicotianæ folio, Calyce flo-
rum purpureo. Coroll. Hist. Rei Herb.
38. Ann. 1703.

8. Description de deux especes de
Chamærodendros, observées sur les côtes
de la mer noire. An. 1704.

9. Etablissement de quelques nouveaux genres de Plantes. An. 1705.

10. Description de l'Oeuillet de la
Chine. Ibid.

11. Observations sur les maladies
des Plantes. Ibid.

12. Suite de l'établissement de quelques nouveaux genres de Plantes. An.
1706.

13. Observations sur la naissance &
la culture des Champignons. Année
1707.

# JOACHIM KUHNIUS.

J. KUH-
NIUS.

*P. 395.* AUx Ouvrages citez
joignez ceux-ci.

*De pernicie & morte Judæ prodito-*
*ris. Argentorati* 1693. *in-4º.*

*Ulrici Obrechti Dissertationes , Ora-*
*tiones & Programmata. Argentorati*
1704. *in-4º.* C'est *Kuhnius* qui a ramassé ces Ouvrages, & les a fait
imprimer avec une Préface de sa
façon.

# CHANGEMENS, CORRECTIONS *& additions.*

## Pour le Tome cinquiéme.

---

## ANDRE' VESAL.

*P.* 142. **M**. Herman *Boerhave* a donné une édition completre des Œuvres de *Vesal* avec sa Vie à la tête, sous ce titre : *Andrea Vesalii Opera omnia Anatomica & Chirurgica. Lugd. Bat.* 1725, *in-fol.* 2. *vol.*

A. VE- SAL.

---

## HENRI DE VALOIS.

*P.* 242. **C**E n'est point *Henri de Valois* qui a fait l'Oraison funebre de *Pierre Dupui* ; elle est d'*Adrien* son frere. D'ailleurs, elle n'est pas dans le Recüeil de *Bates.* Ce qu'on y trouve, est la vie de *Pierre Dupui* par *Nicolas Rigault.*

H. DE VALOIS.

# FR. EUDES DE MEZERAY.

F. EUDES
DE ME-
ZERAY.

*P.* 295. QUelques perfonnes ont été choquées de ce que j'ai dit que *Jean Eudes* fe fit Chef de certains Devots, qui fe nommerent *Eudiftes* ; c'eft l'expreffion dont fe fert M. de *Larroque* dans la Vie de *Mezeray*, que j'ai cru devoir copier, parce que j'ignorois alors ce que c'étoit que les *Eudiftes*, & que je ne fçavois pas qu'ils formaffent une Congregation confiderable ; ainfi il faut changer cet endroit, & mettre qu'il quitta l'Oratoire pour établir une Congregation, qui prit de lui dans la fuite le nom d'*Eudiftes*.

# CHANGEMENS, CORRECTIONS
## *& additions.*
### *Pour le Tome sixiéme.*

## GILBERT BURNET.

**P. 40.** **A** Ses Ouvrages ajoûtez G. BUR-
celui-ci. NET.

*Lettres de citation à M. Burnet,
Docteur en Theologie, pour compa-
roître en Ecosse le 27. Juin U. S. avec
la Réponse de ce Docteur, & trois
Lettres qu'il a écrites sur ce sujet au
Comte de Midleton, Secretaire d'Etat
de sa Majesté Britannique.* (en Anglois) 1687. *in-4°.*

## FRANÇOIS PHILELPHE.

**P. 72.** **I**L enseigna fort jeune l'E- F. PHI-
loquence à *Padoue*, comme LELPHE.
il le dit lui-même. ( *a* ) Il passa ensuite à *Venise*, où, après un sejour

[*a*] *Ep. lib.* 26. *p.* 123.

F. Phi-
lelphe.

de deux ans, il obtint le droit de Bourgeoisie & la Charge de Secretaire du Baile de *Constantinople*. Il dit aussi dans une autre Lettre (*a*), qu'il a enseigné à *Venise* fort jeune, dans le tems que le vieux *Guarino*, & *Vittorio da Feltre* y professoient.

Il sortit de *Venise* en 1419. à l'âge de 21. an, & alla à *Constantinople*, où il demeura plus de sept ans. Ce ne fut point d'*Emmanuel Chrysoloras* qu'il apprit la Langue Grecque ; ce ne fut point lui non plus qui devint dans la suite son beaupere ; c'est une faute de *Vossius*, qui a été adoptée par tous ceux qui ont parlé de *Philelphe*. Ils n'ont pas fait réflexion que lorsque *Philelphe* se maria, ce qui fut après l'an 1420. son beaupere étoit à *Constantinople*, & vivant. Circonstance qui ne convient point à *Emmanuel*, qui étoit passé long-tems auparavant en Italie, & étoit mort à *Constance* en 1415. La méprise étoit d'autant plus facile à éviter, que *Philelphe* appelle toujours son beaupere *Jean Chrysoloras*, & non pas *Emmanuel*.

(*a*) *Lib.* 17. *p.* 115.

*Jean*

*Jean Chryfoloras* mourut avant le retour de *Philelphe* en Italie. Sa femme *Manfredina Doria*, qui étoit de
l'illuſtre famille des *Doria* de *Gen-
nes*, vivoit encore en 1453. c'eſt-à-
dire à la priſe de *Conſtantinople*, où
elle fut faite eſclave par les Turcs
avec deux de ſes filles.

   *Pogge* dit que *Philelphe* avoit
violé *Theodora* avant que de l'épou-
ſer ; mais comme c'eſt dans une invective contre lui , il n'y a pas grand
fond à faire ſur ſes paroles.

   Au reſte *Philelphe* n'apprit pas le
Grec ſeulement de *Jean Chryfoloras*,
il prit auſſi des leçons de *Chryſo-
cocca* , & ce fut en étudiant ſous ce
dernier , qu'il fut condiſciple de
*Beſſarion*, avec lequel il contracta
dès-lors une étroite amitié.

   *P.* 73. Ce que j'ai dit après *Voſſius* , que l'Empereur *Jean Paleologue*
envoya *Philelphe* au Pape *Eugene IV*.
n'a aucun fondement ; cette léga-
tion eſt chimerique, & n'a jamais
exiſté que dans l'imagination de
*Voſſius*, qui a tout confondu. Ce
fut *Emmanuel Chryfoloras* qu'*Emmanuel* ( & non pas *Jean* ) *Paleologue*
**Tome X.**          **O**

F. PHI-
LELPHE.

envoya en Italie, & non point *Philelphe*, qui n'oublie pas dans ſes
Ouvrages de faire mention des honneurs qu'il a reçus de pluſieurs Princes, ſans dire la moindre choſe de
cette ambaſſade prétenduë, qui lui
auroit été cependant plus honorable que tout le reſte.

P. 74. Le Legat qui procura à
*Philelphe* une chaire à *Boulogne*, eſt
mal appellé par *Voſſius*, *Ludovicus
Alamandus*, *Cardinalis Alatenſis*;
c'étoit *Louis Alamanno*, Archevêque d'*Arles*. Des quatre cens cinquante ducats qu'on lui aſſigna,
trois cens lui étoient payez par la
Ville, & cent cinquante par le
Legat.

P. 75. ſuivant les Journaliſtes de
*Veniſe*, il alla à *Florence* au mois de
Mars 1428. & commença ſes leçons
le 15. Octobre ſuivant. Ses gages y
étoient de 350. florins, & on les
augmenta enſuite juſqu'à 450.

P. 76. Il alla à *Sienne* en 1435.
& s'engagea à y profeſſer deux ans
avec 350. florins de gages. Il en
fortit au mois de Fevrier 1439.

P. 78. Le fils de *Philelphe* s'appel-

loit *Jean Marie Jacques*, & étoit
né à *Constantinople* l'an 1426.

P. 80. Ce fut au mois d'Août
1453. que le Roi *Alphonse* donna à
*Philelphe* l'Ordre de Chevalerie &
la Couronne de Poëte. Cette céré-
monie se fit à *Naples. Alphonse* lui
permit outre cela de porter ses
Armes.

P. 82. *Alexandre ab Alexandro* té-
moigne (*a*) qu'il fut un de ses auditeurs, pendant qu'il enseignoit à
*Rome.*

Les Journalistes de *Venise* prétendent qu'il mourut à *Florence* en
1480. déterminez à cela par l'autorité de *Matthias Palmieri de Pise*,
qui vivoit de son tems. Le P. *Fo-
resti* de *Bergame*, met dans sa Chronique sa mort à *Florence*, mais en
1481.

P. 84. La plûpart de ses traductions sont imprimées avec ses Oraisons.

Dans la premiere édition Ro-
maine de la Traduction Latine des
Vies de *Plutarque*, faite par differens Auteurs, on attribuë mal-à-

(*a*) *Dier. Gen. lib. 1. c. 23.*

F. PHI-
LELPHE.
propos à *Philelphe* la traduction des
Vies de *Thesée* & de *Romulus*, qu'il
dit lui - même n'avoir pas faite,
mais qui est d'un Florentin, nommé *Lapus*.

P. 85. Les deux Livres des Festins
ont été imprimez à *Venise* en 1477.
à *Spire* en 1508. & à *Cologne* en 1537.
*in*-4°. Ils sont en forme de Dialo-
gues. L'Auteur paroît les avoir composez en 1443.

On voit par la p emiere édition
des Satyres de *Philelphe*, faite à
Milan en 1476. qu'il les composa en
1444.

P. 86. Il ne paroît pas par ce que
*Philelphe* dit dans ses Lettres de
l'Ouvrage marqué au *N°*. 15. que
ce fût un Poëme. Il devoit entrer
dans le VI. Livre des *Symmicta* d'*Allatius*; mais ce Livre n'a pas été
imprimé.

Le Poëme marqué au *N°*. 16. devoit être divisé en 24. Livres. On
voit par les Lettres de *Philelphe*
qu'il l'avoit fait jusqu'au onziéme,
qui étoit même achevé. Il n'a jamais été imprimé, non plus que le
suivant *N°*. 17.

Il commença son Livre *de Mo-* F. PHI-
*rali Difciplina* dans fa vieilleffe , & LELPHE.
ne put y mettre la derniere main.
Il a été imprimé à *Venife* en 1552.
(& non pas 1452.)

Il y a plufieurs éditions de fes
Oraifons *in-fol.* & *in-*4°. Une des
plus anciennes après celle de *Milan,*
eft celle de *Brefcia* 1488. *in-*4°.

Le Journal de *Venife* met la feule
édition qu'on ait de fes Poëfies en
1487.

Outre les Ouvrages dont j'ai
parlé , il a fait encore les fuivans.

*S. Bafilii Epiftola ad Gregorium
Nazianzenum de Vita folitaria. Philippe Beroalde* l'ancien a publié cette
traduction avec quelques autres O-
pufcules *in-*4°.

*Comento fopra il Canzoniere del
Petrarca.* La premiere édition de
cet Ouvrage , qui eft le feul que
*Philelphe* ait fait en Italien , eft de
*Boulogne* 1475. *in-fol.* Elle a été fui-
vie de plufieurs autres. Ce Livre
paffe communément pour être rempli de fauffetez & d'impoftures.

On trouve dans la Bibliotheque
de M. *Bigot* cet Ouvrage rapporté :

F. PHI-
LELPHE.
*Le Guidon des parens en l'instruction de leurs enfans par Philelphe, traduit par Jean Lode. Paris 1513. in-8°.*
V. le *Journal de Venise.*

# BERNARD LAMY.

B. LAMY. *P.* 104. IL est bon d'avertir que la longue Lettre sur l'étude des Humanitez que l'on trouve dans les *Entretiens sur les Sciences* du P. *Lamy*, entre le quatriéme & le cinquiéme Entretien, n'est point de lui, mais de M. *Duguet*, qui étoit alors de l'Oratoire. ( M. l'Abbé *Gouget.* )

P. 119. L'édition du Livre sur le Tabernacle & le Temple de *Jerusalem* a été faite par les soins du P. *Desmolets* Prêtre de l'Oratoire, qui est aussi Auteur de la Vie du P. *Lamy*, qui est à la tête. (*Id.*)

# HONORE' D'URFE'.

*P. 219.* **A**Nne *d'Urfé* a publié
l'Ouvrage suivant, où
l'on voit par le titre toutes ses qualitez. *Hymnes de Messire Anne d'Ur-*
*fé, Conseiller d'Etat, Comte de l'E-*
*glise de Lyon, Prieur & Seigneur de*
*Montverdun* (en Forés) *& Doyen*
*de Montbrison. Lyon* 1608. *in-4°.* Ce
font des Poësies pieuses.

   *P. 223.* Pendant qu'*Honoré d'Urfé*
étudioit au Collcge de *Tournon*, les
Jesuites de ce College publierent
sous son nom le Livre suivant : *La*
*triomphante entrée de Madame Ma-*
*deleine de la Rochefoucaud, épouse de*
*haut Seigneur Messire Just Loys de*
*Tournon, Seigneur & Baron dudit lieu,*
*Comte de Roussillon, faite en la ville*
*de Tournon le Dimanche* 24. *Avril*
1583. *Avec les Inscriptions & Vers*
*faits & recitez tant en Latin qu'en*
*François par aucuns Ecoliers y nom-*
*mez. Lyon* 1583. *in-8°.* (*Du Verdier*
*Bibliot.* )

## GERARD CROESE.

**G. Croe-** *P.* 249. JE n'ai fait que copier M.
**se.** de *Bauval*, quand j'ai dit
que personne n'avoit daigné donner
un détail des dogmes des Quakers.
Mais la réflexion que j'ai adoptée
est fausse, puisque *Robert Barclai* a
fait connoître parfaitement les dogmes de cette secte, dont il étoit,
dans l'Ouvrage intitulé : *Theologiæ*
*verè Christianæ Apologia. Amstelodami*
1676. *in -* 4°. On a des Traductions en plusieurs Langues, & particulierement en François, de cet
Ouvrage singulier.

## PIERRE BAYLE.

**P. Bay-** *P.* 261. LE Testament de M.
**le.** *Bayle* a fait le sujet d'un
procès qui a été porté au Parlement
de *Toulouse*. Ses heritiers *ab intestat*,
qui étoient ses plus proches parens,
prétendoient qu'étant fugitif pour
fait de Religion, & étant mort
dans

dans les Pays prohibez, il n'avoit
pû difpofer de fes biens; ce qui ren-
doit fon Teftament nul; & il faut
avoüer qu'ils avoient pour eux les
Edits, les Declarations, & la Ju-
rifprudence des Arrêts. Cependant
Meffieurs de la Grand'Chambre cru-
rent qu'il étoit permis de fléchir la
regle en faveur de la difpofition
d'un fi grand perfonnage, ils con-
firmerent le Teftament, & l'heri-
tier teftamentaire l'emporta fur les
heritiers du fang. M. *de Senaux*,
grand Magiftrat, l'un des Juges,
qui avoit autrefois connu M. *Bayle*,
fit des efforts infinis pour foûtenir
fa derniere volonté, & il réuffit par
ces raifons; que les Sçavans font de
tous les Pays, qu'il ne falloit pas re-
garder comme fugitif celui que l'a-
mour des Belles Lettres avoit appellé dans les Pays Etrangers, qu'il
étoit indigne de traiter d'étranger
celui que la France fe glorifioit d'a-
voir produit. Il s'eleva fur tout
contre ceux qui difoient que *Bayle*
étoit mort civilement, tandis qu'ils
étoient forcez de convenir que pendant le cours de cette mort civile

P. BAY-
LE.

fon nom éclatoit dans toute l'Europe. ( M. *D'Aurier.* )

*P.* 272. C'eſt un beau Livre que la Critique du Calviniſme du P. *Maimbourg*, dit M. *Menage*, (a) & lui-même ne pouvoit s'empêcher de l'eſtimer. Il me l'a avoüé, quoiqu'ordinairement il affectât d'en parler comme d'un Livre qu'il n'avoit pas lû. A la Religion près, je trouve tout ce qu'a dit M. *Bayle* fort vif & fort ſenſé. J'ai voulu lire tout ce que M. *Jurieu* a fait ſur le même ſujet ; il y a bien de la difference. Le Livre de M. *Bayle* eſt le Livre d'un honnête homme, & le Livre de M. *Jurieu* celui d'une vieille de prêche. C'eſt un méchant réchauffé de ce que M. *du Moulin* & les autres ont dit de plus fade contre la Religion Catholique.

*P.* 288. On a fait en Hollande une nouvelle édition du *Dictionnaire Hiſtorique & Critique.*

*P.* 297. M. *des Maizeaux* a donné une nouvelle édition des *Lettres de M. Bayle* plus correcte & plus ample que la précédente à *Amſter-*

[a] *Menagiana*, tom. 3 p. 42.

dam 1729. 3. *vol. in-*12. avec des P. Bay-
Notes très-curieuses & très-sçavan-le.
tes. J'ai profité, pour corriger quelques méprises de mon Ouvrage,
de ce Livre que ce sçavant homme
m'a fait l'honneur de m'envoyer
dans ce dessein.

---

## NICOLAS PERROT
### D'ABLANCOURT.

P. 328. LE Livre du P. *du Bosc*  N. Per-
n'est point intitulé : rot d'A-
*l'Honnête Homme*, mais *l'Honnête* blan-
*Femme* : *l'Honnête Homme* est de court.
*Faret.*

P. 330. La maniere genereuse
dont M. *d'Ablancourt* en usa à l'é-
gard de *du Bosc*, par rapport à la traduction des Sermons de *Mautini*,
rapportée par *Colomiés* & par *Bayle*,
paroît un conte à M. l'Abbé *le
Clerc*, qui prétend que cette traduction est veritablement de *du
Bosc*. Ce qui pourroit le faire croire,
c'est que M. *Patru* dans la vie de
*d'Ablancourt* ne dit pas un mot de ce
fait. Il dit seulement que la Préface

de l'*Honnête Femme* de *du Bosc* est de *d'Ablancourt.*

On marque la premiere édition de la traduction de *Minutius Felix* en 1646. Mais n'y a-t'il pas lieu de croire que ce n'est pas là la premiere, puisque M. *Patru* dit expressément dans la vie de ce Traducteur, que c'est la premiere de ses traductions, & qu'il est constant que celle de *Tacite* a paru dès l'an 1643. Il y a aussi une édition de *Minutius Felix* traduite par *d'Ablancourt* à *Amsterdam* 1683. *in-12.* ( M. l'Abbé *Gouget* ) Non-seulement il y a une édition de la traduction de *Tacite* de l'an 1643. Il y en a même une de l'an 1640. à *Paris in-8°.* Mais je n'en trouve point de *Minutius Felix* au-dessus de l'an 1646.

Ajoûtez aux Ouvrages citez une *Lettre à M. Cassandre sur sa Traduction de la Rhetorique d'Aristote*, qui se trouve dans l'édition de 1675. à *Paris*, & dans les suivantes à *Amsterdam* 1698. & à *la Haye* 1718. ( M. l'Abbé *Gouget.* )

## JEAN FRANÇOIS SARASIN.

*P.* 387. LA vraye date de sa mort J. F. SAest le mois de Decembre RASIN,
1654. comme on le voit dans deux
Gazettes de *Loret* de cette année.
Dans celle du 5. Decembre il dit :

> *Sarasin, cet aimable esprit,*
> *Dont l'on voit maint sublime écrit,*
> *Est à Pezenas si malade,*
> *Qu'il n'use plus que de panade.*

Et dans celle du 19. du même
mois.

> *Enfin la rigoureuse parque*
> *A ravi cet homme de marque,*
> *Ce Monsieur Sarasin, Normand,*
> *Dont l'esprit étoit si charmant.*

( *Le Clerc Bibl. de Richelet.* )

# NICOLAS BERGIER.

*P. 397.* LA nouvelle édition de
son *Hiftoire des grands
chemins* a paru cette année ( 1729.)
à *Bruxelles* en 2. vol. *in-4°.* On en
eft redevable aux foins de M. *Bour-
guignon*, habile Geographe, dont on
avoit déja les Cartes qui font dans
l'Ouvrage de M. l'Abbé de *Longue-
rue* fur la France, *in-fol.* ( M. l'Abbé
*Gouget.* )

# CHANGEMENS, CORRECTIONS
## *& additions.*

### Pour le Tome *septiéme.*

## JACQUES MARSOLLER.

**P. 66.** Es deux Apologies d'*E-* J. MAR-
rasme, l'une inserée dans SOLLER.
le *Journal Litteraire*, tom. 6. p. 374.
& l'autre qui se trouve dans les *Mé-*
*moires Litteraires*, (& non les *Memoi-*
*res de Litterature*, comme on l'a
mis ) p. 355. sont du *P. le Courrayer*
Chanoine Regulier.

## JEAN FRANÇOIS NICERON.

**P. 156.** L y a une Lettre de lui J. F. NI-
dans le troisiéme volume CERON.
de *Liceti*, *de quæsitis per Epistolas.*

Il a dessiné & fait graver au mois
d'Août 1636. un monument à l'honneur de *Jacques d'Auzoles la Peyre*,
avec son portrait en figure cylindri-
que.

On voit dans la Vie de *Descartes*

**J. F. NI-** que ce fameux Philofophe étoit en
**CERON.** relation avec le P. *Niceron* , qu'il
le mettoit au nombre de fes amis ,
& qu'il lui fit prefent en 1644. de
fes *Principes*.

---

## GEORGE BUCHANAN.

**G. BU-** P. 240. **I**L y a deux anciennes tra-
**CHANAN.** ductions Françoifes de la
Tragedie de *Jephté* de *Buchanan* ,
l'une de *Florent Chrétien* en Vers imprimée à *Paris* par *Robert Etienne*
en 1573. *in-*8°. & l'autre de *de Sel-*
*ve* , imprimée auffi à *Paris*.

## CHANGEMENS, CORRECTIONS & Additions.

### Pour le Tome huitiéme.

---

## THEOPHILE FOLENGO.

*P. 4.* **A**Joûtez aux éditions ci- Th. Fotées des *Macaroniques* LENGO. celles de *Venise* de 1552. & 1585. *in-12.* (M. *Goujet.*)

---

## CL. DE SAINTE-MARTHE.

*P. 32.* **L**E jour de sa naissance est C. DE STE le 8. Juin. Il falloit dire MARTHE aussi qu'il étoit fils de *François de Sainte-Marthe* & de *Marie Frubert. François* étoit petit-fils de *Gaucher de Sainte-Marthe.* On a oublié de marquer les *Lettres de Piété. Paris Osmont* 1709. 2. *vol. in-12.* ( M. *Gouget.*)

## DAVID BLONDEL.

D. BLON-
DEL.

*P. 51.* OUtre l'edition marquée de son Traité *de Jure plebis in regimine Ecclesiastico*, il y en a une autre très-belle d'*Amsterdam* 1677. *in-12.* dans laquelle on a joint celui de *Grotius de Imperio summarum Potestatum circa Sacra*, & un autre *de Officio Magistratus Christiani.* ( M. *Gouget.* )

## CHARLES DU CANGE.

C. DU
CANGE.

*P. 79.* L'Histoire manuscrite de la ville d'*Amiens* n'est qu'en un vol. *in-fol.* Elle étoit entre les mains de M. *Masclef*, Chanoine de cette Ville, mort depuis quelque tems, où M. *Gouget* l'a vûë en 1728.

## EMERI BIGOT.

E. BIGOT

*P. 88.* SUr ce qu'on dit de la *Lettre de S. Chrysostome à Cesaire*, on pourroit faire remarquer

que ce fut *Pierre Martyr*, qui trouva le premier cette Léttre en Latin
feulement, & la dépofa dans la Bibliotheque de *Cranmer* Archevêque
de *Cantorberi*, mais qu'elle a difpa-
ruë depuis.

E. BIGOT

Sur ce qu'on ajoûte qu'on obli-
gea M. *Bigot* de retrancher la fin de
cette Lettre, on pouvoit dire que
ce fut M. *Faur* Docteur de Sorbonne, qui fit retirer & lacérer
cette Lettre, qui étoit déja fous
preffe, s'imaginant que c'étoit une
Piece fuppofée, & craignant qu'elle
ne fût contraire au dogme de la
Tranfubftantiation. Cependant le
P. *Hardouin* l'a publiée depuis comme favorable à ce Dogme. *Etienne
le Moine*, celebre Proteftant, l'a
donnée auffi dans fes *Varia Sacra.*
Un Theologien de l'Eglife Anglicane ayant recouvert l'édition même que M. *Bigot* vouloit donner,
l'a publiée à *Londres* en 1686. *Jacques Bafnage* a fait la même chofe à
*Utrecht* en 1687. (M. *Gouget.*) J'a-
joûte que M. *Maffei* l'a fait auffi
imprimer à *Florence* en 1721. *in-12.*
conformément au manufcrit qui eft

E. BIGOT dans la Bibliotheque des Domini-
cains de S. Marc de cette Ville,
& qu'elle se trouve encore suivant
cette édition dans les *Nouvelles Lit-*
*teraires* Latines de *Leipsic. Janvier*
1722. *p. 9.* Il est étrange que *Misson*
ait dit dans son *Voyage d'Italie*, en
parlant de la Bibliotheque de saint
Laurent. *M. Magliabechi ne put me*
*faire voir la Lettre de S. Jean Chry-*
*sostome à Cesaire, ayant une défense*
*expresse du Grand Duc de la communi-*
*quer à personne.* Comment cela peut-
il être, puisque ce n'est point dans
la Bibliotheque de saint Laurent,
qu'est le manuscrit de cette Lettre,
mais dans celle de S. Marc, sur
laquelle M. *Magliabechi* n'avoit aucune inspection?

---

# JACQUES CUJAS.

J. CUJAS. *P.* 161. IL est vrai que *Papyre*
*Masson* ne dit pas que
*Cujas* fût fils d'un foulon; cela est
pourtant vraisemblable. Car il est
notoire à *Toulouse*, que le pere de
*Cujas* avoit sa maison dans la rue

des *Blanchiers* , ainfi appellée parce J. CUJAS.
qu'elle eſt entierement habitée par
des Foulons ou des Taneurs.

Il n'y a pas long-tems que dans
certain procès pendant à la premiere
Chambre des Enquêtes du Parlement de Touloufe, l'une des Parties produiſit une reconnoiſſance
conſentie par *Cujas* lui-même. Il
y prend la qualité de *Profeſſeur à*
*l'Univerſité de Valence, & Conſeiller*
*au Parlement de Grenoble.* C'étoit
pour une Métairie ou Ferme, ſituée
à *Fontſorbe*, village à trois lieuës
de *Touloufe.* Cela prouve qu'il y
avoit quelque bien dans la maiſon
de *Cujas*; car la reconnoiſſance eſt
conſentie par *Cujas*, comme tenant
la Métairie de la ſucceſſion de ſes
ancêtres. Il eſt remarquable que dans
cette reconnoiſſance il prend le nom
de *Cujaus.* C'eſt ainſi que s'appelloit ſon pere. Il retrancha le ſecond
*u* pour adoucir ſon nom; mais comme il falloit dans l'acte dont il s'a-
git le reconnoître comme fils de ſon
pere, il ne put faire le retranchement, du moins cette fois là; autrement on auroit dit que le fils

J. Cujas, dans un même acte ne se nommoit pas comme son pere, dont le nom étoit rappellé.

Du reste on faisoit à Toulouse si grand cas de *Cujas*, que *Pierre du Faur*, Maître des Requêtes & Président au Parlement de *Toulouse*, lui dédia son Commentaire sur *les Regles du Droit*. Il paroît par l'Epître Dédicatoire qu'ils avoient été compagnons d'étude. Rien n'est plus flateur pour *Cujas* que cette Epître, sur-tout venant d'un si grand Magistrat. (M. *D'Aurier*.)

---

## SEBASTIEN VAILLANT.

S. Vail-
lant.

*P.* 249. J'Ai oublié de relever une méprise de l'Editeur du *Botanicon Parisiense*, dans le titre de ce Livre, où il parle d'une Carte-faite par le Sieur *Danet Gendre*. Mots qui feroient croire que c'est son nom ; il y faut ajoûter, *du Sieur de Fer.*

# CLAUDE FLEURY.

*P. 398.* **O**N dit que l'on a pré- **C. FLEU-**
tendu que ſon *Diſcours* RY.
*ſur les Libertez de l'Egliſe Galli-*
*cane*, devoit être à la tête du 21ᵉ
volume de ſon *Hiſtoire Eccleſiaſtique.*
La prétention eſt fauſſe ; il y avoit
plus de trente ans que ce Diſcours
étoit fait, quand M- *Fleury* eſt mort,
& il n'avoit aucun deſſein d'en
faire uſage dans ſon Hiſtoire. Ce
qu'on ajoûte *p.* 399, comme tiré
du P. *le Long*, merite attention.
Le Memoire cité dans le P. *le Long*
eſt, je crois, le même que le Diſcours du *N°.* 16. Car, 1°. la date ſe
rapporte. Le Memoire eſt de 1690,
le Diſcours eſt du même tems. 2°. La
matiere eſt la même. 3°. J'ai entendu dire au P⸱ *le Long* que ç'étoit ce
Diſcours qu'il avoit voulu citer,
(M. *Gouget.* )

## LAZ. ANDRE' BOCQUILLOT.

**L. A.**
**BOCQUIL-**
**LOT.**

*P.* 408. IL a eu avec feu M. *Paris*, Auteur des *Pſeaumes paraphraſez en pricres*, &c. une diſpute ſur ce ſujet : *Si des Auteurs devoient retirer quelque profit des Ouvrages qu'ils compoſoient ſur la Theologie ou ſur la Morale*. Monſieur *Bocquillot* ſoûtint la négative, & M. *Paris* l'affirmative. On a les écrits qui ont été faits de part & d'autre ; mais qui n'ont point été imprimez. ( M. *Gouget*. ) Ce qui donna occaſion à cette diſpute, fut un avertiſſement que M. *Bocquillot* mit à la tête d'un volume de ſes Homelies, où il déclamoit contre les Eccleſiaſtiques Auteurs, qui par les traitez qu'ils font avec les Imprimeurs ou les Libraires, & par ce qu'ils exigent d'eux, rendent leurs Livres beaucoup plus chers.

*CHANGEMENS*

✠✠✠✠✠✠✠✠✠✠✠✠✠✠

# CHANGEMENS CORRECTIONS
### *& additions.*

#### *Pour le Tome neuviéme.*

---

## ANTOINE DE SOLIS.

**P. 8.** LA *Reine Mere le nomma* A. DE grand *Hiſtoriographe des In-* SOLIS. *des.* On pouvoit ajoûter l'année de cette nomination, qui eſt 1661.

C'eſt de ſa Piece intitulée : *Los Triomphos de Amor y Fortuna*, que *Quinault* tira en 1657. ſa Tragi-Comedie des *Coups de l'Amour & de la Fortune.*

P. 9. Il n'eſt pas inutile d'obſerver que ſon *Hiſtoire de la Conquête du Mexique*, s'étend depuis l'an 1518. juſqu'en 1621.

P. 11. On a oublié de marquer quelques-uns de ſes Ouvrages. Ses Comedies ont été imprimées *in-4°.* à *Madrid* en 1681. ſous ce titre: *Comedias de D. Antonio de Solis.* Ses Poëſies ſacrées & Profanes ont

*Tome X.* Q

paru auſſi dans la même Ville *in-4°.*
en 1716. ſous ce titre : *Varias Poëſias
Sagradas y Profanas.* ( M. Gouget.)

---

## JEAN MORIN.

J. MORIN *P. 23.* ON pouvoit faire remarquer que le P. *Morin*
avoit travaillé pendant trente ans à
ſon Ouvrage ſur la Pénitence.

On a oublié la date de l'impreſſion & la forme de ſon Traité *des
défauts du gouvernement de l'Oratoire.*
Ce Traité fut imprimé en 1653.
*in-8°.*

On a oublié auſſi dans le Catalogue de ſes Ouvrages ſept Lettres
Latines écrites à *Leo Allatius* ſur
les Baſiliques des Grecs, qui ſont
dans les *Memoires de Litterature* du
P. *Deſmolets, tome 1. part. 2.* Le P.
*Morin* a auſſi compoſé deux grands
Traitez, l'un du Batême, l'autre
du Mariage, qui ont diſparu après
ſa mort. Le P. *Queſnel* avoit encore
formé un volume *in-fol.* d'Opuſcules & de Fragmens d'Ouvrages du

même Auteur, mais on ne fçait ce J. MORIN
que ce petit tréfor eft devenu. (M.
*Gouget.*)

---

## GABRIEL NAUDÉ.

P. 87. Outre les éditions mar-G. NAU
quées de la *Bibliographia* DE'.
*Politica* de *Naudé*, il y a encore celle
de *Paris* 1642. *in-8°.* & celle de
*Francfort* 1643. Cette derniere eft
remarquable par une Lettre de
*Naudé* à *Herman Conringius*, qui fe
trouve dans la Préface, & où *Naudé*
reconnoît qu'il n'a pas été exact.

*P.* 103. *Raifons peremptoires*, *&c.*
M. *Simon* a donné un long extrait
de ce Factum accompagné de reflexions concernant M. *Naudé*, dans
le premier tome de fa *Bibliotheque
Critique*, imprimée fous le nom de
*S. Jore*, *p.* 89. (M. *Gouget.*)

## CLAUDE JOLY.

**C. JOLY.** *P.* 120. ON met la feconde édition de l'Ouvrage de
M. *Joly*, *de reformandis Horis Ca-*
*nonicis*, en 1676. Elle eft de 1675.
Cette feconde édition fait auffi
tomber le reproche qu'on lui fait
d'avoir, ce femble, autorifé ceux
qui pour des occupations indifpen-
fables omettent la récitation du
Breviaire. Il y a un long *Appendix*,
où il fe lave pleinement de ce reproche. Ce n'eft pas là la feule
augmentation de cette édition. On
y voit encore un fecond *Appendix*,
qui contient la belle Préface du
Cardinal *Quignon*, fur le Bréviaire
Romain qu'il avoit dreffé.

*Ibid.* Ce que j'ai dit du *Recüeil*
*des Maximes pour l'Inftitution du Roi,*
n'eft pas vrai dans toutes fes parties ; pour en porter un jugement
plus jufte, il faut fubftituer à celui
qu'on trouve en cet endroit celui
de M. l'Abbé *Lenglet*, qui dit que
l'Auteur y eft trop hardi & trop

republicain, & qu'il a merité par ses saillies de Frondeur , dont son Livre est rempli , de le voir brûler par la main du Bourreau ; que cependant il n'est pas inutile de le lire, pour profiter de ce qu'il y a de bon, en écartant ce qu'il y a de dangereux. (*Methode pour l'Histoire,* *tom. 2. p. 35.*

M. *Joly* a fait imprimer lui-même la Sentence du Châtelet de *Paris,* qui condamnoit son Livre au feu , pour se donner le plaisir de fronder le Discours de l'Avocat du Roi. On la trouve avec la Réponse de M. *Joly* , *in-8°.* à la fin de plusieurs exemplaires du Livre qui y est condamné. (M. *de la Barre.*)

Outre les éditions marquées du *Recüeil des Maximes*, il y en a une de *Paris* de 1663. qui est fort recherchée. (M. *Gouget.*)

On a oublié un autre Ouvrage du même Auteur, qui est intitulé :

*Avis Chrétiens & Moraux pour l'institution des Enfans. Paris 1675.* *in-12.* La premiere partie de ce Livre , qui est plein de recherches , concerne les garçons. La seconde

C. JOLY. eſt deſtinée aux filles. Il y a à la fin
un traité abregé de l'Ortographe
Françoiſe, & à la tête une longue
Préface fort ſçavante. (M. *Gouget.*)

---

## MARC ANT. OUDINET.

M. A. P. 262. ON a oublié de marquer
OUDINET entre ſes Ouvrages ſa
*Diſſertation ſur les trois Medailles
d'Hermontis, de Mendez & de Jotapé,*
dediée à MM. de l'Academie des
Inſcriptions, & imprimée dans les
*Memoires de Litterature* du P. *Deſmolets, tom.* 4. *part.* 1. avec quelques additions de M. *Terrin* de l'A-
cademie d'*Arles.* Cette Diſſertation
eſt longue, mais ſçavante & bien
écrite. (M. *Gouget.*)

*F I N.*

---

*A V I S.*

M. *Goujet,* ſi ſouvent cité dans
ce volume, vient de nous
avertir que ſon nom s'écrit *Goujet,*
& non pas *Gouget.*

# TABLE GENERALE

*Des Matieres qui ont été traitées par les Auteurs contenus dans les dix premiers Volumes de ces Memoires.*

Le chiffre Romain marque le Volume, & le chiffre Arabe la page ; & lorsqu'il est renfermé entre deux crochets, il désigne les pages de la seconde édition du Volume.

ABbreviateurs [ Diff. sur les ] *Ciampini* , tom. IV. p. 207. 208. 209

Academie Françoise. Son Histoire. *Pelisson* , tom. II. p. 393 [391] & t. x.   104

——Comedie à son sujet. *Saint-Evremont* , tom. VII.   159

Academie des Sciences. Son Histoire. *Du Hamel* , tom. I. 280. [274]

Academie des Curieux de la Nature. Lifte de fes membres. *We-delius*, t. VII. 116

Academie [ de l'établiffement d'une nouvelle] *D'Aubignac* , tome IV. 138

Acouchemens. *T. Bartholin* , t. VI. 143. 148

Acolytes. [Inftruction des] *Vale-rio* , t. V. 255

Adulteres. *Briffon* , t. IX. 305

*Æs grave* des Romains. *Perizonius* , t. I. 31 [30] *Kufter* , t. I. 306 [299]

*Agnus Dei.* [ de la Benediction des] *Valerio* , t. V. 255

Agobard. Editions. *Baluze* , tom. I. 201. [196] *P. Maffon* , to. V. p. 196.

Agricola. Sa vie. *Tacite* , tome VI. 359

Agriculture. [Edition des anciens Auteurs fur l'] *Merula* , VII. 89

Aimant. Sa variation. *Hartfoeker* , VIII. 62

Air. Sa nature. *Hobbes.* t. IV. 79

---- Sa pefanteur. *Bernoulli* , t. II. 61

---- Ses changemens. *Locke* , t. I. 42 [40]

Sa

Air. Sa condenſation. *Regis*, t. VII.
11

---- Peſtilentiel. Moyens de le corriger. *G. Bartholin*, t. VI. 129

Alchymie. *Wedelius*, t. VII. 120

Alcuin. Edition. *Du Cheſne*, t. VII.
328

Alexandre VI. Pape. Son Hiſtoire.
*Leibnits*, t. II. 84

Alexandre VII. Satyre contre lui.
*Leti*, t. II. 378. [376]

Alexandre le Grand. S'il a été em-
poiſonné. *La Vieuville*, tom. II.
51

Algebre. [Elemens d'] *Ozanam*,
t. VI. 54

Allegeance. [Serment d'] *Donne*,
t. VIII. 150

Allemagne. Son Hiſtoire. *Leti*, t. II.
377. [375] *Sagittarius*, t. IV. 234

--- [Mœurs des anciens peuples d']
*Tacite*, t. VI. 360

---- [Etat preſent de l'] *Leibnits*,
t. II. 82

---- [Droits des Princes d'] *Leibnits*, t. II. 81

---- [Catalogue des Hiſtoriens d']
*Sagittarius*, t. IV. 234

Allemande. [De la Langue & la

Tome X. R

iv _Table generale_

Poëfie ] _Morhof_, t. II. p. 21. _Gry-
phius_, t. II.                         91

Alphonfe Roi d'Arragon. Son Hiftoire. _Panormita_. t. IX.          53

S. Ambroife. Sa vie. _Hermant_, III.
212. [207]

Ame. Son immortalité. _Dodvvel_,
t. I. 153. 156. [149. 152.] _Plac-
cius_, t. I. 191. [186] _Toland_,
t. I. 262. [255]_De Serres_,IV. 325.
326. _Fifcin_,V. 220. _D'Ablancourt_,
to. VI. 333. _Barthius_, t. VII. 25

Amerique. Sa découverte. _Placcius_,
t. I. p. 188. [183] _Wovver_, to.
VI.                                  62

Amiens. [Hift. d' ] _Du Cange_, to.
VIII.                                79

Ammian Marcellin. Editions. _A. de
Valois_, t. III. p. 223. [217] _H.
de Valois_, t. V. p. 237. _Gronovius_,
t. II.                              189

Amniftie. [ Traité de l' ] _Boxhor-
nius_, t. IV.                       189

Amour. _Boxhornius_, to. IV. p. 186.
_Platine_, t. VIII. p. 230. 233. _Ful-
gofe_, t. IX.                         5

----[Arrêts d'] _Martial d'Auver-
gne_, t. IX.                        175

Amour de Dieu. _Malebranche_, t. II.
p. 132. _Dupin_, t. II.             246

Anacréon. Edition. *T. le Fevre* , t.
III.                    125 [122]
---- Traduction Françoife. *A. le
Fevre* , III.            141 [137]
---- Traductions Italiennes. *Defma-
rais* , t. v. p. 361. *Marchetti* , t.
VI.                            306
Anaftafe le Bibliothecaire. Si les
Vies des Papes font de lui. *Ciam-
pini* , t. IV.            204. 205
Anaftafe le Sinaïte. Edition de fes
Contemplations. *Dacier* , to. III.
161 [156]
Anatomie. [ Traitez d' ] *Malpighi* ,
t. IV. p. 64. *Werheyen* , t. IV. 113.
*Fallope* , t. IV. 398. *Vefal* , to. v.
p. 142. & fuiv. *Bonet* , tom. v. p.
367. & fuiv. *G. Bartholin* , t. VI.
p. 128. 129. *T. Bartholin* , to. VI.
p. 135. & fuiv. *Bidloo* , tom. VII.
126. *Paulli* , x.            113
Anevrifme. [ Hiftoire d'un ] *T. Bartholin* , VI.            136
Angers. Difcours fur fon Univerfité. *P. Maffon* , t. v.        188
Anges. [ Traité des ] *Cafati* , t. I.
177 [172]
Angleterre. [ Hiftoires d' ] *Larrey* ,
t. I. p. 10. *Thoyras* , t. I. p. 299.

[292] *Milton* , t. II. p. 160. *Leti,* t. II. p. 368. [366] *Hobbes* , t. IV. p. 81. *Selden* , t. V. p. 28. & suiv. *G. Burnet* , t. VI. p. 43. *Du Chefne,* t. VII. 325. *Virunio* , t. VIII. 40 *Heylin*, x.                   57

—— ( Antiquitez des Eglifes d' ) *Ufferius* , t. V.                 122

———— Hiftoires de fa Reformation. *Burnet*, t. VI. 34. 38. *Heylin*, to. x. p. 59

———— Ses Loix & fes Privileges. *Selden* , t. V.                 30. & suiv.

———— [ De la fucceffion à la Couronne d' ] *Boxhornius* , t. IV. p. 189. *Toland* , t. I.                 260 [254]

———— [Du Chancelier d'] *Selden*, t. V. 39

Anglicane. [Eglife] Sa créance & fa difcipline. *Cofin* , t. I. p. 380. [372] *Burnet* , t. VI.                 42. 43

Anhalt. [Hiftoire des Princes d'] *Sagittarius* , t. IV.                 239

Anne d'Autriche. Son Hiftoire. *Motteville* , t. VII.                 141

Anneaux [Traité des] *T. Bartholin,* t. VI.                 148

Année Solaire des anciens Afiatiques. *Ufferius* , t. V.                 129

Année. [Differt. fur la nouvelle] *Morhof*, t. II. 19

Années & Mois. *Junius*, VII. 402

Annonciades. Origines de cet Ordre. *Le Mire*, t. VII. 280

S. Anfelme. Edition. *Allatius*, VIII. 97

Antechrift. *Cocceius*, VIII. 210

Antimoine. *Lemery*, t. IV. 220

*Antium* [Monumens de l'ancienne] *Della Torre*, t. I. 35. [34]

S. Antoine de Padoue. Edition de fes Sermons. *A. Pagi*, t. X. 14

Antonin. [Reflexions de l'Empereur] Trad. en Latin. *Gataker*, t. VIII. 84

---- Traductions Françoises. *A. le Fevre*, t. III. p. 145. [141] *Dacier*, t. III. 160. (156)

Apocalypfe. [Explications de l'] *Dupin*, t. II. p. 45. *Boffuet*, t. II. 259

Apollodore d'Athene. Edition. *T. le Fevre*, t. III. 124. [121]

Apollonius de Tyane. Fauffeté de fon Hiftoire. *Dupin*, t. II. 41

Apollonius de Perge. Ouvrage traduit en Latin. *Commandino*, VI. 371

Appels au S. Siege. *Lupus*, to. VII.
210

Appels comme d'abus. *Fevret*, t. II.
294

Apulée. Edition. *Wovver*, t. VI. 63.

Aqueducs de l'ancienne Rome. *Fabretti*, t. IV.                     378

Arabarches des Juifs. *Rhenferd*, t. I.
171. [166]

Arabe. [Grammaires] *Cellarius*, t.
V. p. 292. *Erpenins*, t. V. p. 387.
& suiv. *Guadagnoli*, t. VII. 275.
*Hottinger*, VIII. 130. *Poftel*, t. VIII.
322

Arbouze. [Marguerite d'] Sa vie.
*Fleury*, t. VIII.                   393

Arbres. [Remarques sur la gelée des]
*Hartfoeker*, t. VIII.               63

Archimede. Ouvrages traduits en
Latin. *Commandino*, VI. p. 371.
*Gravius*, t. VIII.                  293

Aretin. [ Leonard ] Son Eloge.
*Poggio*, t. IX.                     159

Argument négatif. Son autorité.
*Thiers*, t. IV.                     342

Aristarque. Ouvrage traduit en Latin. *Commandino*, t. VI.            372

Aristophane. Editions. *Kufter*, t. I.
p. 306. [299] *T. le Fevre*, t. III.
118. [116]

Aristophane.[ Notes sur ] *Spanheim,*
II. 233
— Traduction Françoise. *A. le Fe-*
*vre* , t. III. 142. [139]
Aristote. Traductions Latines de ses
Ouvrages. *Philelphe* , to. VI. 83
*Alcyonius* , t. VI. 158
— Sa Poëtique traduite en Fran-
çois. *Dacier* , t. III. 160. [156]
— La même traduite en Italien.
*Castelvetro* , t. IX. 238
— Commentaire sur sa Rhetorique.
*Castelvetro* , t. IX. 241
— Sa Physique comparée avec
celle de Descartes. *Le Bossu* , VI.
70
— Refutation de ses dogmes. *Pos-*
*tel* , VIII. 330
Arithmetique. *Meziriac* , t. VI. 6
Arpentage. *La Hire* , t. 5. p. 344.
*Ozanam* , t. VI. 54
Arrien. Edition. *Gronovius*, II. 192
— Traduction Françoise. *D'Ablan-*
*court* , t. VI. 333
Artagnan. [Memoires d'] *Des Cour-*
*tils* , t. II. 175
Asperges. *Fallope* , t. IV. 399
Assomption de la Vierge. *Joly* , t.
IX. 122. 123

R iiij

Aſtrologie. *J. B. Morin*, tom. III.
104. [101] *Campanella*, VII. 82

Aſtronomie. *Du Hamel*, t. 1. p. 275
[268] *Boulliaud*, tom. 1. p. 336.
[329] *Dée*, t. 1. p. 355. [348]
*J. B. Morin*, t. III. p. 93. & ſuiv.
*Cellarius*, t. v. p. 290. *Caſſini*, t.
VII. 316. & ſuiv. *Gravius*, VIII.
291, & ſuiv.

Aſtronomiques [Tables] *La Hire*,
t. v.                                    342

S. Athanaſe. Son Hiſtoire. *Her-*
*mant*, t. III. 212. [206] *Schmidt*,
t. IX.                                   39

Athéiſme. Sa refutation. *Magalotti*,
III. 242. [235] *Campanella*, VII. 80

⸺ Comparé avec l'Idolâtrie. *Bayle*,
t. VI.                                   294

Athenée. Traduction Latine. *Fer-*
*rari*, t. v.                            89

Athenes. [des Magiſtrats d'] *Poſtel*,
VIII.                                    323

Atomes. J. B. *Morin*, III. 99. [97]

Atticus. [Pomponius] Sa vie. *Sara-*
*ſin*, VI.                               392

Attila. Son Hiſtoire. *Callimaco*, VI.
206

Attrition. *J. Morin*, IX. 29. *Lupus*,
VII.                                     209

Avarice. *Poggio*, IX.                   146

Aubuſſon. [ Pierre d' ] Sa vie. *Bou-*
*hours* , t. II.  285.

Auguſte Empereur. Son Hiſtoire.
*Larrey* , t. I.  9

S. Auguſtin. Edition de quelques
Ouvrages. *Vignier* , t. II. p. 359.
[ 358 ] *Tommaſi* , x.  119

—— Ouvrages fur l'Edition des Benedictins. *F. Lamy* , t. III. 358.
359, [ 347 ] *Sainte-Marthe* , t. v.
96

—- S'il a été Moine. *Ferrand* , t. I.
19. [ 18 ]

—— Origine & Hiſtoire de ſon Ordre. *Lupus* t. VII. 208. *Le Mire* ,
t. VII.  281

Avicenne. [ Diſſertation fur ] *Patin* ,
t. II.  220

Aulugelle. Edition. *Gronovius* , II.
188

Aumône. [ Traitez de l' ] *La Pla-*
*cette* , t. II. 6. *Thomaſſin* , t. III.
181. [ 176 ]

Avocat. Son caractere. *Boxhornius* ,
t. IV.  186

Avocats illuſtres du Parlement de
Dijon. *Fevret* . t. II.  294

Aurelius Victor. Edition. *A. le Fe-*
*vre* , III.  141. [ 137 ]

xij          *Table générale*

Aufone. Edition. *Merula*, t. vii. 92

Autels portatifs. *Schmidt*, t. ix. 37

Auteurs. [de la connoiſſance des ]
   *Morhof*, t. ii.                    23

Autriche. [Genealogie de la Maiſon
   d'] *Vignier*, t. ii.                360

——— [Politique de la Maiſon d'] *Va-*
   *rillas*, t. v.                       72

Auvergne. [ Hiſtoire de la Maiſon
   d'] *Baluze*, t. i.        205. [200]

Ayraut. [Pierre] Sa vie. *Menage*,
   t. i.                     329. [322]

### B

Babylone. [Les origines de] *Pe-*
*rizonius*, t. i.                31. [30]

Bade. Deſcription de ſes bains.
   *Poggio*, t. ix.                    152

Bagdedin. [ Mahomet ] Ouvrage
   traduit en Latin. *Commandino*,
   t. vi.                              372

Bagni. [ le Cardinal ] Son Eloge.
   *Naudé*, t. ix.                      92

Bains des anciens. *Ferrari*, t. v. 85

Pallets. *Meneſtrier*, t. i.    85. [81]

Banquier. Ses avantages à la Baſ-
   ſette. *Sauveur*, t. ix.            409

Banquiers [ Diſſert. ſur les ] *Boxhor-*
*nius*, t. iv.                       187

Barclai. L'Argenis traduite en François. *Coeffeteau*, t. III. 12

Bardevic. Histoire de cette Ville.
*Sagittarius*, t. IV. 233

S. Barnabé. [L'Evangile de] *Toland*, t. I. 264. [258]

Barometre. Ses Variations. *Ramazzini*, t. VI. 236. *Hartsoeker*, t.
VIII. 66

Bartholin. [Thomas] Son Eloge.
*Jacobæus*, t. I. 389, [381]

S. Basile. Sa vie. *Hermant*, to. III.
212. [206]

—— Ouvrages traduits en Latin.
*Budé*, t. VIII. 383. *Philelphe*, x.
65

—— Ouvrages traduits en François.
*Hermant*, t. III. 213. [207]

Batême. [Diss. sur le] *Gataker*, t.
VIII. 84. 85

—— Ses cérémonies. *Schmidt*, t. IX.
38

—— De sable. *Schmidt*, t. IX. 37

—— [Explication de monumens anciens sur le] *Ciampini*, tom. IV.
210

Bâtimens. Usage d'y mettre la premiere pierre. *Ancillon*, to. VII.
385

Baudoin [François] Son Eloge. *P.*
   *Masson*, t. v.                    189
Bauldry. [Paul] Son Eloge. *Re-*
   *land*, t. i.                      346
Bayart. [le Chevalier] Son Histoi-
   re. *Bocquillot*, t. viii.        407
Beauvais. [Histoire de] *Hermant*,
   t. iii.                    213. [209]
Beauveau. [Hist. de la Maison de]
   *Sainte-Marthe*, t. viii.          27
Bedell. [Guillaume] Sa vie. *G.*
   *Burnet*, t. vi.                    39
Bellefons. [Laurence de] Sa vie.
   *Bouhours*, t. ii.                 287
Benedictins. Histoire de leur Or-
   dre. *Le Mire*, vii. p. 280. *Ma-*
   *billon*, t. vii. 344. 368. *Ruinart*,
   t. ii.                       317. 319
— Leur préféance sur les Chanoi-
   nes Reguliers, *Mabillon*, t. vii.
   358
— De Fecamp. Factum contre eux.
   *Simon*, t. i.                     241
Benediction Nuptiale. [Diss. sur la]
   *J. Basnage*, t. iv.               304
Benefices. [Discipline de l'Eglise
   sur les] *Thomassin*, t. iii. 174.
   [170]
— Droits des Princes touchant

leur difpofition. *Burnet*, t. vi. 39

Beneficiers. Ufage qu'ils doivent
faire de leurs revenus. *Thiers*, t.
iv. 345. *Navarre*, t. v. 10

S. Benigne de Dijon. [ Differt fur ]
*Boulliaud*, t. 1. 337. [330] & x. 61

S. Bernard. Edition. *Mabillon*, vii.
342. 344

Befançon. [ Remarques fur les Gla-
cieres de ] *Boifot*, t. v. 380

Beffarion. Son Eloge. *Platine*, viii.
230

Bêtes. Leurs connoiffances. *Pardies*,
t. 1. 210. ( 205 ) *Schmidt*, t. ix.
36

Bethune. (Hift. Genealogique de
la Maifon de ) *Du Chefne*, t. vii.
333

Beze. Sa vie. *Teiffier*, t. v. 268

Bezoard. *Bocconi*, t. 11. 163

Bible. (Hiftoire de la ) *J. Bafnage*,
t. iv. 305. & t. x. 149. *Schmidt*,
t. ix. 42

---- Polyglotte. *Hermant*, to. iii.
204. ( 198 )

---- Differt. fur les Polyglottes. *Le
Long*, t. 1. 163. (159)

---- Deffein d'une Polyglotte. *Simon*, t. 1. 242. 243. ( 237 )

Polyglotte Arabe. *Guadagnoli*, VII. 274

---- De ses differentes éditions. *Simon*, t. I.                    243. ( 237 )

---- Grecque des Septante. Edition. *J. Morin*, t. IX.                    18

---- Edition de la Vulgate. *Du Hamel*, t. I.                    281. ( 274 )

---- Dissertations sur la ) *Ferrand*, t. I. p. 19. ( 18 ) *Du Hamel*, t. I. p. 280. ( 273. ) *Du Pin*, t. II. p. 36. 43. *Alexandre*, to. III. 346. ( 335 ) *J. Morin*, t. IX.                    27

Bibliographes. *Allatius*, VIII. 98. *Ancillon*, t. VII.                    387

Bibliothecaires. *Baillet*, t. III. 32. & suiv.                    ( 31 )

---- ( Catalogue des ) *Teissier*, t. V. 269

Bibliotheque Sacrée. *Le Long*, t. I. 163. ( 158 )

---- Des Auteurs Ecclesiastiques. *Dupin*, t. I. 31. 46. *Oudin*, t. I. 288. ( 281 ) *Colomiés*, VII. 202. *Le Mire*, t. VII.                    285

---- Des Historiens. *Dupin*, tom. II. 42

---- Orientale. *D'Herbelot*, t. IV. 414. *Galland*, t. V. 190. *Hottinger*, VIII.                    129

Bibliotheques. ( Traitez des )
Schmidt , IX. 39. *Naudé* , IX. 84.
*Gallois* , VIII. 160

Birague. ( René de ) Son éloge. *P.*
*Maſſon* , V. 190

Blacvod. ( Adam ) Son éloge. *Nau-*
*dé* . IX. 94

Blaſon. *Meneſtrier* , I. 75. [72]

Blemur. ( la mere de ) Son éloge.
*Mabillon* , VII. 362

Bocace. ( Jean ) Son éloge. *P.Maſ-*
*ſon* , V. 191

Bodin. Remontrance contre ſa Republique. *De Serres,*IV. 324. & X.
151

Bœufs. Leurs maladies. *Gronovius* ,
II. 194. *Gazola* ; IX. 265

Boheme. ( De la Guerre de ) *Le Mi-*
*re* , VII. 282

Bohm. ( Jacques ) Syſtême de ſa
Theologie. *Poiret* , IV. 159

Boniface VIII. Ses démêlez avec
Philippe le Bel. *Baillet* , III. 36. [35]

Bons mots des Orientaux. *Galland* ,
VI. 190

Borromée. ( Vitalien ) Sa vie. *Scala* ,
IX. 170

Botanique. *Bocconi* , II. 164. & ſuiv.
*Paulli* , III. 25. [24.] & ſuiv.

xviij      *Table generale*

*Tournefort*, IV. 364. *Vaillant*, VIII.
246. & fuiv

Bouillon. (Le Duc de) Sa vie. *Mar-*
*follier*, VII.                            67

Bourbon. ( Le Cardinal de ) Son
éloge. *P. Maffon*, V.                  191

Bourgogne. (Hiftoire de) *Begat*,
VI. 180. *Du Chefne*, VII.          329

—— ( Coutume de ) *Chaffeneuz*, III.
382. [369.]

Bourignon. ( Antoinette ) Sa vie &
édition de fes Ouvrages. *Poiret*,
t. IV.                                127

Boyle. Traduction. *Morhof*, II.
20

Brabant. (Hiftoire du ) *Le Mire*,
VII.                                  283

Bracelets. *T. Bartholin*, VI.     138

Brandebourg. (Hiftoire des Elec-
teurs de ) *Leti*, II. 377. ( 375. )
*Sagittarius*, IV. 238. *Teiffier*, V.
271.

Breda. ( Hiftoire du fiege de ) *Box-*
*hornius*, IV.                      187

Breffe. ( Comment. fur les Statuts
de ) *Collet*, III.    269. ( 261 )

Breviaire de Cluni. ( Obfervations
fur le ) *Thiers*, IV.              351

Brienne. ( Le Comte de ) Son voyage.

ge. *Patin* , II. 217

Brunſvic. ( Hiſtoire de ) *Leibnits* ,
II. 83. 84. *Sagittarius* , IV. 238

## C

CAballe. *Dée* , I. 354. [346]

Cabinet de curioſitez. *Jacobæus* , I.
390. [ 382. ] *Vormius* , IX. 201.
202

Caen. (Origines de la ville de) *Huet*,
I. 65. [ 63 ]

Caffé. Son origine & ſon progrès.
*Galland* , VI. 192

Calculs de vraiſemblance. *Bernoulli*,
II. 62. *Leibnits* , II. 82

Calendrier univerſel. *Sauveur* , IV.
378

Calice Euchariſtique. *Schmidt* , IX.
42. 46

Callimaque. Editions & Commentaires. *Spanheim* , II. 232. *Gravius* , II. 245. *A. le Fevre* , III.
136. *Virunio* , VIII. 42

Calvin. Sa vie. *Teiſſier* , V. 268

---- Lettres traduites en François.
*Teiſſier* , V. 271

Cananéens. ( Differtation ſur les )
*Pezron* , I. 182. [177]

Capitulaires de Charlemagne, &c.
*P. Pithou*, v. 56

Cardan. Edition. *Vander Linden*,
III. 328. (318.) *Naudé*, IX.
94.

Cardinaux. (Devoirs des ) *Valerio*,
v. 254

---- Hiſtoire des François. *Du Cheſ-*
*ne*, VII. 334

---- Satyre contre eux. *Leti*, II.
378. [377]

Carême. (Du jeûne du ) *Daillé*, III.
77. [75]

Carlos. ( Hiſtoire de Dom ) *Saint*
*Real*, II. 137

Carmes. Hiſtoire de leur Ordre. *Le*
*Mire*, VII. 280

---- Diſputes ſur leur antiquité.
*Papebrock*, II. 94. & ſuiv.

Carthage. ( Edition de la Conference de ] *P. Maſſon*, v. 195

Caſa. Remarques ſur ſes Poëſies.
*Menage*, I. 329. [322]

Caſaubon. Edition de ſes Lettres.
*Gravius*, II. 236

Caſſiodore. Sa vie. *Sainte-Marthe*,
v. 95

Caſuiſtes. ( Ouvrage contre l'Apologie des ) *Hermant*, III. 211

Catéchifme Chrétien. [ Comment.
sur le ] *Carranza*, IV. 260

---- Hiftorique. *Fleury*, VIII. 392

---- De Meaux. *Boſſuet*, II. 258

Ste Catherine de Sienne. Traduction Françoiſe de ſes Œuvres.
*Poiret*, IV. 161

Catechumenes. *J. Morin*, IX. 29

Caton. Edition de ſes Diftiques.
*Boxhornius*, IV. 185. *P. Pithou*,
V. 54

Catule, Tibule & Properce. Editions & Commentaires. *Grævius*,
II. 240. *Paſſerat*, II. 331

Cauteres. ( Traité des ) *Fienus*, II.
405. [ 402 ] *Fallope*, IV. 399.
*G. Bartholin*, VI. 129

Cebes. Edition de ſa Table. *Gronovius*, II. 188

Cefalu. Origine de cette ville. *Auria*, III. 233. [ 225 ]

Celfe. Edition. *Vander Linden*, III.
327. [ 317 ]

Celtes. ( Antiquité des ) *Pezron*, I.
182. [ 177 ]

Centons de Virgile. *Ramazzini*, VI.
231

Cerveau. Sa ſubſtance. *T. Bartholin*,
VI. 146

S ij

S. Cefaire d'Arles. Edition. *Baluze*, I. 202. [196]

Cefar. Editions. *Grævius*, II. 245. *Boxhornius*, IV. 185. *Cellarius*, V. 277

—- Traduction Françoife. *D'A-blancourt*, VI. 334

Chaldaïque. ( Grammaire ) *Cella-rius*, V. 291. *Erpenius*, V. 392. *Hottinger*, VIII. 126. 130

—- ( Dictionnaire. ) *Cocceius*, VIII. 217

Champagne. ( Hiftoire des Comtes de ) *P. Pithou*, V. 55

Champignons. *Tournefort*, X. 154. 155

Chanceliers de France. ( Hiftoire des ) *Du Chefne*, VII. 335

Chanfons. Leur ufage dans la Reli-gion. *Schmidt*, IX. 43

Chantal. ( Madame de ) Sa vie. *Marfollier*, VII. 67

Chantres de l'Eglife ancienne. *Schmidt*, IX. 42

Chantres de l'Eglife de Paris. *Joly*, IX. 125

S. Charles Borromée. Sa vie. *Vale-rio*, V. 255

Charles-Quint. Sa vie. *Leti*, II. 376

Charles V. Roi de France. Sa Cour. *Meneſtrier*, I. 85. [83]

Charles VII. Son Hiſtoire. *Martial d'Auvergne*, IX. 182

Charles VIII. Son Hiſtoire. *Varillas*, V. 72

Charles IX. Son Hiſtoire. *Varillas*, V. 65

---- Diſcours ſur ſon mariage & ſon éloge. *P. Maſſon*, V. 188. 189.

Charles I. Roi d'Angleterre. Ouvrage ſur ſon ſupplice. *Milton*, II. 154

Chartier. ( Alain ) Edition. *Du Cheſne*, VII. 328

Chartreux. Hiſtoire de leur Ordre. *Le Mire*, VII. 280

Chaſteigneraye. ( Hiſt. Genealog. de la Maiſon de la ) *Du Cheſne*, VII. 333

Châtillon-ſur-Marne. Hiſtoire Genealogique de la Maiſon de ) *Du Cheſne*, VII. 330

Châtillon. ( L'Amiral de ) Sa vie. *De Serres*, IV. 434

Chemins de l'Empire Romain. (Des grands ) *Bergier*, VI. 397

Chevalerie. ( Des Ordres de ) *J.*

xxiv *Table generale*

*Basnage*, IV. 310. *Gryphius*. II.
90. & x. 78

Chevelure. *Junius*, VII. 406

Chiffres. *Niceron*, VII. 155. *Gruter*,
IX. 403

Chine. (Ouvrages sur les affaires
de la) *Dupin*, II. 39. *Malebranche*, II. 133. *Alexandre*, III. 353.
(342.)

Chirurgie. (Traitez de) *Fienus*,
II. 405. (402) *Vesal*, V. 143

Chopin. (René) Son éloge.) *P.
Masson*, V. 191

Chrétiens. (Mœurs des) *Fleury*,
VIII. 392

---- (Societé de vrais) propre à se
maintenir. *Bernard*, tom. I. 141.
[138]

Christian IV. Roi de Danemarc.
Son éloge. *Wovver*, VI. 61

Christianisme raisonnable. *Locke*,
I. 48. [46]

Chronique Paschale. *Du Cange*.
VIII. 78

Chrysoloras. (Emmanuel) Sa vie.
*Virunio*, VIII. 42

Chymie. (Cours de) *Lemery*, IV.
219

---- (Fausses opérations de la) *Wedelius*, VII. 116

Ciceron. Sa Vie & ſes Ouvrages. *Sagittarius*, IV. 233

---- Son érudition. *Perizonius*, I. 25. [ 24 ]

---- ( De la lecture & de l'imita-tion de) *Sagittarius*, IV. 233

---- Editions & Commentaires. *Gronovius*, II. 188. *Grævius*, II. 239. & ſuiv. *Cellarius*, V. 276. 277. *Merula*, VII. 90. 92. *Viru-nio*, VIII. 40. *Budé*, VIII. 388. *Gruter*, IX. 406

---- Traductions Françoiſes. *Saint Real*, II. 139. *Deſmarais*, V. 364. *D'Ablancourt*, VI. 331

---- Apologie de ſes Ouvrages Phi-loſophiques. *Dodvvel*, t. I. 153. [ 149 ]

Cignes. *T. Bartholin*, VI. 147

Cîteaux. Hiſtoire de cet Ordre. *Le Nain*, II. 313. *Le Mire*, VII. 282. *Schmidt*, IX. 43

Citoyens Romains. Qui l'étoient ? *Spanheim*, II. 232

Claudien. Edition & Commentai-re. *Barthius*, VII. 25. *Virunio*, VIII. 40

S. Clement Pape. Edition de ſa Let-tre. *Colomiés*, VII. 203

S. Clement Pape. Traduction. *Teif-*
*fier*, v.                              270

Clement IX. Son éloge. *Sorbiere*,
IV.                                96

Clermont en Auvergne. Eloge de
cette ville. *P. Maſſon*, v.      192

Cleves. (Lettres ſur la Princeſſe de)
*Bouhours*, 11. 288. & x.          97

Cloches. (Traité des) *Thiers*, IV. 353

Cluni. (Bibliotheque de ) *Du Chef-*
*ne*, VII.                          325

---- Breviaire de ) *Rabuſſon*, to. 1.
117. ( 113 )

---- Du droit de l'élection de l'Abbé de ] *Rabuſſon*, 1.  117. [ 113 ]

Colbert. Teſtament politique. *Des*
*Courtils*, 11.                     174

----- Ses entretiens aves Bauyn.
*Des Courtils*, 11.                 176

Coligny. ( L'Amiral de ) *Des Cour-*
*tils*, 11.                         172

Colleges. Leur utilité. *Placcius*, 1.
190. [ 186 ] *Schmidt*, IX.      36

Colonne Trajanne. Son explication. *Fabretti*, IV.              378

Comedie. ( Maximes ſur la ) *Boſſuet.*
11.                                261

Comedies. *Barthius*, VII. 21. *Saint-*
*Evremont*, VII.                   159

                              Cometes.

Cometes. ( Difcours fur les ) *Guglielmini*, I. 100. [ 97.] *Pardies*, I. 208. [ 204 ] *Bernoulli* , II. 60. *Fienus* , II. 406. [ 403 ] *Sorbiere* , IV. 95. *Ciampini* , IV. 203. *Bayle* , VI. 270. *Marchetti* , VI. 305. *Caffini* , VII. 316. & fuiv. *Poftel* , VIII. 352

Comines. ( Philippe de ) Memoires traduits en Latin. *Barthius*, VII. 23

Commendon. ( Le Cardinal ) Sa vie. *Flechier* , I. 372. ( 364. 365 )

Commerce. *Savary* , IX. 206. & fuiv.

--- Des Anciens. *Huet* , I. 67. [ 64 ]

Communion. ( Traitez de la ) *La Placette* , II. 4. *Bafnage* , IV. 303. & x. 148

--- Sous les deux Efpeces. *Boffuet* , II. 257. *Lenfant* , IX. 250

Conception de la Vierge. *Wetftein* , II. 144

Conciles. *Baluze* , I. 202. 203. [ 196. & 199. ] x. 16. *D'Aguire* , III. 228. 229. [ 222. 223. ] *Patrizi* , VII. 396. *Lupus* , VII. 208

---- ( Abregé des ) *Carranza* , IV. 269

---- ( Differt. fur les ) *Thomaffin* , III. II. ( 167 )

*Tome X.* T

Conciles. (Hiftoire des) *Schmidt*, ix. 44

Condé. ( Le Prince de ) Son Hiftoire. *Texeira*, v. 407

Confeffion. *Alexandre*, iii. 346. (335) D. *de Sainte-Marthe*, v. 92. *Daillé*, iii. 79. (77)

Confirmation. *Daillé*, iii. 79. (77) *J. Morin*, ix. 29

Confication des biens. *P. Pithou*, v. 56

Connoiffance de foi-même. *F. Lamy*, iii. 358. (346)

Confcience. ( Traitez de la ) *La Placette*, ii. 4. *J. Bafnage*, iv. 303

Conftance. (Hiftoire du Concile de ) *Lenfant*, ix. 251

Conftantin le Grand. Son Batême. *Tentzelius*, iii. 187. (182)

---- Sa donation. *Schmidt*, ix. 44

---- Batimens qu'il a conftruits. *Ciampini*, iv. 209

Conftantin Porphyrogenete. Edition de fes Extraits. *H. de Valois*, v. 134

Conftantinople. (Hiftoire de ) *Du Cange*, viii. 72. & fuiv. *Allatius*, viii. 106

Conſtitution *Unigenitus.* ( Ouvrages
ſur la ) *Dupin*, 11. 46. *J. Baſnage*,
1v. 308. & x.                148

Conſuls. Leurs Faſtes. *Reland*, 1.
348. [340] *A. Pagi*, 1. 184.
(180) & x. 14. 15. *Noris*, 111.
253. 254. [246]

Contes. *Galland*, v1. 193. *Pogge*,
1x.                          153

Controverſe generale des Catholiques. *Boſſuet*, 11. 250. & ſuiv.
*Dez*, 11. 335. *Pelliſſon*, 1. 396.
*Coeffeteau*, 111. 7. & ſuiv. *Papin*,
11. 19. (18.) & ſuiv. *D. de Sainte-
Marthe*, v. 94. *De Serres*, 1v.
331

---- Des Proteſtans. *Pictet*, 1. 89.
(87) & ſuiv. *Daillé*, 111. 76. (70)
& ſuiv. *Epiſcopius*, 111. 317. (308.
& ſuiv. ) *Chillingvvorth*, 111. 337.
(327) *Sagittarius*, 1v. 236. &
ſuiv. *J. Baſnage*, 1v. 299. &
ſuiv. *Claude*, 1v. 387. & ſuiv.
*Uſſerius*, v. 110. & ſuiv. *Burnet*,
v1. 33. & ſuiv. *Blondel*, v111. 48.
*Gataker*, v111. 82. *Hottinger*, v111.
124. & ſuiv. *Lenfant*, 1x. 247.
255

Copenhague. Eloge de ſon Univerfité. *G. Bartholin*, vi.   125

Cordes. (de) Son éloge. *Naudé*,
ix.                                   93

Cornaro. Remarques fur fon Livre
de la vie fobre. *T. Bartholin*, vi.
146. *Ramazzini*, vi.         238

Corneille. Differt. fur quelques-
unes de fes Tragedies. *D'Aubignac*, iv.                      133

Cornelius Nepos. Edition. *Cellarius*, v.                       277

--- Traduction Françoife de la
vie d'Atticus. *Sarafin*, vi. 392

Corps. Son effence. *Bayle*, vi. 269

--- Ses élémens. *Hartfoeker*, viii.
62

Corps de Doctrine. (Traité des)
*Schmidt*, ix.                  41

Corfes. (Hiftoire de l'affaire des)
*Defmarais*, v.                 362

Cofmographie. *Poftel*, viii. 350,
351

Coffon. (Daniel) Sa vie. *Gronovius*, ii.                      189

Couches des Femmes. Coutumes
de l'Antiquité fur ce fujet. *T. Bartholin*, vi.                    137

Cours de l'Europe. (Nouvelles des)
*Des Courtils*, ii.             174

Création du Monde ( Histoire de la ) *Hottinger*, viii. 131

Critique. ( de la ) *Schmieder*, t. 1. 122. [ 118 ] *Saint Real*, ii. 139

Croix de Jesus - Christ. Sa construction. *T. Bartholin*, vi. 138

--- Son invention. *Schmidt*, ix. 46

--- ( De l'Adoration de la) *Bossuet*, ii. 261

Croix portées en Procession. *Ciampini*, iv. 210

Cromvel. ( Olivier ) Sa vie. *Leti*, ii. 376. [ 375 ] *Schmidt*, ix. 35

Crosse Episcopale. Si les Papes l'ont portée autrefois. *Ciampini*, iv. 206

Cujas. ( Jacques ) Son éloge. *P. Masson*, v. 191

Curez. (De la dépoüille des) *Thiers*, iv. 347

--- Droit de porter l'Etole en présence des Archidiacres. *Thiers*, iv. 344

S. Cyprien. Edition. *Baluze*, t. 1. 205. [ 201 ] & t. x. 18

--- Traduction Françoise. *Lenfant*, ix. 247

--- ( Dissert. sur ) *Dodwel*. 1. 149. [ 145 ]

# D

Dagobert. (Differt. fur les années de ) *A. de Valois* , t. III.
223. [ 217 )

Danemarc. (Hiftoire du ) *Vormius* ,
IX. 199. 200

---- (Ecrivains du ) *T. Bartholin* ,
VI. 146

Danoife. (Langue & Poëfie ) *Vormius* , IX. 200

Daniel. Ses feptante femaines. *La
Placette* , t. II. 10

Daniel l'Hermite. Edition de fon
Traité de la Vie Civile. *Gravius* ,
t. II. 246

Dante. Sa vie. *Redi* , t. III. 389.
[ 376 ] *P. Maffon* , v. 190

Dares Phrygien. Edition. *A. le Fevre* , t. III. 140. (137)

D'Aurat. ( Jean ) Son éloge. *P.
Maffon* , v. 190

Décorations funebres. *Meneftrier* ,
t. I. 82

Decretales. Edition. *Auguftin* , IX.
68

--- Fauffeté des anciennes. *Blondel* , VIII. 48

Delphes. (L'Oracle de) *Sagittarius,* IV. 235

Delrio. Controverses magiques traduites en François. *Du Chesne,* VII. 325

S. Denys l'Aréopagite. Traduction Latine. *Ficin,* v. 222

---- Dissert. sur ses Œuvres. *Daillé,* t. III. 80

Denys d'Halicarnasse. Edition. *Hudson,* v. 352

---- Chronologie de son Histoire. *Dodvvel,* t. I. 152. (148)

Denys d'Alexandrie. Edition. *T. le Fevre,* t. III. 125. (122)

Descartes. Sa vie. *Baillet,* to. III. 34. 35

---- Censure de sa Philosophie. *Huet,* t. I. 63. 64. (61 62)

---- Sa Physique comparée avec celle d'Aristote. *Le Bossu,* VI. 70

---- Edition de sa Géometrie. *Bernoulli,* t. II. 62

Destin. (du) *Virunto,* VIII. 40

Devises. *Menestrier,* t. I. 79. (74) & suiv.

Devotion la plus solide. *Thiers,* IV. 351

T iiij

Diadochus. Edition & traduction.
*Wetstein* , t. 11. 143. *Allatius* ,
VIII. 99

Dictionnaire Universel. *De Bauval* ,
t. 11. 211. *Regis* , VII. 12

--- Historique. *Bayle* , VI. 288

--- Ecclesiastique. *Schmidt* , IX. 43

--- Des Arts qui ont rapport au
dessein. *Felibien* , 11. 351

Dictionnaires. ( La Requête des )
*Menage* , I. 322. (315)

Dictis de Crete. Edition. *A. le Fevre* , III. 140. (137)

Dieu. Son existence. *Malebranche* ,
11. 133. *J. B. Morin* , t. 111. 96.
( 94 ) *F. Lamy* , t. 111. 364. (352)
*Jaquelot* , VI. 379. 380

--- ( De la connoissance de ) *Ferrand* ,
t. 11. 20. & X. 4

Dieux de Syrie. *Selden* , V. 30

Dignitez & Honneurs. *Chasseneuz* ,
t. 111. 384. ( 371 )

Dijon. ( Décisions du Parlement de )
*Begat* , VI. 182

--- ( Histoire d'une sédition arrivée
à ) *Fevret* , 11. 293

Diodore de Sicile. Traduction Latine. *Pogge* , IX. 159

--- Trad. Françoise. *Amyot* , IV. 53.
54

Diogene Laerce. Edition. *Menage*, t. 1. 323. ( 315 ) *Kuhnius*, IV. 395

--- La vie d'Ariftippe traduite en François. *T. le Fevre*, t. III. 124. ( 121 )

Dioptrique. ( Effai de ) *Hartfoeker*, VIII.                              61

Diphtongues. ( Traité des ) *Gata-ker*, VIII.                              83

Diplomatique. *Mabillon*, VII. 351. & fuiv.

Divorce. ( Ouvrage en faveur du ) *Milton*, II.           149. 151

Dixmes. *Collet*, t. III. 264. ( 257 ) *Heylin*, x.                              59

Dombes. ( Hiftoire de ) *Collet*, t. III. 268. ( 260 )

Dordrecht. ( Synode de ) *Heylin*, I. 311. ( 304 ) & t. x. 59. *Epifco-pius*, III.                   320. ( 310 )

Dramatiques. ( des Pieces ) *Allatius*, VIII.                              113

Drogues. ( Traité des ) *Lemery*, IV. 220

Droit. ( Methode pour apprendre le ) *Leibnits*, II.                              78

--- ( Bibliotheque des Auteurs du ) *Pancirole*, IX.                              190

Droit Canonique. Edition. *Pierre*

*Pithou* , tome v.                             5ĭ

Droit Canonique, ( Inſtitutions au )
*Fleury* , vɪɪɪ. 393. *Hallé* , t. ɪɪɪ.
247. ( 240 )

--- ( Traitez de ) *Auguſtin* , t. ɪx.
68. & ſuiv.

Droit Civil. *Ménage* , ɪ. 327. ( 320 )
*Cujas* , vɪɪɪ. 175. *Auguſtin* , ɪx.
66. *Cocceji* , ɪx.        293. & ſuiv.

Droit des Gens. ( Queſtion du )
*Cuneus* , vɪ.                           245

Droit François. Son Hiſtoire. *Fleury* , vɪɪɪ.                              391

Droit public d'Allemagne. *Cocceji* ,
ɪx.                                      295

Droit Diplomatique. *Leibnits* , t. ɪɪ.
82. 84

Ducas. Edition de ſon Hiſtoire.
*Boulliaud* , ɪ.              339. ( 331 )

Duels. *J. Baſnage* , ɪv. 310. *Selden*,
v. 29. *Dupleix* , x.                    98

Dupin. Critique de ſa Bibliotheque.
*Simon* ɪ.                   245. ( 239 )

Dupuy. ( Claude ) Son éloge. *P.
Maſſon* , v.                            192

# E

E Admer. Edition de fon Hiftoire d'Angleterre. *Selden*, v. 35

Eau. Son élevation dans un fyphon, *Hartfoeker*, VIII. 63

Eaux. ( Du mouvement des ) *Guglielmini*, I. 100. 101. ( 97. 98 )

--- Minerales. *Fallope*, IV. 398

Ebn Jordan. Sa vie. *Reland*, to. I. 349. ( 341 )

Eccard I. & II. Marquis de Mifnie. Leur Hiftoire. *Sagittarius*, IV. 235. & 237

Echees. Opinions fur ce jeu. *Sarafin*, VI. 392

Ecoffe. ( Hiftoire d' ) *Buchanan*, VII. 232

--- De la fucceffion à la Couronne d' ) *Buchanan*, VII. 234

--- Défenfe de fes Loix. *Burnet*, VI. 33

Ecreviffes. *Sachs*, II. 338. *Hartfoeker*, VIII. 67

Ecriture Sainte. Sa verité & fon infpiration. *Simon*, to. I. 245. ( 239 ) *Martianay*, t. 1. 107. *Jaquelot*, VI. 384

Ecriture Sainte. ( Hiftoire du Canon des Livres de l' ) *Martianay*, t. 1. 111. ( 107 ) *Cofin*, t. 1. 380. ( 372 ) *J. Bafnage* , IV. 304. *P. Pithou*, v. 57

---- Difputes fur la préference du Texte Hebreu & de la Verfion des Septante. *Martianay*, to. 1. 106. ( 103. 104 ) *Pezron*, to. 1. 180. ( 176 ) *Cocceius*, VIII. 210. & fuiv. *J. Morin*, to. IX. 18. & fuiv.

---- Des Variantes du Texte Hebreu. *Ufferius*, v. 130

---- De la Verfion des Septante. *Ufferius*, v. 131. *Wouver*, VI. 64

---- De la Vulgate. *Alexandre*, t. III. 350. ( 336. ) *Wouver*, VI. 64

---- Des Traductions en Langue Vulgaire. *Ufferius*, v. 134

---- ( Introduction à l' ) *B. Lamy*, VI. 106. 116. *Hottinger*, VIII. 124

---- Harmonie de l'Ancien & du Nouveau Teftament. *Ligthfoot*, 312. 315

---- Ses divifions. *G. Bartholin*, VI. 130

---- De la coutume de la lire dans

l'Eglife. *Tentzelius*, t. 1 11. 190.
( 185 )

Ecriture Sainte. Maniere de l'ex-
pliquer. *Martianay*, to. 1. p. 111.
( 108 )

--- Commentaires & Obfervations.
*Lightfoot*, v1. 312. & fuiv. *Cocceius*, v111. 210. & fuiv. *Poiret*,
x. 144. 145

--- Methode pour la lire en un an.
B. *Lamy*, v1. 119

--- Si Platon & Pythagore en ont
eu connoiffance. *Lenfant*, t. 1x.
254

Ecrouelles. ( De la guérifon des )
*Morhof*, t. 11. 19

Eglife. ( Traité de l' ) *Ferrand*, 1.
18. ( 17 )

--- ( Expofition de la Doctrine de l' )
*Boffuet*, 11. 252

--- ( Inftructions fur les promeffes
de Jefus-Chrift à l' ) *Boffuet*, 11.
265

--- Son ancienne difcipline. *Dupin*,
t. 11. 45

-- Orientale. Sa Foi & fes Coutumes. *Simon*, t. 1. 239. 245. ( 233.
239 )

--- Latine & Grecque d'accord entr'elles. *Allatius*, VIII. 105. 109

Eglifes. ( Traité des anciennes ) *A. de Valois*, t. III.     219. (214)

--- Differtation fur les principaux Autels, les Jubez, &c. *Thiers*, IV.     348

Eleonor de Guyenne. Son Hiftoire. *Larrey*, I.     10

Elephans. *Cuper*, VI.     94

Elien. Editions. *Perizonius*, to. I. 29. 30. ( 28. 29 ) *T. le Fevre*, III. 124. ( 121 ) *Kuhnius*, IV.     393

Eliogabale. Differtat. fur les années de fon regne. *Della Torre*, t. I. 36. ( 34 )

Elizabeth, Reine d'Angleterre. Sa vie. *Leti*, t. II.     376. ( 374 )

Elmacin. Edition de fon Hiftoire des Sarafins. *Erpenius*, v.     391

Eloquence. *Morhof*, t. II. 22. 24, *Lenfant*, IX. 256. *Tacite*, VI. 361

Emblèmes *Meneftrier*, t. I. 76. (74) & fuiv. *Boxhornius*, IV.     185

Empereurs. ( Les Vies des ) *Corio*, VII.     378

Encens. Son ufage dans l'Eglife. *Dodwel*, t. I.     154. (150)

Enée de Gaze. De l'immortalité de l'ame. *Barthius*, VII.     25

Enfans. ( De l'éducation des) *Locke*,
t. I. 47. (45.) t. x. 7. *Milton*,
t. 11. 152. *Poiret*, IV. 153. *Teiſſier*, v. 271. *Philelphe*, t. x. 166.
*Joly*, x.                188. 189

— - ( De l'expoſition des ) *Sagittarius*, IV.                 233

--- ( Des maladies des ) *Wedelius*,
VII.                     121

--- A la mammelle. Maniere de les
élever. *Sainte Marthe*, VIII. 18

Entendement humain. (Eſſai ſur l')
*Locke*, t. I.            44. (43)

S. Ephrem. (Diſſert. ſur) *Tenzelius*, t. III.            187. (181)

Epictete. Edition. *Reland*, tome I.
347. (339)

--- Traduction Françoiſe. *Dacier*,
t. III.                163. (159)

Epicure. Apologie de ſa Morale.
*Saraſin*, VI.            395

Epiſcopat. (Hiſt. de l') *Heylin*, x,
57

Eraſine, Edition de ſon Eloge de la
Folie. *Patin*, t. 11.    219

--- Trad. Franc. de quelques Ouvrages. *Marſollier*, VII.    65

---Son Apologie. *Marſollier* VII. 66

Erneſt le pieux Duc de Saxe-Gotha. Sa vié. *Teiſſier*, v. 272

Erudition. ( Traité de l' ) *Poiret*, IV. 156. 157. *Wouver*, VI. 61

Eſope. Sa vie. *Meziriac*, VI. 10

--- Edition de ſes Fables. *Hudſon*, v. 354

--- Fables traduites en Anglois. *Toland*, x. 33

Eſpagne. ( De la Monarchie d' ) *Campanella*, VII. 84

S. Eſprit ( de la Proceſſion du ) *Allatius*, VIII. 106. & ſuiv.

Eſprit humain. Sa foibleſſe. *Huet*, t. I. 67. ( 65 )

Eſprits. ( Du diſcernement des ) *Bona*, t. III. 42. (40)

Eſtrades ( Genealogie de la Maiſon d' ) *Dupleix*, t. II. 310

Eſtrées. ( Factum pour la Genealogie de la Maiſon d' ) *Varillas*, v. 72

Ethicus. Edition de ſa Coſmographie. *P. Pithou*, v. 55

Ethiopie. ( Hiſt. d' ) *Ludolf*, t. III. 58. 62. ( 56. 59 )

Ethiopienne. ( Grammaire ) *Ludolf*, t. III. 63. 64. ( 61. 62 )

--- ( Dictionnaire de la Langue ) *Ludolf*, t. III. 64. ( 61 )

Etienne

Etienne de Byſance. Edition d'un Fragment. *Gronovius* , t. II. 184

S. Etienne de Grammont. Maximes traduites en François. *Baillet* , t. III. 36. (35)

Etienne de Tournay. Edition de ſes Lettres. *P. Maſſon* , v. 193

Etrenes. *Du Cheſne* , VII. 323

Etres de raiſon. (Poëme ſur les) *Morhof* , II. 19

Etudes. ( de la méthode & du choix des ) *Fleury* , VIII. 393. *Campanella* , VII. 85. *Naudé* , IX. 86

Evagre. Edition de ſon Hiſtoire. *H. de Valois* , v. 238

Evangiles. (Concorde des ) *B. Lamy* , VI. 108. 118. *Lightfoot* , VI. 313. *Poſtel* , VIII. 350

---- (Explication des ) *Alexandre* , III. 350. (339)

Euchariſtie. (Traité de l') *Pelliſſon* , II. 397. (394)

---- ( De l'uſage du pain Azyme dans l' ) *Ciampini* , IV. 203. *Mabillon* , VII. 347

---- Donnée aux morts. *Schmidt* , IX. 37

---- (Epreuve par l' ) *Schmidt* , IX. 44

*Tome X.* V

S. Eucher. (Differt. fur ) *Antelmi*,
v.                                150

Euclide. Elémens traduits en Latin
& en Italien. *Commandino*, t. VI.
372. & 373

Evêchez du monde. ( Notice des )
*Le Mire*, VII.                  282

Evêques. Leur origine. *Milton*, II.
148. 149. *Ufferius*, v.         124

---- Leur prééminence fur les Prê-
tres. *Alexandre*, III. 346. ( 335 )
*Blondel*, VII.                   50

--- Leurs tranflations. *Schmidt*, IX.
44

---- Leurs devoirs. *Valerio*, v. 254

Eunapius. Edition. *Junius*, VII. 407

Eunuques. *Ancillon*, VII.        378

Euripide. Tragedie traduite en Vers
Latins. *Buchanan*, VII.         247

Eufebe. Edition de fon Hiftoire. *H.
de Valois*, v.                   237

Euftathe d'Antioche. Edition. *Allatius*, VIII.                    96

Eutrope. Editions. *T. le Fevre*, III.
124. ( 121 ) *A. le Fevre*, III. 141.
( 138 ) *Cellarius*, v.          124

Eutychius. Comment. fur les Origines d'Alexandrie. *Selden*, v.
37

Excommunications. *Dupin* , II. 45
  *Collet* , III. 261. ( 254 ) *Schmidt* ,
  IX. 42
Exil. ( Traité de l' ) *Alcyonius* , VI.
  162
Exoteriques. ( Des Ouvrages. ) *Ferrari* , V. 88
Extrême-Onction. *Daillé* , III. 79.
  ( 77 )

## F

F Alcoburgius. ( Adrien ) Son éloge. *Boxhernius* , IV. 190
Farel. ( Guillaume ) Sa vie. *Ancillon*,
  VII. 381
Femmes. ( Les perfections des ) *Du Chesne* , VII. 324
—— Philosophes. *Menage* , t. 1. 330.
  ( 323 )
S. Ferdinand Roi de Castille. Sa
  vie. *Papebrock* , II. 93
Ferdinand le Catholique. Son Histoire. *Varillas* , V. 72
Ferrand. ( Fulgence ) Abregé des
  Canons. *Pithou* , V. 57
Festes. ( Histoire des ) *Schmidt* , IX.
  46
—— ( Traité des ) *Thomassin* , t. III.
  180. ( 176 )

xlvi      *Table generale*

Fêtes.(du retranchement des)*Thiers*,
  IV.                                    343
Festus. (Sextus Pompeïus) Editions
  & Notes. *Dacier*, tom. III. 156.
  (152) *Augustin*, IX.                 68
Feu. ( Dissert. Physiques sur le ) *Ca-*
  *sati*, I.            176. (171)
Feuillade. ( Histoire du Marechal
  de la ) *Des Courtils*, II.           176
Fievres. ( Traité des ) *Patin*, t. II.
  220. *Paulli*, III.        26. (25)
Fiore. ( Joseph ) Sa vie. *Auria*, III.
  232. ( 226 )
Firmicus. ( Julius ) Edition. *Wo-*
  *vver*, VI.                            63
S. Firmin. Où son corps repose.
  *Thiers*, IV.                          349
Flaccus. ( Verrius ) Editions & No-
  tes. *Dacier*, III. 156. (152) *Au-*
  *gustin*, IX.                          68
Flagellans. ( Critique de l'Histoire
  des ) *Thiers*, IV.                    352
Flandre. (Histoire & Ecrivains de)
  *Le Mire*, VII.       279. 283. 284
Fleurs. ( De la structure des ) *Vail-*
  *lant*, VIII.                          246
Florence. ( Histoire de ) *Ammirato*,
  IV. 107. *Varillas*, V. 67. *Pogge*,
  IX. 156. *Scala*, IX.        169. 171

Florus. Editions. *Gravius.* II. 239.
*A. le Fevre*, t. III. 140. ( 137 )
*Beger*, IV. 180. *Gruter*, t. IX.
398

---- Traduction Françoise. *Coeffeteau*, t. III.        13. (12)

Fœtus. Sa formation. *Fienus*, t. II.
404. ( 401 )

Fontaine. ( Memoires de la ) *Des
Courtils*, II.       174

Foy. ( Traitez de la ) *La Placette*,
t. II. 8. *Gousset*, t. II. 354. *Dupin*,
t. II. 39. *Barthius*, VII.     20

---- Son accord avec la raison. *Huet*,
t. I. 64. (61) *Lamy*, t. III. 363.
(351) *Poiret*, IV. 158. *Bayle*, VI.
296. *Jaquelot*, VI. 381. 382. *Regis*, VI.       410

Foye. ( Observations sur le ) *T. Bartholin*, VI.       140

France. ( Histoire de ) *Dupleix*, II.
305. & suiv. *Des Courtils*, t. II.
169 & suiv. *Leti*, II. 362. *A. de
Valois*, t. III. 218. (212) *De Serres*, IV. 320. & suiv. *P. Masson*,
V. 189. 193. *Mezeray*, V. 316.
320. *De Thou*, IX. 326. *Chasseneuz*, X.       126

---- ( Biblioth. des Historiens de )

xlviij *Table generale*

*Du Chesne*, VII. 329. *Le Long*, t. I. 164. (159)

France. (Collections des Histor. de) *P. Pithou*, v. 56. 58. *Du Chesne*, VII. 332. 333. *Du Cange*, VIII. 76

--- (Description de la) *Baudran*, t. II. 14. *A. de Valois*, t. III. 222. (216) *P. Masson*, t. v. 193. *Du Chesne* VII. 324. 328

--- Chrétienne. *Sainte Marthe*, v. 96. & t. VIII. 27. *P. Masson*, v. 192

--- (Histoire Ecclesiastique de) *Le Cointe*, IV. 282. *Pithou*, v. 57

--- (Libertez de l'Eglise de) *P. Pithou*, v. 58. *Fleury*, VIII. 398

--- (Avantages & grandeur des Rois de) *Du Chesne*, VII. 324. *Postel*, VIII. 327. & suiv.

--- Des biens que ses Rois ont fait au Siege de Rome. *J. Morin*, IX. 39

--- (Origine, Genealogie & Armes de la Maison de) *Sainte-Marthe*, VIII. 26. 28. 30. *Blondel*, VIII. 53

--- (Capitulaires des Rois de) *Baluze*, I. 203. (198)

François. Leur origine. *Boxhornius*, IV. 192. *Leibnits*, II. 85

--- (Eloges des Sçavans.) *Colomiés*, VII. 198. *Sainte-Marthe*, VIII. 17

S. François. Inscription du Portail des Cordeliers de Reims. *Thiers*, IV. 343

S. François Xavier. Sa vie. *Bouhours*, II. 285

S. François de Sales. Sa vie. *Marsollier*, VII. 64

François I. Roi de France. Son Histoire. *Varillas*, V. 66

François II. Son Histoire. *Varillas*, V. 72

Françoise. (Remarques sur la Langue) *Menage*, t. I. 321. 329. (314. 322.) *Bouhours*, t. II. 284. *Dupleix*, t. II. 310. *Patru*, t. VI. 216

--- (Grammaire) *Desmarais*, t. V. 362

Frederic III. Roi de Dannemarc. Son Eloge. *T. Bartholin*, VI. 142

Frejus. (Histoire de l'Eglise de) *Antelmi*, V. 147. 148

Fresne. (Memoires de la Marquise de) *Des Courtils*, II. 175

Frontin. Stratagêmes traduits en

François. *D'Ablancourt*, to. VI. 335

Fuiren. ( Henri ) Son Eloge. *T. Bartholin*, VI. 141

# G

G Agin. ( Antoine ) Sa vie. *Auria*, III. 237. (230)
Galien. Ouvrage trad. en Latin. *Linacer*, IV. 267. 268
Galilée. Son Apologie. *Campanella*, VII. 79
Galland. ( Pierre ) Sa vie. *Baluze*, X. 17
Gassendi. Sa vie. *Sorbiere*, IV. 93
Genealogies. *Ammirato*, t. IV. 108. 109. *Du Chesne*, VII. 330. & suiv. *Augustin*, 10. 69
Genes. ( Histoire de ) *Bracelli*, VII. 372. 373
Geneve. ( Histoire de ) *Leti*, to. II. 378. (370)
Geographes anciens. Editions. *Dodvvel*, t. I. 153. (149.) *Gronovius*, t. II. 190. *Hudson*, V. 353
Geographie. *Baudran*, t. II. 12. & suiv. *Heylin*, t. I. 311. (304) & t. X. 56. *Cellarius*, V. 289. *Jacobæus*, t. X. 74. Geo-

Geographiques. (Cartes) *Delisle*, t. I. 224. & suiv. (219) *Dée*, t. I. 356. (348) *Reland*, to. I. 349. (341)

Geométrie. *Pardies*, t. I. 210. (205) & t. x. 19. *Bernoulli*, t. II. 62. *Giordani*, t. III. 87. (85) *Hobbes*, IV. 79. 80. *La Hire*, v. 340. *Ozanam*, VI. 52. 53. 55. *Marchetti*, IV.  305

S. George de Cappadoce. Sa vie. *Heylin*, x.  57

Georges. (Des Ecrits des) *Allatius*, VIII.  106

Gerbert. Edition de ses Lettres. *P. Masson*, v.  192

S. Germain-des-Prez. (Dissert. contre les Privileges de ) *Du Hamel*, t. I.  276. (270)

Gerson. Edition. *Dupin*, t. II.  41

Gladiateurs. *Ferrari*, v.  85

Globes de Marly. Leur description. *De la Hire*, v.  345

Gnomonique. *Pardies*, t. I. 208. 212. ( 204. 207. ) *De la Hire*, v. 340. *Ozanam*, VI.  53

Gordiens. S'il y en a eu quatre. *Cuper*, VI. 93. *Galland*, VI.  191

Goslar. (Hist. de) *Sagittarius*, IV. 240

Gotefcalc. ( Hiftoire de ) *Uſſerius*,
v.                                          141

---- Diſſert. fur les Livres publiez
dans l'affaire de ) *Meneſtrier*, t. I.
86. ( 8₃ )

Gotha. ( Hiftoire de ) *Tenzelius*,
t. III. 195. 198. ( 189. 193. ) *Sa-*
*gittarius*, IV.                            240

---- ( Hiſt. du Siege de ) *Languet*,
t. III.                           302. ( 294 )

Goudelin. ( Pierre ) Sa vie. *De la*
*Faille*, IV.                               167

Goût. ( De l'organe du ) *Bellini*, v.
348

Goute. ( Traitez de la ) *Veſal*, v.
144. *Boner*, v. 370. *Paulli*, x.
113

Gouvernement Ecclefiaſtique. *Blon-*
*del*, VIII.                                51

Gouvernement Civil. *Locke*, to. I.
46. ( 44 )

Grace. ( Ouvrage fur la ) *Malebran-*
che, t. II, 128. 130. *Thomaſſin*,
t. III. 173. ( 169. ) *F. Lamy*, t.
III.                              364. ( 353 )

Crammaire. ( Methode d'étudier la)
*Thomaſſin*, t. III.        178. (174)

G and. ( Le ) Critique de ſon Hiſtoire d'Henri VIII. *Burnet*, VI.
41

Granvelle. ( Projet de la vie du Cardinal ) *Boisot* , v. 381

Gratiani. ( Antoine Marie ) Edition & Traduction de ses Ouvrages. *Flechier*, t. 1. 372. (364. 365)

Grece ancienne. Sa description. *Grentemesnil*, VIII. 286

S. Gregoire Pape. Edition. *D. de Sainte-Marthe* , v. 96

---- Sa vie. *Ibid.* 95

S. Gregoire de Nazianze. Sa vie. *Hermant*, t. III. 212. (206)

S. Gregoire de Tours. Edition de son Histoire. *Ruinart*, t. II. 317

Grenade. ( Conquête du Royaume de ) *Verardo*, VIII. 358

Grenade. ( Louis de ) Sa vie. *Felibien*, t. II. 350. ( 349 )

Grenades. ( Ouvrage sur les ) *Boxhornius*, t. IV. 185

Grenoüilles. ( Traité des ) *Jacobæus*, t. I. 389. (381)

Grecque. ( Langue ) Son utilité. *Perizonius* , t. 1. 28. ( 27 )

--- Son accord avec la Latine & l'Allemande. *Boxhornius* , to. IV. 191.

--- Grammaire. *Cellarius* , v. 293

--- Dictionnaires. *Junius*, VII. 402.

liv  *Table generale*

*Du Cange*, VIII. 77. *Budé*, VIII.
387

Grecque Vulgaire. (Grammaire de
la Langue ) *Erpenius*, v.     392

Grecques. ( Tréfor des Antiquitez)
*Gronovius*, t. II.     190

Groffeffe de plufieurs années. *T.
Bartholin*, VI.     146

Guichenon. Critique de fon Hift.
de Breffe. *Collet*, t. III. 270.
( 262 )

Guillaume III. Roi d'Angleterre.
Son éloge & fa vie. *Leti*, t. II.
379. ( 377 ) *Rotgans*, t. II. 402.
( 399 )

Guion. ( Madame ) Sa Vie & fes
Ouvrages. *Poiret*, x.     141

Guife. ( Claude & François de )
Leur éloge. *P. Maffon*, v.   190

Gutman. ( Emmanuel ) Son éloge.
*Sagittarius*, IV.     241

## H

H Abillemens des Anciens. *Ferrari*, v.     80. 81

Halberftadt. Son Hiftoire. *Sagittarius*, IV.     236

Hale. ( Matthieu ) Sa vie. *Burnet*,
VI.     39

Hall. Ouverture de son Université.
*Cellarius* , v. 286
Hamilton. (Memoires des Ducs d' )
*Burnet* , vi. 34
Harpocrate. (Dissert. sur.) *Grono-*
*vius* , ii. 186. *Cuper* , vi. 91
Harpocration. Edition, *Gronovius* ,
ii. 184. 189. *H. de Valois* , v.
241
Haymon. Abregé de son Histoire
Ecclesiastique. *Boxhornius* , iv.
190
Hebraïque. ( Langue ) Son antiqui-
té. *Postel* , viii. 322
--- Ses caracteres. *Rhenferd* , i. 170.
(165)
--- Grammaires. *Le Long* , i. 162.
(158) *Rhenferd* , i. 172. ( 167 )
*Reland* , i. 347. ( 339 ) *Cellarius* ,
v. 291. *Erpenius* , v. 391. *Hottin-*
*ger* , viii. 130. 132
--- Dictionnaires. *Gousset* , ii. 355.
(354) *Thomassin* , iii. 181. (177)
*Cocceius* , viii. 217
Heidegger. Traité du Martyre tra-
duit en François. *Teissier* , v. 270
Heidelberg. Son Université. *Hottin-*
*ger* , viii. 128
Heliodore. Histoire Ethiopique

X iij

traduite en François. *Amyot*, IV.
52

Henri II. & Henri III. Rois de
France. Leur Hiſtoire. *Varillas*,
V.                                72

Henri IV. Sa Genealogie. *Texeira*,
V.                               406

— Traité ſur ſon abſolution. *Pithou*, v.                          59

— Oraiſon funebre. *Coeffeteau*, III.
12. (11)

Henri VII. Roi d'Angleterre. Sa
vie. *Marſollier*, VII.            63

Hereſie. ( Hiſtoire de l' ) *Hobbes*,
IV.                                81

— ( De l'abſolution de l' ) *Thiers*,
IV.                               349

Heretiques. ( Des peines dûës aux )
*D. de Sainte-Marthe*, v.          92

— Hiſtoire des Edits contre les )
*Thomaſſin*, III. 181. 182. ( 176.
177 )

Herman. ( Paul ) Son éloge. *Bidloo*,
VII.                              126

Herodote. Edition. *Gronovius*, II.
195. *Kuſter*, I.        307. (300)

Heron d'Alexandrie. Ouvrage traduit en Latin. *Commandino*, VI.
373.

Hefiode. Editions & Commentaires. *Grævius*, II. 237. 245. *Virunio*, VIII. 42

Hierocles. Sa vie & traduction. *Dacier*, III. 162. ( 159 )

S. Hilaire. Edition de fes Fragmens. *P. Pithou*, IV. 59. *N. le Fevre*, VII. 138

Hippocrate. Edition. *Vander Linden*, III. 348

--- Traduction Latine. *Philelphe*, VI. 83

--- Traduction Françoife. *Dacier*, III. 162. (158)

Hiftoire. ( De l'ufage de l' ) *Saint-Real*, II. 136

--- Univerfelle. *Perizonius*, I. 31. (30) *Dupin*, II. 44. *Boffuet*, II. 256. *Lett*, II. 373. ( 371 ) *Ludolf*, III. 65. (62) *Boxhornius*, IV. 191. *Ufferius*, V. 129. *Cellarius*, V. 287. *Le Mire*, VII. 283

--- Ecclefiaftique. *Pictet*, I. 93. (90) *Pagi*, I. 185. ( 180 ) *Dupin*, II. 42. & X. 75. *Alexandre*, III. 345. (334) *Sagittarius*, IV. 242. *Baf-nage*, IV. 303. *Hottinger*, VIII. 125. *Fleury*, VIII. 395. *Schmidt*, IX. 38. & fuiv.

X iiij

lviij       *Table generale*

Hift. Orientale. *Hottinger*, viii. 125

—— Augufte. ( Ecrivains de l') Editions. *Boxhornius*, iv. 184. *Gruter*,
ix.                                    406

—— Naturelle. *Pline*, vii.        265

Hiftoriens. ( Catalogue des ) *Gryphius*, ii.                             91

—— Profanes. Methode de les étudier. *Thomaſſin*, iii. 179. (174)

Hiftorique. ( De la Foy ) *Perizonius*, i.                          31. (29)

Hobbes. Sa vie. *Aubrey*, iv.    314

—— Refutation de fes principes.
*Cumberland*, v.                      332

Hollande. ( Hiftoire de ) *Leti*, ii.
368. 373. (366) *Baillet*, iii. 35.
(33) *Bafnage*, iv. 310. *Junius*, vii.
407. *Sallengre*, x.                   11

—— ( Etat de la Republique de )
*Boxhornius*, iv.             184. 190

—— Apologie de fes navigations.
*Boxhornius*, iv.                   185

—— Remarques fur fes digues.
*Hartfoeker*, viii.                  63

Homere. ( Hiftoire d' ) *Kufter*, i.
304. ( 297 )

—— De fa Patrie. *Allatius*, viii.
100

—— Traductions Françoifes. *A. le*

*Fevre*, III. 146. 148. ( 142. 144 )

*Desmarais*, v.                    363

Homere. Trad. Angloise. *Hobbes*,
iv.                                78

------ Conjectures sur son Illiade.
*D'Aubignac*, IV.                 142

----- Défense de ses Poëmes. *A. le
Fevre*, III.      146. 147. ( 142 )

------ L'Histoire Sainte renfermée
dans ses Poëmes. *Croese*, VI. 250

----- Traité sur un Monument de son
Apotheose. *Cuper*, VI.          93

Homicide de soi-même. *Donne*, VIII.
151

Horace. Editions & Commentaires.
*T. le Fevre*, III. 124. ( 121 ) *Virunio*, VIII.                    40

----- Traduction Françoise. *Dacier*,
III.          157. 159. (153. 155)

Huber. ( Samuel ) Sa vie. *Schmidt*,
IX.                              42

Humanitez. ( Methode pour les ) *T.
le Fevre*, III.        125. ( 122 )

Hygin. Edition de ses Fables. *Barthius*, VII.                     27

# I

JAmblique. Edition. *Kuſter*, 1.
    304. (297)

S. Jacques. Faux Evangile. *Poſtel*,
    VIII.                                    332

Idées. ( Des vraies & des fauſſes )
    *Malebranche*, 11.        129. 130

---- De leurs défauts & de la ma-
    niere de les corriger. *Guglielmini*,
    1.                            102. (99)

S. Jean-Bapt. Traité ſur ſon Chef.
    *Du Cange*, VIII.                    73

S. Jean Chryſoſtome. Sa vie. *Her-*
    *mant*, 111. 212. (206) *Bigot*,
    VIII.                                    88

---- Edition de ſa Lettre à Ceſaire.
    *Baſnage*, IV.                       300

---- Traductions Françoiſes. *Her-*
    *mant*, 111. 210. (205) *Teiſſier*,
    V.                       267. 268. 272

Jeanne d'Albret. ( Diſſert. ſur une
    Medaille de ) *Meneſtrier*, 1. 86.
    (83)

Jeanne. (La Mere) Viſions ſur ſon
    ſujet. *Poſtel*, VIII.        333. 344

Iehovah. La prononciation de ce
    mot. *Reland*, 1. 346. (338) *Gata-*
    *ker*, VIII.                        82. 85

Jene. Histoire de son Academie, *Sagittarius*, IV. 239

Jeremie. (Commentaire sur) *Allatius*, VIII. 95

---- (Homelies sur) *Le Nain*, II. 314

S. Jerôme. Edition. *Martianay*, I. 107. (105) & suiv.

---- Sa vie & de sa défense. *Id.* 109. (107)

---- Commentaire sur l'Ecclesiaste trad. en François. *Id.* 113. (110)

---- Remarques sur son Livre des Ecrivains Ecclesiastiques. *Tentzelius*, III. 199. (194)

Jerôme de Prague. Lettre sur son supplice. *Pogge*, IX. 152

Jerusalem. (Des dépoüilles du Temple de) *Reland*, I. 348. (341)

Jesus-Christ. Sa vie. *Saint-Real*, II. 137. *Sagittarius*, IV. 232. *Spanheim*, II. 229. *Bynaus*, VII. 123. 124

--- Traité de son Incarnation. *Usserius*, V. 122

---- Sa Divinité & sa qualité de Messie. *Bull*, I. 218. 219. (212. 213) *Jaquelot*, VI. 378. *Olearius*, VII. 390

Jeſus-Chriſt. Jour de ſa Naiſſance.
Selden, v.                              39

--- De l'ouverture de ſon Côté. *T.*
*Bartholin*, vi.                       137

---- Son Sang mêlé avec l'encre.
*Schmidt*, ix.                          43

Jeûnes, ( Traité des ) *Thomaſſin*, iii.
180. (176)

Jeux & divertiſſemens. *Thiers*, iv.
348. *La Placette*, ii.                  6

S. Ignace martyr. Edition de ſes
Lettres. *Uſſerius*, v.      126. 128

---- Diſſert. ſur ces Lettres. *Daillé*,
iii.                              80. (77)

S. Ignace de Loyola. Sa vie. *Bou-*
*hours*, ii. 285. *Maffée*, v.    327

Images. (Controverſe ſur les)*Daillé*,
iii.                              77. (74)

Images énigmatiques. ( La Philoſophie des ) *Meneſtrier*, i. 85. (83)

Imagination. Ses forces. *Fienus*, ii.
405. (402)

Imitation de Jeſus-Chriſt. Diſſert.
ſur l'Auteur de ce Livre. *Ma-*
*billon*, vii. 350. *Naudé*, ix. 98.
& ſuiv.

Imprimerie. Son invention. *Tent-*
*zelius*, iii. 193. ( 188) *Boxhor-*
*nius*, iv.                         187

Indes. (Histoire des) *Maffée*, v. 328

Inghiram. Fausseté de ses fragmens. *Allatius*, VIII. 101

Innocent III. Pape. Ses Lettres. *Baluze*, I. 203. (198)

Inquisition. Son Histoire. *Marsollier*, VII. 64

Inscriptions. *Gruter*, IX. 399. *Gravius*, II. 247

Insectes. Leur génération. *Redi*, III. 388. (376)

Instrumens de Musique. Leur usage dans l'Eglise. *Dodvvel*, I. 154. (149)

Interstices. (Traité des) *Allatius*, VIII. 99

Inventions perduës & trouvées. *Pancirole*, IX. 191. *Paschius*, VII. 270

Joseph Patriarche. Son Histoire tirée de l'Alcoran. *Erpenius*, v. 390

Joseph l'Historien. Edition. *Hudson*, v. 354

---- Si son témoignage touchant J. C. est supposé. *T. le Fevre*, III. 118. (115)

Jouarre. (Memoire touchant l'Abbaye de) *Bossuet*, II. 359

Jour. (Du point du) *Bergier*, VI.
399

Journaux. *De Sallo*, IX. 278. *Gallois*, VIII. 154 *Bayle*, VI. 278.
*Bernard*, I. 138. 139. (135. 138)
*De Bauval*, II. 207. *De Sallengre*,
I. 125. 126. (122. 123) *Lenfant*,
IX. 254. *Kuster*, I. 304. (297)
*Gryphius*, II. 90. *Tentzelius*, III.
191. 192. 193. (187. 188) *Ciampini*, IV.                    197

---- Critique de celui des Sçavans.
*T. le Fevre*, III.          120. (117)

Joyeuse. (Henri de) Son éloge. *P.*
*Masson*, V.                      192

S. Irenée. Differt. fur fes Œuvres.
*Dodvvel*, I.               150. (146)

Isaïe. Explication de fa Prophetie
touchant la Virginité de Marie.
*Bossuet*, II.                     266

Isidore. Edition de fon Gloffaire.
*Gravius*, II.                     245

Isocrate. Traduction Latine. *Justiniani*, VII.                     5

Italie. (Tréfor des Antiquitez d')
*Gravius*, II.                     245

---- (Hiftoires d') *Leti*, II. 369.
374. (367. 373) *Virunio*, VIII.
40. *Ammirato*, IV.               109

Italienne. (Langue) Ses origines.
*Menage*, I. 327. (320) *Ferrari*,
v. 83

Itineraires. *Pithou*, v. 69

Judas. Differt. fur fa mort. *Perizo-*
*nius*, I. 30. [28] *Gronovius*, II.
184. 185. *Kuhnius*, x. 156

Juifs. [Hiftoire des] *Bafnage*, IV.
305. 306. *Dupin*, II. 42. *Cuneus*,
vi. 244

—— Leurs coutumes & cérémonies.
*Simon*, I. 239. [234] & x. 21.
*Reland*, I. 346. [338] *Tentzelius*,
III. 186. [181] *Wagenfeil*, II.
120. 121. *Selden*, IV. 34. & fuiv.
*Hottinger*, VII. 5. *Bynaus*, VII.
122

—— Leurs mefures, poids & monnoyes. *Bafnage*, IV. 306. *Cumber-*
*land*, v. 332

—— Decrets en leur faveur. *Grono-*
*vius*, II. 193

—— Caufes de leur incredulité. *Epif-*
*copius*, III. 316. [307] *Cocceius*,
VIII. 212

—— D'Angleterre. *Selden*, v. 30

—— D'Irlande. Raifons pour les na-
turalifer. *Toland*, I. 263. [257]

—— De Mets. Leur défenfe. *Simon*,
I. 239. [233]

Juifs. Impostures de leurs faux Mes-
   sies. *Hottinger*, viii.     135
---- Ouvrage de Controverse contre
   eux. *Gousset*, ii.    354. [353]
Julien Empereur. Edition. *Span-*
   *heim*, 11.     232
---- Trad. Latine & Françoise de
   ses Cesars. *Cuneus*, vi. 244. *Span-*
   *heim*, 11.     231
Junius. De la Peinture des Anciens.
   Edition. *Grævius*, 11.    245
Jurieu. Lettre sur son Histoire des
   Cultes. *Cuper*, vi.    95
Jurisconsulte. Ses qualitez. *Placcius*,
   i.    188, [183]
Justification. [Traité de la] *Bull*,
   i.    217. [212]
Justin. Editions & Commentaires.
   *Grævius*, 11. 240. *T. le Fevre*,
   111. 124. [121.] *Boxhornius*, iv.
   187. *Sagittarius*, iv.    230. 231
Justinien. Editions & Commentai-
   res. *Placcius*, i. 190. [186] *Pel-*
   *lisson*, 11. 393. [390] *Pithou*, v.
   55. 61. *Augustin*, ix.    68
Juvenal Editions & Commentaires.
   *Pithou*, v. 56. *Merula*, vii.    90
--- Traduction Françoise. *Du Ches-*
   *ne*, vii.    324

K

## K

**K**Irstenius. [ Michel ] Son éloge.
*Placcius*, I.     190. [185]

## L

**L**Actance. Editions & Commen-
taires. *Baluze*, t. x. 17. *Le
Nourry*, I. 283. (277) & x.    47
*Cellarius*, v. 280. *Gravius*, II. 244.
*Cuper*, v I.                 93
--- Traduction Angloise. *Burnet*,
v I.                           40
Lagalla. Sa vie & son éloge. *Alla-
tius*, v III. 103. *Naudé*, IX. 194
--- Edition de quelques Ouvrages.
*Allatius*, v III.             97
Lampes sepulcrales. *Ferrari*, v. 80.
*Beger*, I v.             179
Langue universelle. *Wilkins*, I v.
118
Ste Larme de Vendome. *Thiers*, I v.
349. 350. *Mabillon*, v II.    368
Larme Batavique. Raison de ses
effets. *Marchetti*, v I.     305
Latine. ( Langue ) Son utilité. *Peri-
zonius*, I.          28. (27)

*Tome X.*               **Y**

lxviij    *Table generale*

**L**atine. Grammaires. *Perizonius*, i.
26. ( 25 ) *Ludolf*, iii. 58. (56 )
*Boxhornius*, iv. 193. *Linacer*, iv.
267. *Lætus*, vii. 39. *Buchanan*,
vii. 249. *Virunio*, viii. 39. *Platine*, viii. 233. *Cellarius*, v. 283.
285. 286. *Perot*, ix.          387

--- Dictionnaires. *Cellarius*, v. 282.
*Du Cange*, viii.                76

**L**aud. ( Guillaume ) Sa vie. *Heylin*,
x.                               59

**S**. Laurent Justinien. Sa vie. *Justiniani*, vii.                      6

**L**ecteurs de l'Eglise primitive.
*Schmidt*, ix.                    37

**L**egats. ( Traité des ) *De Sallo*, ix.
277.

**S**. Leon. Dissertations sur ses Œuvres. *Antelmi*, v.         148. 149

**L**ettres. *Locke*, i. 51. (47) *Simon*,
i. 247. ( 241 ) *Schurzfleisch*, i.
352. (345) *Flechier*, i. 376. (367)
*Leti*, ii. 380. (379) *T. le Fevre*,
iii. 118. (116) *Languet*, iii. 303.
( 294 ) *Abelard*, iv. 26. & suiv.
*Amyot*, iv. 53. *Sorbiere*, iv. 91.
& suiv. *D'Aubignac*, iv. 140.
*Boxhornius*, iv. 193. *Usserius*, v.
121. *Ficin*, v. 221. *Wouuer*, vi.

64. *Philelphe*, vi. 87. *T. Bartholin*, vi. 143. *Bayle*, vi. 297. &
x. 170. *Jaquelot*, vi. 377. *Budé*,
viii. 383. *Panormita*, ix. 55. 56.
*Naudé*, ix.                              107

Lettres. De la maniere de les écrire.
*Morhof*, ii. 24. *Bocconi*, ii.   163

Lettres. De leur changement. *Paſſerat*, ii.                                329

Leyde. Son origine. *Gronovius*, x.
88

Libanius. Traduction Latine. *Virunio*, viii.                               43

Libelles. ( Diſcours ſur les ) *Naudé*,
ix.                                       83

Liberté. (Traitez de la) *La Placette*,
ii. 9. *Epiſcopius*, iii. 318. ( 308 )
*Hobbes*, iv.                           76. 77

Licornes. *G. Bartholin*, vi. 128. *T.
Bartholin*, vi.                          136

Liege. ( Hiſtoire de ) *Boxhornius*,
iv.                                      185

Lin incombuſtible. *Ciampini*, iv.
207

Lipſe. Sa vie & ſa défenſe. *Wouver*,
vi. 66. 67. *Le Mire*, vii.   279

Liturgie. *Bona*, iii. 40. & ſuiv.
(39) *Tommaſi*, iii. 274. ( 266 )
*Mabillon*, vii. 358. *Patrizi*, vii.

lxx     *Table generale*

397. *Allatius*, VIII. 104. *Bocquilot*, VIII. 406. *Heylin*, x.     58

Livres. (De la lecture des) *T. Bartholin*, VI.     145

--- (Remarques fur les differentes éditions des) *Bernard*, I.    141

--- D'Eglife. *Schmidt*, IX.     40

Logique. *Milton*, II. 160. *G. Bartholin*, VI.     126

--- (Du mépris de la) *Placcius*, I. 192. (187)

Loifel. Son éloge. *Joly*, IX.    120

Loix des Juifs & des Romains comparées. *P. Pithou*, V.     55

--- Des Goths, Vifigoths & Vandales. *Id.*

Longin. Du fublime. Editions. *T. le Fevre*, III. 121. *Hudfon*, V. 353. *Schurzfleifch*, x.     72

Longitudes. *J. B. Morin*, III. 100. (97) & fuiv.

Longueville. (Le Duc de) Relation de fa mort. *Bouhours*, II. 282

Longus. Traduction Françoife. *Amyot*, IV.     52

Lopés. (Gregoire) Sa vie. *Poiret*, x.     142

Loteries. (Critique fur les) *Leti*, II. 380. (378)

S. Louis. Son Hiſtoire. *Du Cange* , VIII. 74. *Varillas* , v. 66

Louis XI. & XII. Leur Hiſtoire. *Varillas* , v. 72

Louis XIII. Deſcription de ſon Entrée à Reims. *Bergier* , vi. 398

Louis XIV. Son Hiſtoire & ſon Eloge. *Larrey* , I. 12. & x. 2. *Meneſtrier* , I. 78. (76) *Leti* , II. 370. (369) *Pelliſſon* , II. 394. (392) & x. 109. *A. de Valois*, III. 221. (215)

---(Monarchie univerſelle de) *Leti* , II. 371. [369]

S. Louis Evêque de Marſeille. Son Hiſtoire. *De Ruffy* , I. 132

S. Loup. Edition de ſes Œuvres. *Baluze* , I. 201. [196] *P. Maſſon*, v. 195

Lubec. (Hiſtoire de ) *Sagittarius* , IV. 236

Lucain. ( Défenſe de ) *Grentemeſnil*, VIII. 283

Lucien. Editions & Notes. *Grævius* , II. 238. 242. *Gronovius* , II. 188. *T. le Fevre* , III. 118. [115]

--- Traduction Latine. *Pogge* , IX. 149

---- Traduction Françoiſe. *D'Ablancourt*, vi. 335

Lucrece. Edition. *T. le Fevre*, III.
121. (118)

--- Traduction Italienne. *Marchetti*,
VI.                              307

*Lugdunum*. Origine de ce mot. *Meziriac*, VI.                       11

Lumiere. ( Traité de la ) *Boulliaud*,
I. 335. [328] *Ficin*, v.     222

--- De certains corps. *T. Bartholin*,
VI.                      137. [149]

Lune. Ses differentes apparences.
*Regis*, VI.                     409

--- Habitable. *Wilkins*, IV.    117

Lunebourg. ( Histoire de ) *Sagittarius*, IV.                       240

Lunettes à lire. *Redi*, III. 290. [377]

--- D'approche. *Ciampini*, IV. 203

Lusace. Son Histoire. *Sagittarius*.
IV.                              236

Luther. Son éloge. *G. Bartholin*, VI.
129

--- Histoire de sa reformation.
*Tentzelius*, III.        199. [193]

Luxembourg. (Histoire de la Maison de ) *Du Chesne*, VII.    328

Lyon. Histoire de cette ville. *Menestrier*, I.               84. [82]

Lysias. Oraisons traduites en Latin.
*Philelphe*, VI.                  83

# M

**M**Abillon. [ Jean ] Sa vie. *Rui-*
*nart* , 11.                                     318

Macedoine. [ Hiſtoire de ) *Schmidt*,
IX.                                                       35

Machiavel. Le mariage de Belfegor
traduit en François. *T. le Fevre* ,
III.                                 122. [119]

Macrobe. Edition. *Gronovius* , 11.
182

Ste Madeleine. (Défenſe du ſentiment de l'Egliſe ſur ) *B. Lamy* ,
VI.                                                     118

Magdebourg. ( Antiquitez Eccleſiaſtiques de ) *Sagittarius* , IV.
238

Magie. (Apologie pour les grands
hommes accuſez de ) *Naudé* , IX.
84

Magiſtrature. Si un Chrétien peut
l'exercer. *Epiſcopius* , III. 317.
[307]

Mahomet. ( Ouvrage ſur ) *Latus* ,
VII.                                                     36

Mahometane. (Diſſert. ſur la Religion ) *Reland* , 1.       345. [337]
— Ouvrage de Controverſe contre
elle. *Guadagnoli* , VII.            376

Maimbourg. Critique de son Histoire du Calvinisme. *Bayle* , vi. 272. 273

Mal. Son origine. *Bayle* , vi. 292. 294

S. Malachie. Refutation de ses Propheties. *Menestrier* . 1. 85. [83]

--- Traduction Angloise. *Toland* , x.                                        43

Maladies. Leur transplantation. *T. Bartholin* , vi.                  146

--- Dont il est parlé dans la Bible. *Id.*                                   147

--- Des Ouvriers. *Ramazzini* , vi. 237

--- Contagieuses & Epidemiques. *Id.*                                      239

Maldachini. [ Olympia ] Sa vie. *Leti* , ii.              378. [376]

Mamert. [Claudien] Edition. *Barthius* , vii.                              25

Manethon , Egyptien. Edition. *Gronovius* , ii.                           191

Mantouë. [ Histoire de ] *Platine* , viii.                                    229

Marbres d'Arundel. *Selden* , v. 34

S. Marc. Sa vie. *Justiniani* , vii. 7

Marca. Edition de ses Œuvres. *Baluze* , i.      200. 204. [195. 199]

                                                Marculfe.

Marculfe. Edition de ses Formules. *Baluze* , I. 203. [198]

Marescot. [Michel] Son éloge. *P. Masson* , V. 195

Marguerite d'Autriche Electrice de Saxe. Le jour de sa mort. *Tentzelius* , III. 193. [188]

Mariage. [Traitez du] *Brisson* , IX. 305. *Joly* , IX. 121. 122

--- Bigarrez. *Pictet* , I. 92. [89] *Dodvvel* , I. 154. [150]

Marie II. Reine d'Angleterre. Sa vie & son éloge. *Burnet* , VI. 42. *Perizonius* , I. 29. [27]

Marie Reine d'Ecosse. Son Histoire. *Buchanan* , VII. 236

S. Marin. [La Republique de] *Naudé* , IX. 88

Marmol. L'Afrique traduite en François. *D'Ablancourt* . VI. 337

Marseille [Histoire de la ville de] *Le Cointe* , VI. 289

--- Histoire de ses Evêques. *De Russy* , I. 131. [128]

Martial. Editions & Commentaires. *Junius* , VII. 404. *Gruter* , IX. 398. *Merula* , VII. 91

S. Martin. Differt. sur le tems de sa mort. *Antelmi* , V. 150

*Tome X.* Z.

Martyrs. (Actes des) *Ruinart*, II.
315

--- Des (tourmens des) *Sagittarius*,
IV.                              233

--- (Des Fêtes des) *Id.*        236

Mathématiciens anciens. Edition.
*La Hire*, v.                    345

Mathématiques. (Ouvrages de)
*Ozanam*, vi. 53. *B. Lamy*, vi.
103

S. Matthieu. Version Italique de son
Evangile. *Martianay*, i. 110.
(106. 107)

---- Entretiens sur son Evangile.
*Hermant*, iii.        213. (208)

S. Maur. Apologie de sa Mission.
*Ruinart*, ii.                   318

Mazarin. Cardinal. Ses éloges. *Menage*, i.              326. (319)

--- Examen des Pieces faites à son
sujet. *Naudé*, ix.               96

Mazarin. (Memoires de Madame
de) *Saint-Real*, ii.           137

Meaux. (Statuts Synodaux de)
*Bessuet*, II.                   261

Méchanique. (Traitez de) *Casati*,
i. 176. (171) *Pardies*, i. 212.
(207) *La Hire*, v. 345. *B. Lamy*,
vi. 102. 105. *Marchetti*, vi. 304

Medailles. *Patin* , II. 217. & fuiv. *Spanheim* , II. 232. *Tentzelius* , III. 195. ( 190. ) & fuiv. *Vaillant* , III. 287. ( 279 ) & fuiv. *Beger* , IV. 174. & fuiv. *Cuper* , VI. 95. *Galland* , VI. 191. 192. *Schmidt* , IX. 86. *Auguftin* , IX.    71

--- ( De l'ufage & de l'excellence des ) *Spanheim* , II.    231

--- ( Differt. fur le nom de ) *Oudinet* , IX.    261

Medecine. ( Traitez de ) *Jacobæus* , I. 389. ( 381 ) *Vander Linden* , III. 324. ( 314 ) & fuiv. *Verheyen* , IV. 114. *Bonet* , V. 366. & fuiv. *G. Bartholin* , VI. 129. *T. Bartholin* , VI. 137. & fuiv. *Wedelius* , VII. 115. & fuiv. *Rammazzini* , VI. 232. & fuiv. *Beverovicius* , IX. 113. & fuiv. *Vormius* , IX. 200. 201. *Gazola* , IX.    266

--- ( Origines de la ) *Cellarius* , V. 294

--- ( De l'étude de la ) *G. Bartholin* , VI.    128

--- Galenique. ( Syftême de la ) *Sorbiere* , IV.    89

--- ( Eloge de l'Ecole de ) *Naudé* , IX.    85

lxxviij  *Table generale*

Medecins. ( Bibliotheque des Auteurs ) *Van der Linden*, III.  327

--- Poëtes, *Bartholin*, VI.  146

--- ( De la meilleure secte des ) *Patin*, II.  220

--- Doivent être bons Chirurgiens. *Patin*, II.  187

--- Des faux ) *Gazola*, IX  265

Mela. ( Pomponius ) Edition. *Gronovius*, II.  186. 187

Menage. ( Matthieu & Guillaume ) Leur vie. *Menage*, to. 1. 329. (322)

Mendians. ( De l'abolition des ) *Magalotti*, III.  242. (235)

Mensonge. ( Traité du ) *Thomassin*, III.  180. (176)

Mer. ( du Domaine de la ) *Selden*, V.  35

Mercator. Edition. *Baluze*, I. 202. (197)

Mercure Historique & Politique. *Des Courtils*, II.  172

Messe. ( De la célébration de la ) *Dupin*, II.  42

--- ( Explication des Prieres de la ) *Bossuet*, II.  259

--- ( De la signification du mot de ) *Mabillon*, VII.  360

Mesures & Poids des Anciens. *Gravius*, VIII. 290

Métaphysique. *G. Bartholin*, VI. 126

Métaux. ( De la transmutation des) *Morhof*, II. 21

Meteores. ( Traité des ) *Du Hamel*, I. 275. [268]

S. Methode. Edition. *Allatius*, VIII. 110

Methodes. ( Des Ecrits des ) *Allatius*, VIII. 110

Mets. ( des ) *Platine*, VIII. 231

Meursius. Edition de quelques Ouvrages. *Gravius*, II. 237. 238. 241

Mexique. Histoire de sa conquête. *De Solis*, IX. 9

Microscopes. *Hartsoeker*, to. VIII. 59

Milan. ( Histoire de ) *Corio*, VII. 375

Minutius Felix. Edition. *Gronovius*, II. 193. 194. *Cellarius*, V. 280. *Wouver*, VI. 63

---- Traduction Françoise. *D'Ablancourt*, VI. 330

Modene. ( Traité des sources de ) *Ramazzini*, VI. 235

Modica. Origine de cette ville.
  *Auria*, III.              233. (226)
Mœris. Edition. *Hudson*, v.     353
Moines. ( De l'étude des ) *Mabillon*,
  VII.                     360. 362
Molino. ( Dominique ) Son éloge.
  *Boxhornius*, IV.              186
Monde. ( Système du ) *Boulliaud*, I.
  335.
Monnoye. ( La ) Edition de ses Poë-
  sies. *De Sallengre*, I. 127. (123)
Monnoyes des Juifs. *Schmidt*, IX.
  38
---- Des Romains. *Wagenseil*, II.
  118. *Budé*, VIII.            384
--- ( Discours sur les ) *Toland*, x.
  26
Monstres. *Boisot*, v. 380. *T. Bartho-
  lin*, VI. 137. *Regis*, VII.      12
Montbrun. ( Memoires de ) *Des
  Courtils*, II.                175
Montferrat. Sa description. *Merula*,
  VII.                      95
Montmaur. ( Pierre de ) Sa vie. *De
  Sallengre*, I.         126. ( 122 )
Montmorenci. ( Histoire Genealo-
  gique de la Maison de ) *Du Ches-
  ne*, VII.                   330
Morale. *La Placette*, II. 2. 3. *Pictet*,

1. 90. (87) & x. 9. *Philelphe*, VI.
85. 86. *D'Urfé*, VI. 223

Morale Chrétienne. Sa verité & sa
sainteté. *B. Lamy*, VI. 107

—— (Philosophie) *Placcius*, I. 189.
(184) & suiv. *G. Bartholin*, VI.
127. *Paschius*, VII. 272. *Pontanus*,
VIII. 270. & suiv.

Morery. Supplément à son Dictionnaire. *Bernard*, I. 140. (137)
*Dupin*, II. 48

Morin. (Le P.) Sa vie. *Simon*, I.
251. (244)

Mort. (Traitez de la) *La Placette*,
II. VI. *Mabillon*, VII. 368

—— Si elle est la peine du peché.
*Rhenferd*, I. 169. (165)

—— (Consolation sur une) *Wouver*,
VI. 67

Morus. (Thomas) Traduction Angloise de l'Utopie. *Burnet*, VI.
39

—— Traduction Françoise. *Sorbiere*,
IV. 90

Mosaïque. (Anciens Ouvrages de)
*Ciampini*, IV. 205

Moscovie. (Description de la)
*Milton*, II. 161

Mouvement. (Traité du) *Pardies*, I.
209. (204)

Z iiij

Moyſe. Le Pentateuque en Arabe. *Erpenius*, v.                    391

---- Le Pentateuque Samaritain. *J. Morin*, ix. 20. 21. *Hottinger*, viii.                           123

---- Notes ſur le Pentateuque. *Dupin*, ii,                          39

Muſique Françoiſe & Italienne comparée. *Le Cerf*, ii.    51. 52

Myſteres. (Du ſecret des) *Tentzelius*, iii.   187. 188. (183. 184)

Myſtiques. *Poiret*, iv. 148. & ſuiv. & x.                            141

## N

N Antes. (Ouvr. ſur la Révocation de l'Edit de) *Ancillon*, vii.                           384

Naples. (Hiſtoire de la Guerre de) *Pontanus*, viii.                  273

Nations. (Les origines des) *Cumberland*, v.                        334

---- Du Levant. Leur créance. *Simon*, i. 242. [236] *Hottinger*, viii.                           133

Natures plaſtiques. *Bayle*, vi. 295

Navagerio. (Bernard) Son éloge. *Valerio*, v.                        252

Naumbourg. (Hiſtoire Eccleſiaſti-

des Matieres.     lxxxiij

que de ) *Sagittarius* , IV.     238

Nehalenie. ( ( Differt. fur la Déeffe)
*Boxhornius* , IV.     142

Neige. *T. Bartholin* , VI.     142

Nephretique. ( Pierre ) *T. Bartholin*,
VI.     128

Nepotifme de la Cour de Rome.
*Leti* , II.     369

Newton. Ouvrage contre fon Syftême. *Hartfoeker* , VIII.     66

Nicolas V. Pape. Son éloge. *Philelphe* , VI.     86

Niveaux. *Hartfoeker* , VIII.     66

Nivellement. [ Traité du ] *La Hire*,
V.     341

Noblesse. *Meneſtrier* , I. 76. [ 73. ]
*Boxhornius* , IV. 186. *Pogge* , IX.
148

Nonnus. Remarques fur fes Dyoni-
fiaques. *Cuneus* , VI.     244

S. Norbert. Son Hiſtoire. *Sagittarius* , IV.     238

Normans. [ Recüeil des Ecrivains
de l'Hiſtoire des ] *Du Cheſne* , VII.
329

Norvege. [ Hiſtoire de ]. *Vormius* ,
IX.     199

Notaires de l'Eglife. *Schmidt* , IX.
44

Nuremberg. Son Histoire. *Wagen-seil*, II. 120. *Sagittarius*, IV. 237

## O

Œ Uvres. [ Traité des bonnes ] *La Placette*, II.　　　5

Office Divin. [ Traitez de l' ] *Thomassin*, III. 180. [176] Navarre, V. 9. *Joly*, IX.　　　119

Oiseaux de Proye. [ Poëme sur les ] *De Thou*, IX.　　　358

Oiseaux de la Synagogue. [ Differt. sur les dix ] *Rhenferd*, I.　169

Olivares. [ Relation de la disgrace du Duc d' ] *Felibien*, II.　348

Olympe. [ Le mont ] *Casati*, I. 175. [171]

Ombre. [ Traité de l' ] *Wouver*, VI.　　　63

Onosander. [ Commentaire sur ] *Gruter*, IV.　　　404

Opium. *Wedelius*, VII.　　　114

S. Optat. Edition. *Dupin*, II.　39

Optique. [ Traitez d' ] *Casati*, I. 177. [172] *Leibnits*, II. 81. *Hobbes*, IV. 81. *Niceron*, VII. 156.

Oraisons funebres. *Flechier*, I. 373.

[365] *Boſſuet*, II. 251. *Maſca-ron*, II. 301

Orange. [ Hiſtoire des Princes d' ] *Sagittarius*, IV. 241

---- [ Guillaume Prince d' ] Sa dé-fenſe. *Languet*, III. 305. [296]

Ordinations. [ Traité des ] *J. Mo-rin*, IX. 24

Ordonnances. [ Table Chronologi-que des ] *Blanchard*, I. 290. [284]

Ordres Religieux & Militaires. Leur Hiſtoire. *Le Mire*, VII, 280. 281

Orgüeil. [ Traité de l' ] *La Placette*, II. 4

Oriflamme. *Texeira*, V. 408

Origene. Edition, *Huet*, I. 61. [58]

--- [ Diſſert. ſur ] *Schmidt*, IX. 41

Os. Moyens de les blanchir. *Paulli*, III. 26

Oſſone. [ Le Duc d' ] Sa vie. *Leti*, II. 377. [375]

Othon de Friſingen. Edition de ſa Chronique. *Pithou*, V. 54

Oudin. Remarques ſur ſon Supplé-ment des Auteurs Eccleſiaſtiques. *Tentzelius*, III. 190. [185]

Ovide. Commentaire. *Virunio*, VIII. 40

Ovide. Epîtres traduites en François. *Mexiriac*, VI.   8

### P.

PAdoue. Vies des Professeurs. *Patin*, II.   220

Palatinat. [ De l'Electorat du ] *Spanheim*, II.   230

Palatins. [Des Comtes] *Pithou*, v. 66

Palestine. Sa description. *Reland*, I. 347. [340]

Pallium. [Differt. sur le] *Ruinart*, II. 319. *Schmidt*, IX.   37

Pandectes. *Budé*, VIII. 386. *Augustin*, IX.   69

Panegyriques anciens. Editions. *Cellarius*, v. 278. *Gruter*, IX. 404

Pantomimes. *Ferrari*, v. 84. *Calliachi*, VIII.   137

Papes. Leur Histoire. *Baluze*, I. 204. [199] *P. Masson*, v. 196. *F. Pagi*, VII. 59. *Du Chesne*, VII. 325. *Platine*, VIII.   226

——Leur autorité. *D'Aguire*, III. 228. [ 222 ] *La Placette*, II.   7

Papesse Jeanne. Si elle a existé.

*Blondel* , v 1 1. 50. *Allatius* , v 1 1.
97. 109. *Lenfant* , 1x. 248. *Wagenfeil* , x.

S. Paphnuce. (Diſſert. ſur) *Schmidt,*
1x. 49

Pappus. Ouvr. traduit en Latin ,
*Commandino* , v 1. 372. 373

Paraclitus. Sa prononciation. *Thiers,*
1 v. 343

Paradis Terreſtre. Sa ſituation.
*Huet* , 1. 64. (61) *Poſtel* , v 1 1 1.
344

Paraliriques de l'Ecriture. *T. Bartholin* , v 1. 141

Paris. ( Hiſtoire Eccleſiaſtique de )
*Du Bois* , v. 153

--- ( Factum pour l'Univerſité de )
*Hermant* , 1 1 1. 204. (199. & ſuiv.

--- Et la Cour. ( Annales de ) *Des
Courtils* , 1 1. 176

Paſque des Juifs. *B. Lamy* , v 1. 109
& ſuiv.

Paſquier. Edition de ſes Lettres. *Du
Cheſne* , v 1 1. 329

Paſſions. *Hartſoeker* , v 1 1 1. 66. *Coeffeteau* , 1 1 1. 11

Paterculus. ( Velleius ) Editions.
*Cellarius* , v. 278. *Hudſon* , v. 351.
*Gruter* , 1x. 398

Paterculus. Sa vie. *Dodvvel*, I. 152.
    [148]

Patriarches. Leur origine. *J. Morin*,
    IX.                                    18

Patrio. ) Olivier ) Son éloge. *Bou-
    hours* , 11.                          288

S. Paul. Commentaire sur ses Epî-
    tres. *Locke* , I. 50. ( 48 ) *Alexan-
    dre* , ι II. 350. ( 340 ) *Abelard*, IV. 30

Paul Diacre. Edition de son His-
    toire. *Pithou* , V.                    54

Pausanias. Edition. *Kuhnius* , IV.
    395

Pays-Bas. ( Histoire des ) *Boxhor-
    nius* , IV.                            188

Peché Philosophique. *Bouhours* , 11.
    285

Peintre. ( Les Vies des ) *Felibien* ,
    11.                                    348

Peinture. *Felibien* , 11.     348. 350

Peiresc. Son éloge. *Naudé* , IX.   90

Pelagiens. ( Histoire des ) *Noris* , III.
    250. ( 243 ) & suiv.

Penitence. *Navarre* , V. 11. *J. Mo-
    rin* , IX.                            23

Pensées ingénieuses. *Bouhours* 11.
    286

Penser. ( De la maniere de bien )
    *Bouhours* , II.                 285. 286

SS. Peres Apostoliques. Leurs Ouvrages. *Cotelier*, IV. 248

---- ( Apparat de la Bibliotheque
des ) *Le Nourry*, I. 283. (276)

---- ( De l'emploi des ) *Daillé*, III,
72. (70)

Perruques. ( Histoire des ) *Thiers*,
IV. 348

Persane. ( Langue ) Son éloge. *Reland*, I. 344. (336)

--- Grammaire. *Gravius*, VIII. 291

Perse. Edition. *Pithou*, V. 56

Perses. ( De l'Empire des ) *Brisson*,
IX. 306

Perspective. ( Traité de la ) *B. Lamy*, IV. 126

Peste. ( Traitez de la ) *Patin*, II.
221. *Regis*, VII. 13. *Wedelius*,
VII. 118. *Hartsoeker*, VIII. 66

---- ( Des devoirs des Magistrats en
tems de ) *Schmidt*, IX. 35

Petau. ( Denis ) Son éloge. *H. de
Valois*, V. 242

Petrarque. Son éloge. *Redi*, III.
389. (376) *P. Masson*, V. 190

---- Commentaires sur ses Poësies.
*Averani*, II. 205. *Castelvetro*, IX.
241. *Philelphe*, X. 165

Petreole. ( Huile de ) *Jacobæus*, I.

390. (381) *Ramazzini*, VI. 237

Petrone. Editions & Notes. *P. Pithou*, V. 56. *Wovver*, VI. 60. *Barthius*, VII. 20. *Junius*, VII. 407

--- Differtations fur fes fragmens. *A. de Valois*, III. 222. (216) *Wagenfeil*, II.                    117

Phalaris. (Differt. fur) *Dodvvel*, I.                         154. (150)

Pharmacie. *Wedelius*, VII.        115

--- Ses fraudes. *T. Bartholin*, VI. 143

Pharmacopée univerfelle. *Lemery*, IV.                        220

Phebade. Edition d'un difcours. *Barthius*. VII.                  21

Phédre. Editions. *Pithou*, V. 59. *T. le Fevre*, III. 121. (118) *Gronovius*, II.                     192

Pheniciens. (Des caracteres) *Poftel*, VIII.                      331

Philippes Empereurs. S'ils ont été Chrétiens. *Ciampini*, IV.   208

Philippe Augufte. Son éloge. *Barthius*, VII.                   26

Philippe II. Roi d'Efpagne. Sa vie. *Leti*, II.              376. (374)

Philon de Byzance. Edition. *Allatius*, VIII.                  101

Philofopher

Philofopher. (De la vraye maniere de) *Leibnits*, 11. 78. *Valerio*, v. 251

Philofophie. (Cours de) *Du Hamel*, 1. 277. (271) *Dupleix*, 11. 304. *Baranzan*, 111. 50. (49) *D'Aguirre*, 111. 227. (221.) *Regis*, v 1. 408. 409. *Campanella*, v11. 76. & fuiv.

---- (Hiftoire de la) Traduite de Stanley. *Olearius*, v11. 390

---- (De la maniere d'étudier la) *Thomaffin*, 111. 178. (174)

Philoftrate. Edition. *Olearius*, v11. 389

Phyfique. (Traitez de) *Bocconi*, 11. 163. 164. *Magalotti*, 111. 241. (234) *G. Bartholin*, v1. 128. *Hartfoeker*, v111. 61. & fuiv. *Schmidt*, 1x. 35

Pic de la Mirande. Edition de fes Lettres. *Cellarius*, v. 283

Pie V. Sa vie. *Felibien*, 11. 351

Pieds. (Differt. fur la nudité des) *Sagittarius*, 1 v. 235

Pierres. Leur nature. *Sachs*, 11. 338

---- Des reins. *Beverovicius*, 1x. 113

Pigmées. *G. Bartholin*, v1. 128

Pife. (Hift. du Concile de) *Lenfant*, 1x. 256

Plaidoyers. *A. de Sainte-Marthe*,
VIII. 24. *Patru*, VI.              216

Planetes. ( Du mouvement des )
*Hartfoeker*, VIII.             63. 65

Planifphere. *Commandino*, VI. 370

Plantes. (Anatomie des ) *Malpighi*,
IV.                                   66

--- ( Lettre fur le caractere des )
*Collet*, III.             267. (260)

--- Des environs de Paris. *Vaillant*,
VIII. 247. 249. *Tournefort*, IV.
366

--- Des environs de Dijon. *Collet*,
III.                      269. (258)

--- ( Du fel volatil des ) *Wedelius*,
VII.                                 116

Platon. Traduction Latine. *De Serres*, IV. 323. *Ficin*, V.       223

--- Traductions Françoifes. *Poftel*,
VIII. 353. *T. le Fevre*, III. 123.
(120) *Dacier*, III.      162. (158)

--- ( Extraits de ) *Fleury*, VIII.
395

Plaute. Editions & Notes. *Urceus
Codrus*, IV. 340. *M. Merula*, VII.
89. *Junius*, VII.               404

--- Traduction Françoife. *A. le Fevre*, III.                149. (138)

--- Sa vie & fes écrits. *Sagittarius*,
IV.                                  233

Pline l'Historien. Correction d'un passage. *Meziriac*, VI    11

Pline le jeune. Editions & Notes. *T· le Fevre*, III. 125. (122) *Boxhornius*, IV. 184. 189. *Cellarius*, V. 278. *Latus*, VII. 39. *Barthius*, VII. 26. *Gruter*, IX.    404

Plotin. Traduction Latine. *Ficin*, V.    223. 224

Plutarque. Traductions Latines. *Philelphe*, VI. 84. *Junius*, VII. 402. *Budé*, VIII.    383

—— Traductions Françoises. *A. le Fevre*, III. 145. (142.) *Dacier*, III. 162. 164. ( 158. 160. 161 ) *T. le Fevre*, III. 122. 123. (120. 121) *D'Ablancourt*, VI. 334. *Amyot*, IV.    54

Poëme Epique. ( Traité du ) *Le Bossu*, VI.    70

Poësies Grecques. *Huet*, I. 65. (63) *Menage*, I. 321. 324. (314. 317)

Poësie Latine. ( de la ) *Perot*, IX. 387. 388

Poësies Latines. *Huet*, I. 65. ( 63 ) *Placcius*, I. 189. (184) *Menage*, I. 324. ( 317 ) *Morhof*, II. 18. *Passerat*, II. 328. *Hobbes*, IV. 74. 81. *Bexhornius*, IV. 183. 193.

*Defmarais*, v. 361. & fuiv. *Mezi-*
*riac*, VI. 8. *Philelphe*, VI. 85. 86.
G. *Bartholin*, VI. 148. *Barthius*,
VII. 17. & fuiv. *Buchanan*, VII.
237. & fuiv. *Sainte-Marthe*, VIII.
18. 20. 23. *Sannafar*, VIII. 358.
& fuiv. *Panormita*, IX. 55. 56. *De*
*Thou*, IX. 358. *Gruter*, IX. 396.
407. 408

Poëfie Françoife. Son origine.
*Huet*, 1.                    66. (64)

Poëfies Françoifes. *Menage*, t. 1.
324. (317) *Passerat*, II. 327. &
fuiv. *D'Aubignac*, IV. 141. *Saint-*
*Gelais*, v. 203. *Villon*, v. 213.
*Defmarais*, v. 361. & fuiv. *D'Ur-*
*fé*, VI. 223. *Sarafin*, VI. 393.
*Malherbe*, VII.                    55

Poëfies Italiennes. *Filicaia*, 1. 386.
(378) *Redi*, III. 390. 391. (377.
378) *Ammirato*, IV. 107. 109.
*Defmarais*, v. 361. & fuiv. *Mezi-*
*riac*, VI. 9. *Marchetti*, VI. 305.
306. *Frezzi*, VII. 144. *Sannafar*,
VIII. 264. *Menage*, I. 321. 323.
(314. 317)

Poëfies Efpagnoles. *De Solis*, IX.
7. & fuiv.

Roëfies Angloifes. *Milton*, II. 157.

159. & t. x. 84. *Butler* , IX.
270. *Donne* , VIII.                151

Poësies Hollandoises. *Rotgans* , II.
402. (399) *Bidloo* , VII.           130

Poësies Macarroniques. *Folengo* ,
VIII.                        3. & suiv.

Poëtes. ( Qualitez des ) *Ammirato* ,
IV.                           107

--- Methode de les étudier. *Tho-*
*maßin* , III.           178. ( 174 )

--- Grecs. Leurs vies. *T. le Fevre* ,
III. 122. (119) *Reland* , 1. 343.
(336)

Poëtique. ( Reflexions sur l'Art )
*B. Lamy* , VI.               102.

--- ( De la fureur ) *Morhof* , t. II.
18

Pogge. Sa vie & traduction. *Len-*
*fant* , IX.                  252.

Poids & Mesures. *T. Bartholin* , VI.
148

Poisons. *Naudé* , IX.           86

Poitiers. Eloge de cette ville. *Sain-*
*te-Marthe* , VIII.            17

Politique. ( Traitez de ) *Leti* , I.
374. ( 372 ) *Hobbes* , IV. 74. &
suiv. *Sorbiere* , IV. 90. *Boxhornius* ,
IV. 191. 193. *Naudé* , IX.     91

--- De l'Ecriture Sainte. *Boßuet* , II.
266

Politique. ( Bibliographie , *Naudé* ,
IX.                                    86

Pollux. Remarques fur fon Onomaf-
ticon. *Kuhnins* , IV.            394.

Polybe. Edition. *Gronovius* , II. 182.

S. Polycarpe. (Diſſert. fur ) *Tent-*
*zelius* , III.            186. (182)

--- Edition de ſes Epîtres. *Uſſerius* ,
V.                                    126

Polygamie. Ouvrage en ſa faveur.
*Beger* , IV.                        172.

Porches des Egliſes. *Thiers* , IV.
345

Port-Royal. (Défenſe des Religieufes de ) *Sainte-Marthe* , VIII.    33

Portes des anciens. *Sagittarius* , IV.
233. 244

Portugal. (Hiſtoire de ) *Texeira*, V.
405. 406

--- ( Traité fur la nomination aux
Evêchez de ) *Boulliaud* , I. 337.
( 330. 331 )

Poulet. Sa formation dans l'œuf.
*Malpighi* , IV.                      65

--- Moyen pour le faire éclore. *Gra-*
*vius* , VIII.                        393

Poumons. *Malpighi* , IV. 63. *T. Bar-*
*tholin* , VI.                        143

Préadamites. ( Réfutation des ) *J.*

B. *Morin*, tom. III. 104. (101)

*Schmidt*, IX.        44

Prédication. (L'art de la) *Alexandre*, III. 350. (339.) *Wilkius*, IV. 118. *Valerio*, V.    252

Prémontré. (Histoire de l'Ordre de) *Le Mire*, VII.     281

Prémotion Physique. *Malebranche*, II.            133

Prétoire. Signification de ce mot. *Perizonius*,       27. 28

Prêtres. Comment autrefois enterrez. *Bocquillot*, VIII.    406

Priere. (Du don de la) *Wilkins*, IV.          118

Princes. De leur puissance. *Languet*, III. 304. (295) *Usserius*, V. 134. *Platine*, VIII.      233

—— De leur éducation. *Wagenseil* II. 121. *Varillas*, V. 66. *Budé*, VIII. 387. *Joly*, IX. 120. 121. & X.        188. 189

—— De leurs droits. *Milton*, t. II. 153. & suiv.

—— (Les interêts des) *Des Courtils*, II.          170

—— (Du culte idolâtre rendu aux) *Morhof*, II.      18

Probabilité. *Alexandre*, III. 352. (341)

Proclus. De la Sphere traduit en
    Latin. *Linacer*, I V.                266

Propheties (Du sens des) *Lenfant*,
    I X.                                 250

Prophetes. (Essai d'un Commen-
    taire sur les) *Pezron*, I. 18 r.
    [ 177 ]

S. Prosper. Differt. sur ses Œuvres.
    *Antelmi*, V.              148. 149

Protestans. [ De la réünion des]
    *Teissier*, V.             148. 149

---- [ Ouvrages sur les] *Begat*, V E.
    178. 180. *Bayle*, V I. 280. 281.
    *Colomiés*, V I I.              237

Protestantes. [ Eglises ] Leur His-
    toire & leur Apologie. *Bossuet*,
    I I. 258. [ 251 ] *Basnage*, I V.
    302. & t. x. 148. *Daillé*, t. I I I.
    75. [ 72 ] *Blondel*, V I I I. 48. *Hey-
    lin*, x.                            59

Provence. [ Histoire des Comtes
    de] *De Ruffy*, I.    130. [ 126 ]

Proverbes. *Junius*, V I I. 403. 408.
    *Gruter*, I X.                      405

Prudence. Edition. *Cellarius*, V. 281.

Prytanées des Grecs. *Spanheim*, I I.
    231

Pseaumes. Notes & Commentaires.
    *Dupin*, I I. 38. *Bossuet*, I I. 26 r.
                        *Ferrand*,

*Ferrand*, I. 18. (17) & x. 3. *Du Hamel*, I. 280. (273) *Serroni*, II. 342. *De Serres*, IV. 323. *Angriani*, v. 399

Pseaumes en Syriaque. *Erpenius*, v. 392

--- en Ethiopien. *Ludolf*, III. 64. (62)

--- Paraphrase en Vers Latins. *Buchanan*, VII. 237

--- Traduction Françoise. *Dupin*, II. 38. *Ferrand*, I. 19. (17) & x. 3

Psellus. (Traité des Auteurs qui ont été appellez de ce nom) *Allatius*, VIII. 98

Pseudonymes & Anonymes. (Théâtre des) *Placcius*, t. I. 189. 192. (187)

Ptolemée. Traductions & Commentaires. *Boulliaud*, I. 336. (329) *Commandino*, VI. 371. *Pontanus*, VIII. 272

Ptolemées Rois d'Egypte. Leur Histoire par Medailles. *Vaillant*, III. 290. (282)

Pucelle d'Orleans. *Postel*, VIII. 353

Puffendorf. Ouvrage traduit en François. *Teissier*, v. 270

*Tome X.* B b

Puiffance Ecclefiaftique & Tem-
    porelle. *Dupin*, II.    42

Putfchius. ( Elie ) Son éloge. *Bar-
    thius*, VII.    18

Pyramides d'Egypte. Leur defcrip-
    tion. *Gravius*, VIII.    290

Pythagore. Sa vie & traduction
    Françoife de fes Œuvres. *Dacier*,
    III.    162. (159)

--- ( Differt. fur ) *Dodvvel*, I. 154
    (150)

Pythoniffe. ( Differt. fur la ) *Alla-
    tius*, VIII.    96

Q

QUaKers. Leur Hiftoire. *Croefe*,
    VI.    248

Queue. ( De l'ufage de fe faire por-
    ter la ) *Meneftrier*, I.    85. (83)

Quiétifme. ( Ouvrage fur le ) *Segne-
    ri*, I. 383. ( 375 ) *Dupin*, II. 40.
    *Beffuet*, II. 262. & fuiv. *Schmidt*,
    IX.    37

Quinquina. ( Traitez du ) *Vefal*, V.
    144. *Ramazzini*, VI.    238

Quint-Curce. Editions. *Gronovius*,
    II. 192. *Cellarius*, V.    278

--- Sa défenfe. *Perizonius*, I. 30.
    (29)

Quintilien. Sa découverte. *Pogge*,
  ix. 142
--- Editions. *Pithou*, v. 55. *Latus*,
  vii. 39
--- Sa vie. *Dodvvel*, i. 152. (148)

## R

R , bannie d'un difcours. *Leti*, ii.
  379. (377)
Raban. Edition. *Baluze*, i. 202.
  (197)
Rabbinique. (Grammaire) *Reland*,
  i. 344. (337)
Rahnius, (Henri) Eloge. *Morhof*,
  ii. 18
Rais. (Hift. Genealogique de la
  Maifon de) *Du Chefne*, vii. 330
Raifon humaine. Sa foibleffe. *Gra-*
  *vius*, ii. 243
Rancé (de) Abbé de la Trappe. Sa
  vie. *Le Nain*, ii. 314. *Marfollier*,
  vii. 64
--- Lettres contre lui. *Sainte-Mar-*
  *the*, v. 94
--- Sa défenfe. *Thiers*, iv. 353
Recüeils. Maniere de les faire. *Plac-*
  *cius*, i. 191. (186) *Locke*, i. 44.
  (42)

Reginon. Edition. *Baluze*, 1. 202.
( 196 )

*Regnante Chrifto.* Differtation fur
cette formule. *Blondel*, v111. 50

*Regulus,* Si ce qu'on dit de fa mort
eft vrai. *Toland*, x.            28

Reims. ( Deffein de l'Hiftoire de )
*Bergier*, v1.              399

Reins. *Bellini*, v. 348. *T. Bartholin*,
v1. 148. *Vormius*, 1x.        199

Religieufe. ( De la Profeffion ) *F.
Lamy*, 111.        358. (345)

Religieufes. ( De la clôture des )
*Collet*, 111. 266. ( 259 ) *Thiers*,
1v.                        346

— ( De la reception canonique des)
*Hermant*, 111.        212. (207)

Religion Chrétienne. Sa verité.
*Ferrand*, 1. 17. ( 16 ) & t. x. 2.
*Huet*, 1. 62. ( 59 ) *Malebranche*,
11. 127. *Bouhours*, 11. 284. *F. Lamy*, 111. 357. ( 346 ) *Ficin*, v.
219. *Guadagnoli*, v11.        275

— Son excellence. *Bernard*, 1. 140.
( 137 ) *Burnet*, v1.            43

— Sans Myfteres. *Toland*, 1. 254.
( 248 )

— ( Ouvr. des Juifs contre la )
*Wagenfeil*, 11.            117

Religion. ( Hiſtoire des Révolu-
tions de ) *Varillas* , IV.          67
Religion naturelle. Ses principes
& ſes devoirs. *Wilkins* , IV. 118
Religions. ( Tolérance des ) *Locke*,
I. 41. *Pictet*, I. 90. ( 87 ) *Leib-
nits* ; II. 82. *Pelliſſon* , II. 396.
( 393 ) *Bauval*, II. 207. *Bayle* ,
VI.          277
---- ( De la réünion des ) *Poſtel*,
VIII.          323. & ſuiv.
Remedes. Moyens de les connoître.
*T. Bartholin* , VI. 147. *Wedelius*,
VII.          115
Remiremont. ( Du premier Inſtitut
de ) *Mabillon* , VII.          359
Renſbourg. Hiſtoire de cette ville.
*Sagittarius* , IV.          239
Repentance tardive. ( de la ) *Ber-
nard* , I.          140. ( 136 )
Republiques. ( Avantages des )
*Milton* , II.          157
Réputation. Moyen de la conſer-
ver. *D'Aubignac* , IV.          135
Réſidence des Evêques & des Paſ-
teurs. *Carranza* , IV.          260
Reſtitution. *La Placette* , II. 4. *Joly* ,
IV.          121
Retraits. *Begat* , VI.          181

Revenus Ecclesiastiques. ( De l'origine des ) *Simon*, t. 1. 242. (236)

Rhasis. Commentaire sur un de ses Ouvrages. *Vesal*, v.     144

Rheteurs anciens. Edition. *Allatius*, VIII.     102. 103

Rhetorique. *B. Lamy*, VI. 100 *G. Bartholin*, VI.     126

--- Son utilité. *F. Lamy*, III. 360. ( 348 )

--- Rhodoman. ( Laurent ) Son éloge. *Barthius*, VII.     18

Richer. ( Edmond ) Sa vie. *Baillet*, III.     36. ( 35 )

Riolan. ( Jean ) Edition de ses Ouvrages. *Naudé*, IX.     86

Rochefort. ( Memoires de ) *Des Courtils*, II.     173

Rochefoucaut. ( Hist. Genealogique de la Maison de la ) *Du Chesne*, VII.     334

Rochelle. ( Histoire de la prise de la) *A. de Sainte-Marthe*, VIII.     23

Rochester. ( Memoires du Comte de ) *Burnet*, VI.     38

Rodrigués. Pratique de la perfection trad. en François. *Desmarais*, V.     360

Rohan. (La vie du Chevalier de)
Des Courtils, II. 77

Rohault. Sa Physique traduite en
Latin. *Bonet*, v. 370

Romain. ( Diſſert. ſur l'Empire )
*Boxhornius*, IV. 193

Romaine. ( Hiſtoire ) *Tite-Live*, v.
172. *Tacite*, VI. 360. *Dupleix*, II.
310. *Coeffeteau*, III. 13. [ 12 ]
*Lætus*, VII. 35

Romaines. [ Antiquitez ] *Grævius*,
II. 244. *Sallengre*, I. 127. [ 124 ]
*Boxhornius*, IV. 186. *Cellarius*, v.
289. *Lætus*, VII. 36. 37

Romains. Leur origine. *Ferrari*, v.
88

---- Leurs differens génies. *Saint-
Evremont*, VII. 170

-- [ Empereurs ] Leur Hiſtoire par
Medailles. *Vaillant*, 287

Romans [ De l'origine des ] *Huet*,
I. 61. [ 59 ]

--- [ Diſſert. ſur les ] *Paſchius*, VII.
272

Romans. *Des Courtils*, II. 170. &
ſuiv. *D'Aubignac*, IV. 136. &
ſuiv. *D'Urſé*, VI. 224. *Huet*, x. 9

Rome. Ses édifices & ſes ruines.
*Pogge*, IX. 149. *Pancirole*, IX. 190

B b iiij

Rome. [ Dignitez de l'ancienne ] *Pancirole*, ix          189

--- [ Etat de la Cour de ] *Leti*, ii. 370. [ 368 ]

Romulus. Son origine. *Gronovius*, ii.          186

Ste Rofalie. Sa vie. *Auria*, iii. 234. 235. [ 228 ]

Rofe-Croix. [ Inftruction fur les Freres de la ] *Naudé*, ix.          83

Royauté. Son origine & fa nature. *Perizonius*, i.          28. [ 27 ]

Roye. [ Genealogie de la Maifon de ] *Blondel*, viii.          53

Rubens. [ Albert ] Edition de quelques Ouvrages. *Gravius*, ii. 237. 244

Rufus. [ Sextus ] Edition de fon abregé. *Cellarius*, v.          279

Rutilius Numatianus. Editions de fon Itineraire. *Gravius*, ii. 242. *Barthius*, vii.          20

## S

SAbbat. ( Traité du ) *Cocceius*, viii. 213. *Heylin*, x.          57

Sablé. [ Hiftoire de ] *Menage*, i. 330. [ 323 ]

S. Sacrement. [De l'expofition du] *Thiers*, IV. 344

S. Sadroc. (Differt. fur) *Baluze*, I. 200. (195)

Sages de la Grece. (Hiftoire des fept) *Larrey*, I. 11

Sagittarius. (Gafpar) Sa vie. *Schmidt*, IX. 43

Saints. (Vies des) *Baillet*, III. 36. (34) *Papebrock*, II. 93

——— inconnus. (du culte des) *Mabillon*, VII. 363

Salluste. Editions. *Latus*, VII. 37. *Gruter*, IX. 398

Salluste Philofophe. Edition & traduction Latine. *Allatius*, VIII. 100.

Salomon. Commentaires fur fes Livres. *Du Hamel*, I. 280. (273) *Boffuet*, II. 261. *De Serres*, IV. 325

——— Ses navigations. *Huet*, I. 65. (62)

Salvien. Editions. *Pithou* v. 55. *Baluze*, I. 201. (196)

Samaritaine. (Grammaires & Dictionnaires de la Langue) *Cellarius*, v. 292. *J. Morin*, IX. 25

Samaritains. (Hift. des) *Cellarius*, v. 288

Samaritains. ( Chronologie des )
 *Tentzelius* , III.      199. ( 194 )
--- Lettres à Ludolf. *Ludolf* , III.
 61. (58)
Sanchoniaton. Histoire Phénicien-
 ne traduite en Anglois. *Cumber-*
 *land* , v.                      334
Sang. Sa nature. *Guglielmini* , I.
 101. (98)
--- Sa circulation. *Sachs* , II. 338.
 *Hartsoeker* , VIII.                63
---- Sa Transfusion. *Sorbiere* , IV.
 96
---- Défense d'en manger. *T. Bar-*
 *tholin* , VI.                   147
Sapho. Edition. *T. le Fevre* , III.
 125. (122)
--- Traduction Françoise. *A le Fe-*
 *vre* , III.              141. (137)
Satyre. ( De l'origine de la ) *Dacier* ,
 III.                     166. (162)
Satyres. *Menage* , 1. 322. ( 315. )
 *Morhof* , II. 22. *Léti* , II. 378.
 (376) *J.B. Morin* , III. 100. (97)
 *A. de Valois* , III. 216. (211) *Me-*
 *zeray* , v. 311. *Philelphe* , VI. 85.
 *Cuneus* , VI. 242. *Sarasin* , VI.
 294. *Barthius* , VII. 19. *Merula* ,
 VII. 97. *Saint-Evremond* , VII.

159. 162. *Buchanan*, vii. 236. &
fuiv. *Virunio*, viii. 41. 42. *Donne*,
viii. 152. *J. Morin*, ix. 25. *Pogge*, ix. 149. *Gruter*, ix.　　408

Satyres, brutes, &c. ( Traité des )
*D'Aubignac*, iv.　　125

Satyriques. ( Petits ) Edition. *Boxhornius*, iv.　　184

Sçavans. ( Hiftoire des ) *Boxhornius*,
iv. 187. *P. Maffon*, v. 195. *Teiffier*, v.　　268

Savot. Son Livre fur les Medailles
traduit en Latin. *Kufter*, 1. 306.
(299)

Savoye. ( Eloge des Ducs de ) *P.
Maffon*, v.　　194

---- ( Theâtre des Etats du Duc de)
*Bernard*, 1.　　140. ( 136 )

Sauterelles. *Ludolf*, iii. 63. (61)

Saxe. ( Hiftoire de la Maifon de )
*Leti*, ii. 377. ( 376 ) *Tentzelius*,
iii. 196. 197.　　( 190. & fuiv. )

Scheffer. ( Jean ) Edition de fon
Hiftoire de la Philofophie Pytha-
goricienne. *Schurzfleifch*, x. 71

Schifme. ( Traité du ) *Dodvvel*, 1.
149. ( 145 )

Sciences. ( Entretiens fur les ) *B.
Lamy*, vi.　　105

Scioppius. Satyre contre lui. *Bar-*
thius, VIII.                              19

Scorbut. *Patin*, II.                   221

Scutari. ( Relation du fiege de) *Me-*
rula, VII.                                96

Sebaftien Roi de Portugal. Son Hiftoire. *Texeira*, V.                    408

Sections Coniques. *La Hire*, V.
340. 341

Sedulius. Edition. *Cellarius*, V. 281

Scls. ( De la figure des ) *Guglielmini,*
I.                100. 101. (97. 98)

Seneques. ( Les deux ) Editions &
Notes. *Gronovius*, II. 184. *N. le
Fevre*, VII. 138. *Gruter*, IX. 397

---- Traduction Françoise. *Malher-*
be, VII.                                 56

Sens. ( Remarques fur les plaifirs
des ) *Bayle*, VI. 279. *Regis*, VI.
410

Sentiment. Si tous les êtres en ont.
*Campanella*, VII.                       78

Serment. ( Traité du ) *La Placette*,
II.                                       5

Sermons. *Pictet*, I. 91. 94. ( 88. 92)
*Flechier*, I. 373. 374. (365. 367)
*Barlette*, III. 2. *Daillé*, III. 80.
(78) & fuiv. *Wilkins*, IV. 119.
*Bafnage*, IV. 306. 310. *Claude*, IV.

389. *Ufferius*, v. 115. & fuiv. *Burnet*, vi. 34. & fuiv. *Lightfoot*, vi. 314. 316. *Gataker*, viii. 81. *Donne*, viii. 150. & fuiv.

Sefterces. ( Traité des ) *Gronovius*, ii. 189

Sethiens. ( Diff. fur les ) *Rhenferd*, i. 170. (165)

Sforce. ( François ) Son éloge. *Phi-lelphe*, vi. 86

Sibylles. ( Traité des ) *Blondel*, viii, 51

Sicile. ( Défenfe de la Monarchie de ) *Dupin*, ii. 46

— ( Hiftoire des Vicerois de ) *Au-ria*, iii. 236. (239)

— ( Des inventions trouvées en ) *Auria*, iii. 238. (231)

Sidonius Apollinaire. Edition. *Wo-vver*, vi. 65

Sienne. Hiftoire de cette ville. *Pa-trizi*, vii. 396

Silence Chrétien. ( Traité du ) *Her-mant*, iii. 213. (208)

Silius Italicus. Edition. *Cellarius*, v. 279

Simeons. ( Des Ecrits des ) *Allatius*, viii. 112

Simplicius. Ouvrage traduit en

François. *Dacier*, III. 163. (159)

Sirmond. ( Jacques ) Son éloge &
  sa vie. *H. de Valois*, v. 242. *Colomiés*, VII.                    200

Sixte V. Sa vie. *Leti*, II. 375. (373)

Sleidan. Abregé de son Histoire des
  Monarchies. *Teissier*, v.     271

--- Continuation. *Schurzfleisch*, x. 72

Socrate. Ses Lettres & celles de ses
  Disciples. *Allatius*, VIII.     99

Socrate. Edition de son Histoire.
  *H. de Valois*, v.              238

Soleil. *Morhof*, II.              20

Soliman II. Son Histoire. *Ancillon*,
  VII.                            386

Songes. *Boxhornius*, IV. 187. *Aubrey*,
  IV.                             315

Sons. ( Système des intervalles des )
  *Sauveur*, IV.                  409

Sophocle. Traduction Françoise.
  *Dacier*, III.        161. (157)

Sort. ( Traité du ) *Gataker*, VIII.
  81. 82

Souverains. ( De l'obéissance dûë
  aux ) *Basnage*, IV.            309

Sozomene. Edition de son Histoire.
  *H. de Valois*, v.              238

Spalatinus. ( George ) Sa vie. *Sagittarius*, IV.                    242

Sphere. [ Traitez de la ) *Linacer*, IV.
266. *Ozanam*, VI. 55. *Buchanan*,
VII. 247

Spigelius. Edition de fes Œuvres.
*Vander Linden*, III. 328. (319)

Spinola. Eloge de cette famille. *Le
Mire*, VII. 279

Spinofa. Réfutation de fes fentimens. *F. Lamy*, III. 357. (346)

Stace. Editions & Commentaires.
*Gruter*, IX. 398. *Barthius*, VII.
26. *Virunio*, VIII. 40

--- Sa vie. *Doduvel*, I. 152. [148]
*Lætus*, VII. 37

S. Suaires. *Schmidt*, IX. 37

Suede. [ Hiftoire de ] *Peringskiold*,
I. 70. 71. [67. 68]

Suetone. Editions. *Gronovius*, II.
192. *Grævius*, II. 238. *Patin*, II.
219. *Boxhornius*, IV. 184

Suidas. Editions. *Kufter*, t. I. 305.
[298.] *Gronovius*, II. 194

Sulpice Severe. Edition. *Sagittarius*, IV. 241

Superftition. [ de la ] *Toland*, I. 263.
[256]

Superftitions. *Thiers*, IV. 346. *Aubrey*, IV. 315

Supremacie. [ Serment de ] *Ufferius*,
V. 116

Surrey. Histoire naturelle de cette
   Province. *Aubrey*, IV.     315
Symbole des Apôtres. *Tenzelius*, III.
   187. [ 182 ] *Usserius*, tom. v. 128
   *Olearius*, VII.     391
---- De S. Athanase. *Tenzelius*, III.
   190. [ 185 ] *Antelmi*, v.     150
Syriaque. [ Grammaires ] *Erpenius*,
   v. 392. *Cellarius*, v. 292. *Hottin-*
   *ger*, VIII.     126. 130
Syrie. Sa description. *Postel*, VIII.
   323
---- Histoire de ses Rois par Medail-
   les. *Vaillant*, III.     289. [280]

**T**

Tabac. [ De l'abus du ] *Paulli*,
   v.     25
Tacite. Editions & Commentaires.
   *Gronovius*, II. 182. *Ammirato*, IV.
   108. *Boxhornius*, IV. 188. *Gruter*,
   IX.     398
--- Traduction Françcise. *D'Ablan-*
   *court*, VI.     331
Tamarins. *Tournefort*, x.     154
Tasse. [ Le ] Observations sur son
   Aminte. *Menage*, I. 323. [316]
Taurobole. [Cérémonies du] *Della*
   *Torre*, I.     35. [ 34 ]

*Te Deum.* L'Auteur de cette Hymne. *Tentzelius*, III.  187. (183)

Temple de Jerusalem. *B. Lamy*, VI. 119. *Lightfoot*, VI.  314

Terence. Edition. *T. le Fevre*, III. 124. (121)

--- Traduction Françoise. *A. le Fevre*, III.  141. (139)

--- Sa vie. *Sagittarius*, IV.  233

--- Discours sur ses Comedies. *Menage*, I. 333. (326) *D'Aubignac*, IV.  125. 127

Terentianus Maurus. Edition. *Merula*, VII.  92

Terre. Sa Mesure & sa pesanteur. *Casati*, I.  175. (170)

--- Si elle est immobile. *Fienus*, II. 406. (403) *J. B. Morin*, III. 97. 98. (94. 95)

--- De son dénombrement sous Auguste. *Perizonius*, I.  25. (24)

---- Sainte. *Pezron*, I. 182. (178) *Postel*, VIII.  344

Tertullien. Editions & Notes. *Lupus*, to. VII. 210. *Wovver*, VI. 62

--- Traduction Françoise. *Colomiés*, VII.  200

Testament. (Nouveau) Grec. Edi-

tions. *Kuster*, I. 306. (299) *Len-*
*fant*, IX.                           249
Teſtament. ( Nouveau ) Arabe. *Er-*
*penius*, v.                          391
---- Traductions Françoiſes. *Mar-*
*tianay* , I. 112. ( 108 ) *Simon*, I.
248. ( 242 ) *Bouhours* , II. 287.
*Lenfant* , IX.                       252
--- Diſſertation ſur ſon ſtile. *Rheu-*
*ferd* , I. 171. (166) *Gataker* , VIII.
83
---- ( Hiſtoire Critique du Vieux
& du Nouveau ) *Simon*, I. 241. &
ſuiv. (235)
Thé. ( De l'abus du ) *Paulli* , III.
25. (24)
Theâtre. ( La pratique du ) *D'Au-*
*bignac* , IV.                        128
----Diſſert. ſur ſa condamnation.
*Id. ibid.*                           135
Theodoret. Edition de ſon Hiſ-
toire. *H. de Valois* , v.            238
Theodoric Roi des Goths. Son Hiſ-
toire. *Peringskiold* , I.     70. (68)
Theodoſe. Son Hiſtoire. *Flechier*, I.
372. (365)
Theologie Dogmatique. *Du Hamel*,
I. 278. 279. ( 272. 273 ) *Dupin* ,
II. 40. *Thomaſſin*, III. 178.(173)

Theologie Scholaſtique. *D'Aguirre,*
II. 226. 228. *Abelard*, IV. 30

Theologie Calviniſte & Luthérien-
ne. *Pictet,* I. 90. 92. ( 88. 90 )
*Epiſcopius*, III. 315. ( 306 ) *Hottinger*, VIII. 132. *Schmidt*, IX.
38. 45

Theologie Morale. *La Placette*, II.
5. & ſuiv. *Alexandre*, III. 349.
351. ( 338. 340 ) *Navarre*, V. 7.
& ſuiv. *Schmidt*, IX. 41

Theologie. ( De l'étude de la ) *Dodvvel*, I. 148. ( 145. ) *Dupin*, II.
45. G. *Bartholin*, VI. 129. 130.
*Schmidt*, IX. 41

--- Des Peres. *Tommaſi*, III. 277.
( 270 )

--- Judaïque. *Hottinger*, VIII. 133

Theon, Mathématicien. Ouvrage
traduit en Latin. *Boulliaud*, I.
336. ( 328 )

Ste Thereſe. Le Château de l'ame
traduit en François. *Felibien*, II.
351. ( 350 )

Theriaque. *T. Bartholin*, VI. 149

S. Thomas de Cantorbery. Sa vie &
ſes Lettres. *Lupus*, VII. 211

S. Thomas d'Aquin. S'il eſt l'Auteur de la Somme & de l'Office

cxviij     *Table generale*

du S. Sacrement. *Alexandre*, III.
344. 348. ( 333. 337 )

S. Thomas d'Aquin. Traduction
Françoise d'une partie de sa Somme. *Coeffeteau*, III.       11

Thomas. ( Jean ) Sa vie. *Sagittarius*,
IV.       237

Thou. ( Christophe & Auguste de )
Eloges. *P. Masson*, v.       191

Thucydide. Edition. *Hudson*,v. 352

---- Traduction Angloise. *Hobbes* ,
IV.       73

---- Sa vie. *Dodvvel*, 1. 152. (148)

Thuringe. Ses antiquitez. *Sagittarius* , IV.       234. 235

Tite-Live. Editions & notes. *Gruter* , IX. 398. *Pithou* , v. 60. *Briffon* , IX.       308

---- Ce que c'est que sa patavinité.
*Morhof* , II.       22

---- Traduction Françoise. *Malherbe* , VII.       56

Titius. Son éloge. *P. Masson* , v.
191

Titres d'honneur. *Selden* , v.   29

Tonnerre. Ses effets. *T. Lamy* , III.
356. (345)

Tonnerre. ( Coutume du Bailliage
de ) *Pithou* , v.       13

Toscane. ( des coutumes & mœurs
　de la ) *Postel* , viii.　　　327
Toulouse. ( Histoire de la ville de )
　*De la Faille* , iv.　　165. 166
Tourbes incombustibles. *Patin* , ii.
　217
Tournois. *Menestrier* , i. 77. ( 75 )
　*Auria* , iii.　　　236. ( 229 )
Traductions. ( Diff. sur les ) *Huet* ,
　i. 60. (58) *Meziriac* , vi.　　10
Tragédie. Reflexions sur la ) *Sara-
　sin* , vi. 393. *Saint - Evremond* ,
　vii.　　　　175. 176
Tragédies. *D'Aubignac* , iv. 134. *Bu-
　chanan* , vii.　　　240
Traitez de Paix , &c. ( Recüeil de )
　*Bernard* , i.　　139. (136)
Transubstantiation. ( Créance de
　l'Eglise Orientale sur la ) *Simon* ,
　i.　　　　245. (239)
--- [ Ouvrages contre la ] *Cosin* , i,
　380. [372] *La Placette* , ii. 7. *Ga-
　taker* , viii.　　　82
Trappe. [ Description de l'Abbaye
　de la ] *Felibien* , iii.　　350
Tremoille. [ Hist. Genealogique
　de la Maison de la] *Sainte-Mar-
　the* , viii.　　　29
Trente. [ Notes sur le Concile de ]
　*Rassicod* , viii.　　　363

Tribbechovius. [ Adam ] Son éloge.
  *Tenzelius*, iii.            190

Trigonométrie. *Ozanam*, vi.    54

Trinité. [ Défense de la ] *Leibnits*,
  ii.                    79

Trompette. [ Histoire de la ] *Galland*, vi.           194

---- Parlante. *Casati*, 1. 175. [171]

Troyes. [ Coutume de ] *P. Pithou*,
  v.                    61

Tulles. Histoire de cette Ville.
  *Baluze*, 1.        206. [201]

Tullie, fille de Ciceron. Sa vie.
  *Sagittarius*, iv.        233

Turcs. [ Histoire des ] *Mezeray*, v.
  323. *Galland*, vi.      194

--- [ Des Coutumes & Religion des ]
  *Postel*, viii.          349

Turenne. Sa vie. *Des Courtils*, ii.
  171

Turretin. [ François ] Son éloge.
  *Pictet*, 1.         90. [87]

Tyrans. [ Dissert. sur les ] *Sagittarius*, iv.            235

# V.

Vaisseaux lymphatiques. *T. Bartholin*, VI. 139. 140. 141

Valentin. [ Simon ] Sa vie. *Wouver*, VI. 67

Valeur. [ De la ] *Saint-Real*, t. 11. 138

Valstein. [ La conspiration de ] *Sarasin*, VI. 392

Valteline. [ Expédition de la ] *A. de Sainte-Marthe*, VIII. 22

Vandales. [ Histoire de la persécution des ] *Ruinart*, 11. 316

Varillas. Critique de son Histoire des Révolutions. *Burnet*, VI. 40. 41

Varnes. [ Histoire de la Bataille de ] *Callimaco*, VI. 206. 207

Varron. Edition & Notes. *Latus*, VII. 38. *Augustin*, IX. 67

Veines lactées. *T. Bartholin*, VI. 159 & suiv.

Velius Longus. Edition. *Merula*, VII. 92

Venise. [ Histoire de ] *Callimaco*, VI. 205. *Justiniani*, VII. 6

— [ Conjuration des Espagnols contre ] *Saint-Real*, II. 125.

cxxij    *Table generale*

Vergi. [Hiſt. Genealogique de la Maiſon de] *Du Cheſne* , VII. 331

Verité. [Recherche de la] *Male-branche* , II.    125

Verone. [Hiſtoire des Evêques de] *Valerio* , V.    255

Verre rompu par le ſon. *Morhof* , II. 20

Vers à ſoye. *Malpighi* , IV.    65

Verſailles. [Deſcription de] *Feli-bien* , II.    351

Veſuve. [Des incendies du Mont] *Naudé* , IX.    86

Vice-Chanceliers de l'Egliſe Ro-maine. *Ciampini* , IV.    210

Victor de Vite. Edition. *Ruinart* , II.    316

Vie. Son terme. *Naudé* , IX. 89. *Be-verovicius* , IX.    114

—-Sobre. *T. Bartholin* , VI. 146. *Ra-mazzini* , VI.    238

— Chrétienne. [Regles de la] *Bo-na* , III.    42. [40]

Vierge. [De la dévotion à la] *Bail-let* , III.    35. [34]

Vigne. [ Traité de la] *Sachs* , II. 338

Vincent de Lerins. Edition. *Baluze* , I.    201. [196]

Viperes.

Viperes. ( Obfervations fur les )
   *Redi*, iii. 387. 388. (374. 375)
Virgile. Editions & Commentaires.
   *T. le Fevre*, iii. 124. ( 121. )
   *Barthius*, vii. 18. *Virunio*, viii.
   40. *Sagittarius*, iv. 233. *Le Cerf*,
   ii.                                    50
Vifceres. ( De la ftructure des )
   *Malpighi*, iv.                        65
Vifconti. Leur Hiftoire. *Merula*,
   vii.                                   93
Uladiflas , Roi de Hongrie. Son
   Hiftoire. *Callimaco*, vi.    206
Univerfitez. ( Avantages des ) *Sa-*
   *gittarius*, iv.                      237
Voiture. ( Pompe funebre de ) *Sa-*
   *rafin*, vi.                          393
Vordac. ( Memoires de ) *Des Cour-*
   *tils*, x.                            87
Vorftius. ( Adolphe ) Son éloge.
   *Vander Linden*, iii. 326. (316)
Voffius. ( Ger. J. ) Sa Vie & fes
   Lettres. *Colomiés*, vii.    203
Voyages. *Toland*, i. 261. ( 255 )
   *Simon*, i. 240. ( 235. ) *Patin*, ii.
   219. *Ruinart*, ii. 319. *Sorbiere*,
   iv. 95. *Tournefort*, iv. 370. *Bur-*
   *net*, vi. 40. *Pogge*, ix. 158. *Joly*,
   ix.                                   125

*Tome X.*                    D d

cxxiv    *Table generale*

Urbain II. Pape. Sa vie. *Ruinart*,
    II.                                    319
Urines. (Traité des) *Bellini*, v.
    349
Ste Urfule. Examen de son Hif-
    toire. *Wetftein*, II. 143. *Le Mire*,
    VII.                                   283
Ufure. (Traitez de l') *Thomaffin*,
    III. 181. (176) *Collet*, III. 263.
    (255) *Navarre*, V.                     10
Vûë. *Vefal*, V. 144. *La Hire*, V.
    344
Whighs & Torys. (Differt. fur les)
    *Thoyras*, I.           299. (291)
Wiclef. Son Hiftoire. *Pictet*, I. 94.
    (91)
Wormius. (Olaus) Son éloge. *T.
    Bartholin*, VI.                        141

## X.

X Enophon, Cyropedie traduite
    en Latin. *Philelphe*, VI. 84.
    *Pogge*, IX.                          161
--- Retraite des Dix mille traduite
    en François. *D'Ablancourt*, VI.
    333
--- Le Feftin traduit en François,
    *T. le Fevre*, III.        123. (120)

Xenophon. Sa vie. *Dodvvel*, t. 1.
152. (148)

Ximenes. ( Le Cardinal ) Sa vie.
*Flechier*, 1. 373. ( 365 ) *Marsollier*, VII.                          62

Xiphilin. Traduction Latine. *Merula*, VII.                          96

## Y

Y Ves de Chartres. ( L'esprit d' )
    *Varillas*, v.             73

Yvresse. Son éloge. *Sallengre*, 1.
126. (122)

## Z

Z Achée. Sens de ses paroles à
    J. C. *Saint-Real*, 1ᵉ.    138

Zelande. ( Chronique de ) *Boxhornius*, IV.                     189

Zonare. Edition de ses Annales.
*Du Cange*, VIII.              77

Zosime. Edition de son Histoire.
*Cellarius*, v.                281

Zurich. Son College. *Hottinger*,
VIII.                          134

*Fin de la Table des Matieres.*

# TABLE
## ALPHABETIQUE

*Des Auteurs contenus dans les dix premiers Volumes de ces Memoires.*

Le chiffre Romain marque le Volume, & le chiffre Arabe la page ; & lorsqu'il est renfermé entre deux crochets, il désigne les pages dè la seconde édition du Volume.

### A

ABelard. (Pierre) iv.                    1

Ablancourt. ( Nicolas Perrot d' )
   vi. 317. & x.                    171

Aguirre. ( Joseph Saens d' ) iii.
   225. (219)

Alcyonius. (Pierre ) vi.              150

Alexandre, ( Noël ) iii. 339. ( 328 )
   & x.                                      122

Alexandre *ab Alexandro.* vi.      339

Allatius. ( Leon ) VIII.     91
Ammirato. ( Scipion ) IV. 99. & x.
   134
Amyot. ( Jacques ) IV.     45
Ancillon. ( Charles ) VII.     382
Ancillon. ( David ) VII.     378
Angriani. ( Michel ) V.     394
Antelmi. ( Joseph ) V.     145
Aspilcueta. ( Martin ) V.     1
Aubrey. ( Jean ) IV.     311
Averani. ( Benoît ) II.     196
Augustin. ( Antoine ) IX.     58
Auria. ( Vincent ) III. 230. (224)


### B

BAillet. ( Adrien ) III. 26. (25)
Baluze. ( Etienne ) I. 194. (189) &
   x.     16
Baranzan. ( Redempt ) III. 43. (41)
Barlette. ( Gabriel ) III.     1
Barthius. ( Gaspar ) VII.     14
Bartholin. ( Gaspar ) VI.     121
Bartholin. ( Thomas ) VI.     131
Basnage. ( Jacques ) IV. 294. & x.
   147
Basnage de Bauval. ( Henri ) t. II.
   206. & x.     88
Baudran. ( Michel Antoine ) II.    10

Bayle. ( Pierre ) vi. 251. & x.
168

Begat. ( Jean ) vi. 166
Beger. ( Laurent ) iv. 168
Bellini. ( Laurent ) v. 346
Bergier. ( Nicolas ) vi. 396. & x.
174

Bernard. ( Jacques ) i. 133 [130]
Bernoulli. ( Jacques ) ii. 53
Beverovicius. ( Jean ) ix. 110
Bidloo. ( Godefroy ) vii. 125
Bigot. ( Emeri ) viii. 86. & x.
178

Blanchard. ( Guillaume ) i. 289.
[ 282 ]
Blondel. [ David ] viii. 44. & x.
178

Bocconi. [ Silvio ] ii. 161. & x.
85

Bocquillot. [ Lazare André ] viii.
400. & x. 183
Bois. [ Gerard du ] v. 151
Boisot. [ Jean-Bapt. ] v. 371
Bona. [ Jean ] iii. 37. [ 35 ] & x.
114

Bonet. [ Theophile ] v. 365
Bossu. [ Rêné le ] vi. 68
Bossuet. [ Jacques Benigne ] ii. 248
& x. 92

Bouhours ( Dominique ) 11. 278. &
x. 97
Boulliaud. ( Ifmaël ) 1. 334. [ 372 ]
& x. 61
Bourdelin. ( Claude ) vii. 98
Bourdelin. ( Claude ) le fils. vii.
101
Bourdelin. ( François ) vii. 105
Boxhornius. ( Marc Zuerius ) iv.
181
Bracelli. ( Jacques ) vii. 371
Briffon. ( Barnabé ) ix. 297
Buchanan. ( George ) vii. 212. &
x. 176
Budé. ( Guillaume ) viii. 371
Bull. ( George ) 1. 213. (208)
Burnet. ( Gilbert ) vi. 12. & x.
159
Butler. ( Samuel ) ix. 267
Bynæus. ( Antoine ) vii. 122

## C.

CAlliachi. ( Nicolas ) viii. 135
Callimaco Efperiente. ( Philippe )
vi. 196
Campanella. ( Thomas ) vii. 67
Campani. ( Jean Antoine ) 11. 268.
& x. 93

exxx *Table alphabetique*

Cange. ( Charles du ) viii. 69. & x. 178

Carranza. ( Barthelemi ) iv. 249. & x.                   146

Cafati. ( Paul ) i.          173. [169]

Caffini ( Jean Dominique ) vii. 287

Caftelvetro. ( Louis ) ix.          211

Cellarius. ( Chriftophe ) v.          271

Chaffeneuz. ( Barthelemi de) iii. 365. [353] & x.          123.

Chefne. [ André du ] vii.          322

Chillingworth. [ Guillaume ] iii. 331. [320]

Ciampini. [ Jean Juftin ] iv.          193

Claude. [ Jean ] iv.          387

Cocceji. Henri de ] ix.          281

Cocceius. [ Jean ] viii.          193

Codrus. [ Antoine Urceus ] iv. 332

Coeffeteau. [ Nicolas ] iii.          6

Cointe. [ Charles le ] iv. 269. & x. 147

Collet. [ Philibert ] iii. 258. [251] & x.          118

Colomiés. [ Paul ] vii.          196

Commandino. [ Frederic ] vi.  364

Corio. [ Bernardin ] vii.  373

Cofin. [ Jean ] i.          376. [368]

Cotelier. [ Jean-Bapt. ] IV. 243. &
  x.                      145

Courtils. [ Gratien Sandras des ] II.
  165. & x.                86

Croefe. [ Gerard ] VI. 247. & x.
  168

Cujas. [ Jacques ] VIII. 160. & x.
  180

Cumberland. [ Richard ] v.     328

Cuneus. [ Pierre ] VI.         240

Cuper. [ Gifbert ] VI.          88

## D

DAcier. [André] III. 148. [145]
Daillé. [ Jean ] III.      66. [64]
Dée. [ Jean ] I.       353. [345]
Delifle. [ Guillaume ] I. 219. [214]
  & x.                  20

Defmarais. [ François Seraphin Re-
  gnier ] v.          355

Dez. [ Jean ] II.         333

Dodwel. [ Henri ] I.   142. [138]

Donne. [ Jean ] VIII.      38

Dupleix. ( Scipion ) II. 302. & x.
  98

# E

EPiſcopius. ( Simon ) iii. 306. (297)

Erpenius. ( Thomas ) v. 381

# F

FAbretti. ( Raphael ) iv. 372
Faille. ( Germain de la ) iv. 162
Fallope. ( Gabriel ) iv. 396
Fedele. ( Caſſandre ) viii. 366
Felibien. ( André ) ii. 342. & x. 99
Ferrand. ( Louis ) i. 13. ( 12 ) & x. 2
Ferrari. ( Octavien ) v. 86
Ferrari. ( Octave ) v. 77
Ferreti. ( Emilio ) v. 13
Fevre. ( Nicolas le ) vii. 131
Fevre. ( Tannegui le ) iii. 105. (103)
Fevre. ( Anne le ) iii. 126. (123)
Fevret. ( Charles ) ii. 289
Ficin. ( Marſile ) v. 214
Fienus. ( Thomas ) ii. 403. ( 400 )
Filicaia. ( Vincent de ) to. i. 384. (376)

Flechier. ( Efprit ) 1. 367. ( 359 )
& x.                                    73
Fleury. ( Claude ) VIII. 389. & x.
182
Folengo. ( Theophile ) VIII. 1. &
x.                                    177
Frezzi. ( Frederic ) VII.        143.
Fulgofe. ( Baptifte ) IX.        I

## G

GAlland. ( Antoine ) VI.        183
Gallois. ( Jean ) VIII.        153
Gataker. ( Thomas ) VIII.        79
Gazola. ( Jofeph ) IX.        262
Giordani. ( Vitale ) III.    83. [80]
Gouffet. ( Jacques ) II. 353. [352]
& x.                            100
Grævius. ( Jean George ) II.    233
Gravius. ( Jean ) VIII.        287
Gronovius. ( Jacques ) II. 177. &
x.                                87
Gruter. ( Janus ) IX.        388
Gryphius. ( Chriftian ) II. 89. & x.
78
Guadagnoli. ( Philippe ) VII.    271
Guglielmini. ( Dominique ) 1. 96.
( 93 ) & x.                        10

## H

HAllé. (Pierre) III. 243. [236] & x. 116

Hamel. (Jean-Bapt. du) I. 271. [265.] & x. 46

Hartsoeker. (Nicolas) VIII. 54

Hedelin d'Aubignac. (François) IV. 120

Herbelot. (Barthelemi d') IV. 410

Hermant. (Godefroy) t. III. 200. [195]

Heylin. (Pierre) I. 308. [301] & x. 56

Hire. (Philippe de la) V. 333

Hobbes. (Thomas) IV. 66

Hottinger. [Jean Henri) to. VIII. 115

Hudson. (Jean) V. 350

Huet. (Pierre Daniel) I. 51. (49) & x. 8

## I

JAcobæus. (Oliger) I. 386. [379] & x. 74

Jaquelot. (Isaac) VI. 374

Joly. (Claude) IX. 116. & x. 188

Junius. (Adrien) VII. 399

des Auteurs. CXXXV

Juſtiniani. ( Bernard ) vii. 1

# K

Kuhnius. (Joachim) iv. 392. &
x. 156.
Kuſter. ( Ludolf ) 1. 300. [293] &
x. 51

# L

LAmy. ( Bernard. ) vi. 96. & x.
168
Lamy. ( François ) iii. 355. [344]
& x. 122
Languet. ( Hubert ) iii. 292. [283]
Larrey. ( Iſaac de ) t. 1. p. 1. & x.
1
Leibnits. ( Godefroy Guillaume de
ii. 64. & x. 77
Lemery. ( Nicolas ) iv. 212
Lenfant. ( Jacques ) iv. 243
Leti. ( Gregorio ) ii. 360. [ 359 ]
& x. 101
Lightfoot. ( Jean ) vi. 307
Linacer. ( Thomas ) iv. 263
Linden. ( Jean Antoine Vander )
iii. 323. (313)
Locke. ( Jean ) 1. 37. [ 35 ] & x.
7

Long. ( Jacques le ) 1. 159. [154]
    & x.               12
Ludolf. ( Job ) iii.         51. [49]
Lupus. ( Chrétien ) vii.      104

## M

Mabillon. ( Jean ) vii.     336
Maffée. ( Jean Pierre ) v.    324
Magalotti. ( Laurent ) 111. 239.
   [232]
Magliabecchi. ( Antoine ) iv. 221
Malebranche. ( Nicolas ) ii.   122
Malherbe. ( François de ) vii.  40
Malpighi. ( Marcel ) iv.     57
Marchetti. ( Alexandre ) vi.  300
Marſollier. ( Jacques ) vii. 61. & x.
   175
Martial d'Auvergne. ix.    171
Martianay. ( Jean ) 1.  103. [ 100 ]
Maſcaron. ( Jules ) 11. 300. & x.
   98
Maſſon. ( Papire ) v.      182
Menage. ( Gilles ) 1. 312. [ 305 ]
    & x.               60
Meneſtrier. ( Claude François ) 1.
   72. [ 69 ]
Merula. ( George ) vii.     86
Mery. ( Jean ) ix.       360

Mezeray. ( François Eudes de ) v.
  295. & x.            158
Meziriac. ( Claude Gaspar Bachet
  de ) vi.                i
Milton. ( Jean ) ii. 145. & x.    84
Mire. ( Aubert le ) vii.      277
Morhof. ( Daniel George ) ii.    16
Morin. ( Jean-Bapt. ) iii. 88. [86]
Morin. ( Jean ) ix. ii. & x.    186
Motteville. ( Françoise Bertault de)
  vii.             139

### N

N Ain. ( Pierre le ) ii. 311. & x.
     99
Naudé. ( Gabriel ) ix. 76. & to. x.
  187
Niceron. ( Jean François ) vii. 153.
  & x.           175
Noris. ( Henri ) iii. 247. [240] &
  x.            116
Nourry. ( Nicolas le ) i. 281. (275)
  & x.           47

### O

O Learius. ( Godefroy ) t. vii.
     387
Oudin. ( Casimir ) i. 285. ( 278 ) &
  x.            48

Oudinet. ( Marc Antoine ) IX. 257
  & x.                                    190
Ozanam. ( Jacques ) VI.              45

## P

PAgi. ( Antoine ) I. 183. ( 178 )
  & x.                                    13
Pagi. ( François ) VIII.              58
Pancirole. ( Gui ) IX.               183
Panormita. ( Antoine ) IX.           48
Papebrock. ( Daniel ) II. 91. & x.
  79
Papin. ( Isaac ) III. 14. ( 12 ) & x.
  311
Pardies. ( Ignace Gaston ) I. 206.
  ( 202. ) & x.                           19
Paschius. ( George ) VII.            269
Passerat. ( Jean ) II.               320
Patin. ( Charles ) II. 214. & x.     90
Patrizi. ( Augustin ) VII.           392
Patru. ( Olivier ) VI.               209
Paulli. ( Simon ) III. 23. [ 22 ] & x.
  112
Paumier de Gréntemesnil. [ Jacques
  le ] VIII.                             274
Pelliffon Fontanier. [ Paul ] II. 381.
  [ 379 ] & x.                           103
Perinskiold. [ Jean ] I.    68. [66]
                              Perizonius.

Perizonius. [ Jacques ] 1. 21. [20]
  & x. 6

Perot. [ Nicolas ] ix. 374

Pezron. [ Paul ] 1. 177. [ 173 ]

Philelphe. [ François ] vi. 71. & x.
  159

Pictet. [ Benedict. ] 1. 86. [ 84 ] &
  x. 8

Pin. [ Louis Ellies du ] 11. 25. & x.
  75

Pithou. [ Pierre ] v. 41

Placcius. [ Vincent ] 1. 185. [181]

Placette. [ Jean la ] 11. 1

Platine. [ Barthelemi ] viii. 218

Plinius Secundus. [ Caius ] vii. 250

Poggio Bracciolini. ix. 128

Poiret. [ Pierre ] iv. 144. & x. 140

Pomponius Lætus. [ Julius ] vii.
  28

Pontanus. [ Jean Jovien ] viii. 265

Pontico Virunio. [ Louis ] viii.
  33

Postel. [ Guillaume ] viii. 295

## R

R Abusson. [ Paul ] to. 1. 114.
  [ 111 ]

Ramazzini. [ Bernardin ] vi. 227

*Tome X.* E e

Rapin de Thoyras. [ Paul de ] t. 1.
    292. [ 285 ]
Rafficod. [ Etienne ] VIII.        360
Redi. [ François ] III. 386. [ 373 ]
    & x.                           127
Regis. ( Pierre ) VII.              8
Regis. [ Pierre Sylvain ] VI.     402
Reland. [ Adrien ] I. 339. [ 332 ]
    & x.                           62
Rhenferd [ Jacques ] I. 165. [ 161 ]
    & x.                           13
Rotgans. [ Luc ] II.    400. [ 397 ]
Ruffy. [ Louis Antoine de ] I. 128.
    [ 124 ]
Ruinart. [ Thierry ] II.          314

S

Sachs de Lewenheim. [ Philippe
    Jacques ] II.                 336
Sagittarius. [ Gafpar ] IV.       229
Saint-Evremond. [ Charles de ] VII.
    157
Saint-Gelais. [ Mellin de ] v.    197
Saint-Real. [ Cefar Vichard de ] II.
    134. & x.                      84
Sainte-Marthe. [ Abel de ] VIII.
    22
Sainte-Marthe le fils. [ Abel de ]
    VIII.                          24

Sainte-Marthe. ( Abel Louis ) VIII. 30

Sainte-Marthe. ( Charles de ) VIII. 11

Sainte-Marthe. ( Claude de ) VIII. 32. & x. 177

Sainte-Marthe. ( Pierre Scevole de) VIII. 28

Sainte-Marthe. ( Scevole de ) VIII. 12

Sainte-Marthe. ( Scevole & Louis de ) VIII. 25

Sainte-Marthe. ( Denis de ) v. 89

Sallengre. ( Albert Henri de ) t. I. 122. (119) & x. 10

Sallo. ( Denis de ) IX. 272

Sannazar. ( Jacques ) VIII. 249

Sarafin. ( Jean François ) VI. 383. & x. 173

Savary. ( Jacques ) IX. 203

Sauveur. ( Joseph ) IV. 400

Scala. ( Barthelemi ) IX. 165

Schmidt. ( Jean André ) IX. 32

Schmieder. ( Sigifmond ) I. 119. [116]

Schurzfleifch. ( Conrad Samuel ) I. 349. [342] & x. 64

Segneri. ( Paul ) I. 381. [373]

Selden. ( Jean ) v. 21

E e ij

Serres. ( Jean de ) IV. 316. & x. 151

Serroni. ( Hiacinthe ) II.            339

Simon. ( Richard ) I. 237. [ 231 ]
&. x.                               21

Solis. ( Antoine de ) IX. 6. & x. 185

Sorbiere. ( Samuel ) IV. 82. & x. 133

Spanheim. ( Ezechiel ) II.         222

Spon. ( Charles ) II.              297


# T

TAcite. ( Corneille ) VI.         344

Teiffier. ( Antoine ) V.          256

Tentzelius. ( Guillaume Erneft )
III.                     184. [ 179 ]

Texeira. ( Joseph ) V.            401

Thiers. ( Jean-Bapt. ) IV. 341. &
x.                               153

Thomaffin. ( Louis ) III. 167. [163]

Thou. ( Jacques Augufte de ) IX.
309

Tilladet. ( Jean Marie de la Marque ) VIII.                      187

Tite-Live. V.                     156

Toland. ( Jean ) I. 251. [ 245 ] &
x.                               23

Tommaſi. ( Joſeph Marie ) t. III.
273. [ 265 ) & x.         119

Torre. ( Philippe della ) 1. 32. [31]
& x.                  6

Tournefort. ( J. Pitton de ) IV. 354
& x.              154

## V

VAillant. ( Jean Foy ) III. 281.
[ 273 ]

Vaillant. ( Sebaſtien ) VIII. 234. &
x.            182

Valerio. ( Auguſtin ) v.     243

Valois. ( Adrien de ) III. 215. [209]

Valois. ( Henri de ) v. 225. & x.
157

Varillas. ( Antoine ) v.     61

Verardo. ( Charles ) VIII.     357

Verheyen. ( Philippe ) IV.    110

Veſal. ( André ) v. 135. & x. 157

Vieville de Freneuſe. ( Jean Laurent le Cerf de la ) II.     49

Vignier. ( Jerôme ) II. 357. ( 356 )
& x.             100

Villon. ( François ) v.     206

Vormius ( Olaus ) IX.     194

Urfé. ( Honoré d' ) VI. 217. & x.
167

Uſſerius. ( Jacques ) v.     101

Wagenfeil. ( Jean Chriftophe ) II.
   114. & x. 80

Wedelius. ( George Wolfgang ) VII.
   112

Wetftein. ( Rodolphe ) II. 140
Wilkins. ( Jean ) IV. 115. & x. 139.
Wower. ( Jean ) d'Anvers. VI. 65
Wower. ( Jean ) de Hambourg VI.
   55

*Fin de la Table alphabetique.*

# TABLE

## NECROLOGIQUE

*Des Auteurs contenus dans les dix premiers Volumes de ces Memoires.*

Le chiffre Romain marque le Volume, & le chiffre Arabe la page ; & lorsqu'il est renfermé entre deux crochets , il désigne les pages de la seconde édition du Volume.

### *I. Siecle.*

Tite-Live , mort l'an 17. t. v.
   p. 156
Pline l'ancien , m. en 76. VII. 250.
Tacite. ( Corneille ) m. à la fin de ce siecle ou au commencement du suivant. VI.        344

### *XII. Siecle,*

Abelard. ( Pierre ) m. le 21. Avril
1142. IV.               I

## XV. Siecle.

Angriani. (Michel) m. le 16. Novembre 1400. v.     394

Frezzi. (Frederic) m. en 1416. vii. 143

Poggio Bracciolini. m. le 30. Octobre 1459. ix.     128

Patrizi. (Auguftin) m. en 1469. vii.     392

Panormita. (Antoine) m. le 6. Janvier 1471. ix.     48

Campani. (Jean Antoine) m. le 15. Juillet 1477. ii. 268. & x.     93

Perot. (Nicolas) m. en 1480. ix. 374

Philelphe. (François) m. en 1480. vi. 71. & x.     159

Barlette. (Gabriel) m. après 1480. iii.     i

Platine. (Barthelemi) m. en 1481. viii.     218

Fulgofe. (Baptifte) m. après l'an 1483. ix.     i

Juftiniani. (Bernard) m. le 10. Mars 1489. vii.     i

Merula. (George) m. en Mars 1494. vii.     86

Callimaco

Callimaco Efperiente. ( Philippe )
.m. le 1. Novembre 1496. vi.
96

Pomponius Lætus. ( Julius ) m. le
21. Mai 1497. vii.              28

Scala. (Barthelemi ) m. en 1497. ix.
165

Ficin. ( Marfile ) m. en 1499. v.
214

Bracelli. ( Jacques ) m. dans le 15.
fiecle. v i i.                 371

Villon. ( François ) m. à la fin du
15. fiecle. v.                 206

## XVI. Siecle.

Corio. ( Bernardin ) m. vers 1500.
vii.                           373

Codrus. ( Antoine Urceus ) m. en
1500. iv.                      332

Verardo. ( Charles ) m. le 13. Decembre 1500. viii.             357

Pontanus. ( Jean Jovien ) m. en
Août 1503. viii.               265

Martial d'Auvergne. m. en 1508.
ix.                            171

Pontico Virunio. ( Louis ) m. en
1520. viii.                    33

Alexandre ab Alexandro. m. le 2.
Octobre 1523. vi.              339

Linacer. ( Thomas ) m. le 20. Octobre 1524. IV. 263

Alcyonius. ( Pierre ) m. vers 1527. ou 1528. VI. 150

Sannazar. ( Jacques ) m. en 1530. VIII. 249

Budé. ( Guillaume ) m. le 23. Août 1540. VIII. 371

Chaffeneuz. ( Barthelemi de ) m. en 1541. III. 365. [ 353 ] & x. 123

Folengo. ( Theophile ) m. le 9. Decembre 1543. VIII. 1. & x. 177

Ferreti. ( Emilio ) m. le 14. Juillet 1552. v. 13

Sainte-Marthe. ( Charles de ) m. en 1555. VIII. 11

Saint-Gelais. ( Mellin de ) m. vers 1558. v. 197

Fallope. ( Gabriel ) m. le 9. Octobre 1562. IV. 396

Vesal. ( André ) m. le 15. Octobre 1564. v. 135. & x. 157

Fedele. ( Caffandre ) m. vers 1567. VIII. 366

Castelvetro. ( Louis ) m. le 21. Fevrier 1571. IX. 211

Begat. ( Jean ) m. le 21. Juin 1572. VI. 166

Junius ( Adrien ) m. le 16. Juin
1575. VII. 399

Commandino. ( Frederic ) m. le 3.
Septembre 1575. VI. 364

Carranza. ( Barthelemi ) m. le 2.
Mai 1576. IV. 249. & x. 146

Poftel. ( Guillaume ) m. le 6. Septembre 1581. VIII. 295

Languet. ( Hubert ) m. le 30. Septembre 1581. III. 292. [ 283 ]

Buchanan. ( George ) m. le 28. Septembre 1582. VII. 212. & t. x.
176

Ferrari. ( Octavien ) m. en 1586.
v. 86

Auguftin. ( Antoine ) m. le 31. Mai
1586. IX. 58

Afpilcueta. ( Martin ) m. le 21. Juin
1586. v. 1

Cujas. ( Jacques ) m. le 4. Octobre
1590. VIII. 160. & x. 180

Briffon. ( Barnabé ) m. le 15. Novembre 1591. IX. 297

Amyot. ( Jacques ) m. le 6. Fevrier
1593. IV. 45

Pithou. ( Pierre ) m. le 1. Novembre 1596. v. 41

Serres. ( Jean de ) m. en 1598. IV.
316. & x. 151

Pancirole. ( Gui ) m. le 1. Juin
1599. IX. 183

## XVII. Siecle.

Ammirato. ( Scipion ) m. le 30.
Janvier 1600. IV. 99. & X. 134
Pafferat. ( Jean ) m. le 14. Septem-
bre 1602. II. 320
Maffée. ( Jean Pierre ) m. le 20.
Octobre 1603. V. 324
Valerio. ( Auguftin ) m. le 24. Mai
1606. V. 243
Dée. ( Jean ) m. en 1607. I. 353.
[ 345 ]
Maffon. ( Papire ) m. le 9. Janvier
1611. V. 182
Wower ( Jean ) de Hambourg. m.
le 30. Mars 1612. VI. 55
Fevre. ( Nicolas le ) m. le 4. No-
vembre 1612. VII. 131
Thou. ( Jacques Augufte de ) m. le
16. Mai 1617. IX. 309
Texeira. (Jofeph) m. vers l'an 1620.
V. 401
Baranzan. ( Redempt ) m. le 23.
Decembre 1622. III. 43. [41]
Sainte-Marthe. ( Scevole de ) m. le
29. Mars 1623. VIII. 12

Coeffeteau. ( Nicolas ) m. le 21.
Avril 1623. III. 6

Bergier. ( Nicolas ) m. le 15. Septembre 1623. VI. 396. & t. x.
174

Erpenius. ( Thomas ) m. le 13. Novembre 1624. v. 381

Urfé. ( Honoré d' ) m. en 1625. VI.
217. & x. 167

Gruter. ( Janus ) m. le 20. Septembre 1627. IX. 388

Malherbe. ( François de ) m. en
1628. VII. 40

Bartholin. ( Gaspar ) m. le 13. Juillet 1629. VI. 121

Fienus. ( Thomas ) m. en 1631.
II. 403. [ 400 ]

Donne. ( Jean ) m. le 31. Mars 1631.
VIII. 38

Wower ( Jean ) d'Anvers. m. le 23.
Septembre 1635. VI. 65

Meziriac. ( Claude Gaspar Bachet
de ) m. le 26. Fevrier 1638. VI. 1

Cuneus. ( Pierre ) mort en Novembre 1638. VI. 240

Campanella. ( Thomas ) m. le 21.
Mai 1639. VII. 67

Chesne. ( André du ) m. le 30. Mai
1640. VII. 322

Mire. ( Aubert le ) m. le 19. Octo-
    bre 1640. VII.                   277

Episcopius. ( Simon ) m. le 4. Avril
    1643. III.              306 [297]

Chillingworth. ( Guillaume ) m. en
    Janvier 1644. III.    331. [320]

Niceron. ( Jean François ) m. le 22.
    Septembre 1646. VII. 153. & X.
    175

Beverovicius. ( Jean ) m. le 19. Jan-
    vier 1647. IX.                   110

Sainte Marthe le fils. ( Scevole de )
    m. le 7. Septembre 1650. VIII.
    25

Gravius. ( Jean ) m. en Octobre
    1652. VIII.                      287

Sainte-Marthe. ( Abel de ) m. en
    1652. VIII.                       22

Naudé. ( Gabriel ) m. le 29. Juillet
    1653. IX. 76. & X.               187

Boxhornius. ( Marc Zuerius ) m. le
    3. Octobre 1653. IV.            181

Gataker. ( Thomas ) m. le 27. Juin
    1654. VIII.                       79

Vormius. ( Olaus ) m. le 31. Août
    1654. IX.                        194

Selden. ( Jean ) m. le 30. Novemb.
    1654. V.                          21

Sarasin. ( Jean François ) m. en

Decembre 1654. VI. 383. & X. 173

Usserius. ( Jacques ) m. le 21. Mars
1655. V. 101

Blondel. ( David ) m. le 6. Avril
1655. VIII. 44. & X. 178

Guadagnoli. ( Philippe ) m. le 27.
Mars 1656. VII. 271

Sainte-Marthe. ( Louis de ) m. le
29. Avril 1656. VIII. 25

Morin. ( Jean B. ) m. le 6. Novembre 1656. III. 88. [86]

Barthius. ( Gaspar ) m. le 17. Septembre 1658. VII. 14

Morin. ( Jean ) m. le 28. Fevrier
1659. IX. 11. & X. 186

Dupleix. ( Scipion ) m. en Mars
1661. II. 302. & X. 98

Fevret. ( Charles ) m. le 12. Août
1661. II. 289

Vignier. ( Jerôme ) m. le 14. Novembre 1661. II. 357. [356] &
X. 100

Heylin. ( Pierre ) m. le 8. Mai 1663.
I. 308. [301] & X. 56

Linden. ( Jean A. vander ) m. le 5.
Mars 1664. III. 323. [313]

Ablancourt. ( Nicolas Perrot d' )
m. le 7. Novembre 1664. VI. 317.
& X. 171

Hottinger. (Jean-Henri) m. le 5.
   Juin 1667. VIII.         115

Sallo. (Denis de) m. en 1669. IX.
   272

Allatius. ( Leon ) m. en Janvier
   1669. VIII.         91

Cocceius. ( Jean ) m. le 5. Novembre 1669. VIII.       193

Sorbiere. (Samuel) m. le 9. Avril
   1670. IV. 82. & x.    133

Daillé. (Jean) m. le 15. Avril 1670.
   III.        66. [ 64 ]

Paumier de Grentemefnil. (Jacques
   le ) m. le 1. Octobre 1670. VIII.
   274

Sachs de Lewenheim. ( Philippe
   Jacques ) m. le 7. Janvier 1672.
   II.        336

Cofin. [ Jean ] m. le 25. Janvier
   1672. I.     376. [ 368 ]

Fevre. [ Taneguile ] m. le 12. Septembre 1672. III.   105. [ 103 ]

Wilkins. [ Jean ] m. le 19. Novembre 1672. IV. 115. & x.   139

Pardies. [ Ignace Gafton ] m. en
   Avril 1673. I. 206. [ 202 ] & x.
   19

Milton. [ Jean ] m. en 1674. II. 145.
   & x,       84

Bona. [ Jean ] m. le 20. Octobre 1674. 111. 37. [ 35 ] & x. 114

Lightfoot. [ Jean ] m. le 6. Decembre 1675. VI. 307

Hedelin d'Aubignac. [ François ] m. le 25. Avril 1676. IV. 120

Valois. [ Henri de ] m. le 7. Mai 1676. v. 225. & x. 157

Hobbes. [ Thomas ] m. le 4. Decembre 1679. IV. 66

Butler. [ Samuel ] m. en 1680. 1 x. 267.

Paulli. [ Simon ] m. en 1680. 111. 23. [ 22 ] & x. 112

Bossu. [ René le ] m. le 14. Mars 1680. VI. 68

Bartholin. [ Thomas ] m. le 4. Decembre 1680. v 1. 131

Patru. [ Olivier ] m. le 16. Janvier 1681. VI. 209

Cointe. [ Charles le ] m. le 18. Janvier 1681. IV. 269. & x. 147

Lupus. [ Chrétien ] m. le 10. Juillet 1681. VII. 104

Ferrari [ Ottavio ] m. le 7. Mars 1682. v. 77

Mezeray. [ François Eudes de ] m. le 10. Juillet 1683. v. 295. & x. 158

Spon. [ Charles ] m. le 21. Fevrier
    1684. II.               297

Wetstein. [ Jean Rodolphe ] m. le
    II. Decembre 1684. II.    140

Solis. [ Antoine de ] m. le 19. Avril
    1686. IX. 6. & x.       185

Cotelier. [ Jean B. ] m. le 12. Août
    1686. IV. 243. & x.     145

Serroni. [ Hiacinthe ] m. le 7. Jan-
    vier 1687. II.         339

Claude. [ Jean ] m. le 13. Janvier
    1687. IV.           387

Cange. [ Charles du ] m. le 23. Oc-
    tobre 1688. VIII. 69. & x.  178

Boner. [ Theophile ] m. le 29. Mars
    1689. v.          365

Bigot. [ Emeri ] m. le 18. Decembre
    1689. VIII. 86. & x.     178

Hallé. [ Pierre ] m. le 27. Decem-
    bre 1689. III. 243. [ 236. ] & x.
    116

Motteville. [ François Bertault de ]
    m. le 29. Decembre 1689. VII.
    139

Hermant. [ Godefroy ] m. le II.
    Juillet 1690. III.    200. [ 195 ]

Sainte-Marthe. [ Pierre Scevole de ]
    m. le 9. Août 1690. VIII.    28

Sainte-Marthe. [ Claude de ] m. le

11. Octobre 1690. VIII. 32. & x. 177

Savary. [ Jacques ] m. le 12. Octobre 1690. IX. 203

Morhof [ Daniel George ] m. le 30. Juillet 1691. II. 16

Saint-Real. [ Cesar Vichard de ] m. en 1692. II. 134. & x. 84

Colomiés. ( Paul ) m. le 13. Janvier 1692. VII. 196

Valois. ( Adrien de ) m. le 2. Juillet 1692. III. 215. ( 209 )

Menage. ( Gilles ) m. le 23. Juillet 1692. I. 312. & x. 60

Ancillon. ( David ) m. le 11. Septembre 1692. VII. 373

Pellisson Fontanier. ( Paul ) m. le 7. Fevrier 1693. II. 381. [ 379. ] & x. 103

Patin. ( Charles ) m. le 2. Octobre 1693. II. 214. & x. 90

Sagittarius. ( Gaspar ) m. le 9. Mars 1694. IV. 229

Boulliaud. ( Ismael ) m. le 25. Novembre 1694. I. 334. [ 327 ] & x. 61

Malpighi. ( Marcel ) m. le 29. Novembre 1694. IV. 57

Boisot. ( Jean-Baptiste ) m. le 4.

Decembre 1694. v.                    371

Segneri. ( Paul ) m. le 9. Decembre
1694. 1.                    381. [373]

Felibien. ( André ) m. le 11. Juin
1695. 11. 342. & x.                    99

Herbelot. ( Barthelemi d' ) m. le 8.
Decembre 1695. iv.                    410

Thomaffin. ( Louis ) m. le 24. Decembre 1695. iii.          167. [163]

Varillas. ( Antoine ) m. le 9. Juin
1696. v.                    61

Bois. ( Gerard du ) m. en Juillet
1696. v.                    151

Redi. ( François ) m. le 1. Mars 1697.
iv. 380. & x.                    127

Sainte Marthe. ( Abel Louis de )
m. le 7. Avril 1697. viii.          30

Antelmi. ( Joseph ) m. le 21. Juin
1697. v.                    145

Kuhnius. ( Joachim ) m. le 11. Decembre 1697. iv. 392. & x. 156

Ciampini. ( Jean Juftin ) m. le 12.
Juillet 1698. iv.                    193

Bynæus. ( Antoine ) m. le 29. Août
1698 vii.                    122

Ferrand. ( Louis ) m. le 11. Mars
1699. 1. 13. [ 12 ] & x.          2

Placcius. ( Vincent ) m. le 6. Avril
1699. 1.                    185. [181]

Pagi. ( Antoine ) m. le 5. Juin
   1699. 1. 183. & x.       13

Aguirre. ( Joseph Saens d' ) m. le
   19. Août 1699. III. 225. [ 219 ]

Bourdelin. ( Claude ) m. le 15. Octobre 1699. VII.       98

## XVIII. Siecle.

Aubrey. ( Jean ) m. vers l'an 1700.
   IV.       311

Fabretti. ( Raphael ) m. le 7. Janvier 1700. IV.       372

Joly. ( Claude ) m. le 15. Janvier
   1700. IX. 116. & x.       188

Baudran. ( Michel Antoine ) m. le
   29. Avril 1700. 11.       10

Leti. ( Gregorio ) m. le 9. Juin
   1701. 11. 360. ( 359. ) & x. 101

Jacobæus. ( Oliger ) m. le 18. Juin
   1701. 1. 386. ( 379 ) & x.    74

Bouhours. ( Dominique ) m. le 27.
   Mai 1702. 11. 278. & x.    97

Bellini. ( Laurent ) m. le 8. Janvier
   1703. v.       356

Grævius. ( Jean George ) m. le 11.
   Janvier 1703. 11.       233

Thiers. ( Jean-B. ) m. en Mars 1703.
   IV. 341. & x.       153

Saint-Evremond. ( Charles de ) m.
le 20. Septembre 1703. VII. 157

Mascaron. ( Jules ) m. le 16. Novembre 1703. II. 300. & x. 98

Noris. ( Henri ) m. le 23. Fevrier
1704. III. 247. [ 240 ] & x. 116

Ludolf. ( Job ) m. le 8. Avril 1704.
III. 51. [49]

Bossuet. ( Jacques Benigne ) m. le
12. Avril 1704. II. 248. & x.
92

Gousset. ( Jacques ) m. le 4. Novembre 1704. II. 253. & t. x.
100

Locke. ( Jean ) m. le 7. Novembre
1704. I. 37. [ 35 ] & x. 7

Bocconi. ( Silvio ) m. le 22. Decembre 1704. II. 161. & x. 85

Meneftrier. ( Claude François ) m.
le 21. Janvier 1705. I. 72. [69]

Beger. ( Laurent ) m. le 21. Fevrier
1705. IV. 168

Bernoulli. ( Jacques ) m. le 16. Août
1705. II. 53

Wagenseil. ( Jean Christophe ) m.
le 9. Octobre 1705. II. 114. & x.
80

Baillet. ( Adrien ) m. le 12. Janvier
1706. III. 26. [25]

Gryphius. ( Chriſtian ) mort le 6. Mars 1706. ii. 89. & x. 78

Hamel. ( Jean-Baptiſte du ) m. le 6. Août 1706. i. 271. [ 265 ] & x. 46

Pezron. ( Paul ) m. le 10. Octobre 1706. i. 177. [ 173 ]

Vaillant. ( Jean Foy ) m. le 23. Octobre 1706. iii. 281. [ 273 ]

Sainte-Marthe ( Abel de ) le fils. m. le 30. Novembre 1706. viii. 24

Bayle. ( Pierre ) m. le 28. Decembre 1706. vi. 251. & x. 168

Regis. ( Pierre Sylvain ) m. le 11. Janvier 1707. vi. 402

Gallois. ( Jean ) m. le 19. Avril 1707. viii. 153

Calliachi. ( Nicolas ) le 8. Mai 1707. viii. 135

Cellarius. ( Chriſtophe ) m. le 4. Juin 1707. v. 271

Ruinart. ( Thierry ) m. le 24. Septembre 1707. ii. 314

Filicaia. ( Vincent de ) m. le 27. Septembre 1707. i. 384. [ 376 ]

Paſchius. ( George ) m. le 30. Septembre 1707. vii. 269

Vieville de Freneuſe. ( Jean Lau-

rent le Cerf de la ) m. le 10. Novembre 1707. II.                    49

Tentzelius. ( Guillaume Erneſt )
m. le 24. Novembre 1707. III.
184. [ 179 ]

Caſati. ( Paul ) m. le 22. Decembre
1707. I.                    173. [ 169 ]

Mabillon. ( Jean ) m. le 27. Decembre 1707. VII.                    336

Averani. ( Benoît ) m. le 28. Decembre 1707. II.                    96

Schurzfleiſch. ( Conrad Samuel ) m.
le 7. Juillet 1708. I. 349. [ 342 ]
& x.                    64

Jaquelot. ( Iſaac ) m. le 20. Octobre 1708. VI.                    374

Tournefort. ( Joſeph Pitton de ) m.
le 28. Decembre 1708. IV. 354.
& x.                    154

Papin. ( Iſaac ) m. le 29. Juin 1709.
III. 14. [ 12 ] & x.                    111

Verheyen. ( Philippe ) m. le 28.
Janvier 1710. IV.                    110

Flechier. ( Eſprit ) m. le 16. Fevrier 1710. I. 367. [ 359 ] & x.
73

Bull. ( George ) m. le 28. Fevrier
1710. I.                    213. [ 208 ]

Baſnage de Bauval. ( Henri ) m. le
29

29. Mars 1720. II. 206. & x. 88

Croese. ( Gerard ) m. le 10. Mai
1710. VI. 247. & x. 168

Guglielmini. ( Dominique ) m. le
12. Juillet 1710. I. 96. [ 93 ] &
x. 10

Rotgans (Luc) m. le 3. Novembre 1710. II. 400. [ 397 ]

Spanheim. ( Ezechiel ) m. le 7. Novembre 1710. II. 222

Auria. ( Vincent ) m. le 6. Decembre 1710. III. 230. [ 224 ]

Magalotti. ( Laurent ) m. le 2. Mars
1711. VII. 239. [ 232 ]

Lamy. ( François ) m. le 11. Avril
1711. III. 355. [ 344 ] & t. x.
122

Bourdelin. (Claude) le fils. m. le 20.
Avril 1711. VII. 101

Dodwel. ( Henri ) m. le 7. Juin
1711. I. 142. [ 138 ]

Giordani. (Vitale) m. le 3. Novembre 1711. III. 83. [ 80 ]

Faille. ( Germain de la ) m. le 12.
Novembre 1711. IV. 162

Oudinet. ( Marc Antoine ) m. le 12.
Janvier 1712. IX. 257. & t. x.
190

*Tome X.* Gg

Simon. ( Richard ) m. en Avril
1712. 1. 237. [ 231 ] & to. x.
21

Courtils, [ Gatien Sandras des ] m.
le 6. Mai 1712. 11. 165. & t. x.
86

Dez. ( Jean ) m. le 12. Seprembre
1712. II.                              333

Caffini. ( Jean Dominique ) m. le
14. Septembre 1712. VII.   287

Rhenferd. ( Jacques ) m. le 7. Octobre 1712. 1. 165. [ 161 ] &
x.                                    13

Tommafi. ( Jofeph Marie ) m. le 1.
Janvier 1713. III. 273. [ 265 ]
& x.                                119

Bidloo. ( Godefroy ) m. en Avril
1713. VII.                          125

Defmarais. ( François Seraphin Re-
gnier ) m. le 6. Septembre 1713.
v.                                   355

Nain. ( Pierre le ) m. le 4. Decembre 1713. II. 311. & x.      99

Papebrock. ( Daniel ) m. le 28.
Juin 1714. H. 91. & x.       79

Magliabecchi. ( Antoine ) m. le 14.
Juillet 1714. IV.               221

Marchetti. ( Alexandre ) m. le 6.

Septembre 1714. VI. 300

Ramazzini. ( Bernardin ) m. le 5.
Novembre 1714. VI. 227

Lamy. ( Bernard ) m. le 29. Janvier 1715. VI. 96. & x. 166

Gazola. ( Joseph ) m. le 14. Fev.
1715. IX. 262

Galland. ( Antoine ) m. le 17. Fev.
1715. VI. 183

Burnet. ( Gilbert ) m. le 27. Mars
1715. VI. 12. & x. 159

Perizonius. ( Jacques ) m. le 6. A-
vril 1715. 21. ( 20 ) & t. x. 6

Lemery. ( Nicolas ) m. le 19. Juin
1715. IV. 212

Ancillon. ( Charles ) m. le 5. Juillet 1715. VII. 382

Tilladet. ( Jean Marie de la Marque ) m. le 15. Juillet 1715.
VIII. 187

Teissier. ( Antoine ) m. le 7. Septembre 1715. V. 256

Malebranche. ( Nicolas ) m. le 13.
Octobre 1715. II. 122

Olearius. ( Godefroy ) m. le 10. Novembre 1715. VII. 387

Sauveur. ( Joseph ) m. le 9. Juillet
1716. IV. 400

Kuſter. ( Ludolf ) m. le 12. Octobre 1716. 1. 300. [ 293 ] & x. 53

Gronovius. ( Jacques ) m. le 21. Octobre 1716. II. 177. & t. x. 87

Leibnits. ( Godefroy Guillaume ) m. le 14. Novembre 1716. t. II. 64. & x.                                  77

Cuper. ( Gisbert ) m. le 22. Novembre 1716. VI.                        88

Torre. ( Philippe della ) m. le 25. Fevrier 1717. 1. 32. & x.        6

Ozanam. ( Jacques ) m. le 3. Avril 1717. VI.                                45

Bourdelin. ( François ) m. le 23. Mai 1717. VII.                            105

Martianay. ( Jean ) m. le 16. Juin 1717. 1.            103. [ 100 ]

Oudin. ( Caſimir ) m. en Septembre 1717. 1. 285. [ 278 ] & x. 46

Schmieder. ( Sigiſmond ) m. le 15. Octobre 1717. 1.  119. [ 116 ]

Rabuſſon. ( Paul ) m. le 23. Octobre 1717. 1.            114. [ 111 [

Reland. ( Adrien ) m. le 15. Fevrier 1718. 1. 339. ( 332 ) & t. x.  62

Raſſicod. (Etienne ) m. le 17. Mars.
1718. viii. 360.

Collet. ( Philibert ) m. le 31. Mars
1718. iii. 258. [251] & x. 118

Hire. (Philippe de la ) m. le 21.
Avril 1718. v. 335

Placette. ( Jean la ) m. le 25. Avril
1718. ii. I

Bernard. ( Jacques ) m. le 27. Avril
1718. i. 133. [130]

Baluze. ( Etienne ) m. le 28. Juillet 1718. i. 194. [189) & t. x.
16

Cumberland. ( Richard ) m. en
1719. v. 328

Larrey. (Iſaac de ) m. le 17. Mars.
1719. t. i. p. 1. & x. I

Poiret. (Pierre) m. le 21. Mai 1719.
iv. 144. & x. 140

Pin. ( Louis Ellies du ) m. le 6. Juin
1719. ii. 25. & x. 75

Cocceji. ( Henri de ) m. le 18. Août
1719. ix. 281

Hudſon. (Jean ) m. le 27. Novembre 1719. v. 350

Perinskiold. ( Jean ) m. le 24. Mars.
1720. i. 68. [66]

Fevre. ( Anne le ) m. le 17. Août

1720. III..        126. [ 123 ]

Pagi. (François) m. le 21. Janvier 1721. VII.      58

Huet. (Pierre Daniel) m. le 26. Janvier 1721. I. 51. [ 49 ] & x. 8

Long. (Jacques le ) m. le 13. Août 1721. I. 159. [ 154 ] & x.    12

Wedelius. ( George Wolfgang ) m. le 6. Septembre 1721. VII. 112

Toland. ( Jean ) m. le 21. Mars 1722. t. I. 251. [ 245 ] & t. x. 23

Vaillant. ( Sebastien ) mort le 26. Mai 1722. VIII. 234. & t. x. 182

Mery. ( Jean ) m. le 3. Novembre 1722. IX.      360

Fleury. ( Claude ) m. le 14. Juillet 1723. VIII. 389. & x.    182

Sallengre. ( Albert Henri de ) m. le 27. Juillet 1723. I. 122. [ 119 ] & x.      11

Dacier. ( André ) m. le 18. Septembre 1723. III.   148. [ 145 ]

Basnage. ( Jacques ) m. le 22. Decembre 1723. IV. 294. & t. x. 147

Nourry. ( Nicolas le ) m. le 24.
Mars 1724. 1. 281. [ 275 ] & x.
47

Ruffy. ( Louis Antoine de ) m. le
26. Mars 1724. 1. . 128. [ 124 ]

Pictet. ( Benedict ) m. le 10. Juin.
1724. 1. 86. [ 84 ] & x. 9

Alexandre. ( Noel ) m. le 21. Août.
1724. III. 339. [ 328 ] & t. x.
122

Marfollier. ( Jacques ) m. le 30.
Août 1724. to. VII. 61. & to. x.
175

Blanchard. ( Guillaume ) m. le 24.
Septembre 1724. tom. 1. 289.
[ 282 ]

Sainte-Marthe. ( Denis de ) m. le
30. Mars 1725. v. 89.

Rapin de Thoyras. ( Paul de ) m.
le 16. Mai 1725. 1. 292. [ 285 ]

Hartfoeker. ( Nicolas ) m. le 10.
Decembre 1725. VIII. 54

Delifle. ( Guillaume ) m. le 25. Janvier 1726. t. 1. 219. [ 214 ] &
t. x. 20

Schmidt. ( Jean André ) m. le 12.
Juin 1726. IX. 32.

Regis. ( Pierre ) m. le 30. De-

clxx *Table necrologique*, &c.

cembre 1726. to. VII.                    8

Lenfant. ( Jacques ) m. le 7. Août
    1728. ix.                          243

Bocquillot. ( Lazare André ) m. le
    22. Septembre 1728. VIII. 400.
    & x.                              184

*Fin de la Table necrologique.*

**PRIVILEGE**

Tome X.                                    H

condition qu'élles foient, d'en introduire d'impreffion étrangere dans aucun lieu de notre obéïffance;
comme auffi à tous Libraires-Imprimeurs & autres, d'imprimer, faire imprimer, vendre, faire vendre, débiter, ni contrefaire lefdits Memoires &
Catalogue ci-deffus expofés, en tout ni en partie, ni
d'en faire aucuns Extraits, fous quelque prétexte
que ce foit, d'augmentation, correction, changement de Titre, ou autrement, fans la permiffion ex-
preffe & par écrit dud. Expofant ou de ceux qui au-
ront droit de lui, à peine de confifcation des Exemplaires contrefaits, de trois mille livres d'amen-
de contre chacun des contrevenans, dont un tiers
à Nous, un tiers à l'Hôtel-Dieu de Paris, l'autre
tiers audit Expofant, & de tous dépens, domma-
ges & interêts. A la charge que ces Préfentes feront enregiftrées tout au long fur le Regiftre de la
Communauté des Libraires & Imprimeurs de Paris,
& ce dans trois mois de la datte d'icelles, que
l'impreffion de ce Livre fera faite dans notre
Royaume & non ailleurs, & que l'Impetrant fe
conformera en tout aux Reglemens de la Libr. &
notamment à celui du 10. Av. 1725. & qu'avant
de l'expofer en vente, le manufcrit ou imprimé
qui aura fervi de copie à l'impreffion dudit Livre
fera remis dans le même état où l'Approbation
y aura été donnée, ès mains de notre très-cher &
feal Chevalier Garde des Sceaux de France le fieur
Fleuriau d'Armenonville, Commandeur de nos
Ordres; & qu'il en fera remis 2 exemplaires dans
nôtre Bibliotheque publique, un dans celle de nôtre Château du Louvre, & un dans celle de nôtre
très-cher & feal Chevalier Garde des Sceaux de
France le Sr Fleuriau d'Armenonville, Commandeur de nos Ordres; le tout à peine de nullité des
Prefentes, du contenu defquelles vous mandons
& enjoignons de faire jouïr l'Expofant ou fes
ayans caufe pleinement & paifiblement, fans fouf-
frir qu'il leur foit fait aucun trouble ou empêche-
ment. Voulons que la copie des Prefentes qui
fera imprimée tout au long au commencement
ou à la fin dud. Livre foit tenue pour dûëment
fignifiée, & qu'aux copies collationnées par l'un

de nos amez & féaux Conseillers & Secretaires, foi soit ajoutée comme à l'original COMMANDONS au premier notre Huissier ou Sergent, de faire pour l'execution d'icelles, tous Actes requis & necessaires, sans demander autre permission, & nonobstant clameur de Haro, Charte Normande, & Lettres à ce contraires : CAR tel est notre plaisir. DONNE' à Paris le 28 Novembre l'an de Grace mil sept cens vingt-six, & de notre Regne le douziéme, Par le Roy en son Conseil,
DE S. HILAIRE.

*Registré sur le Registre VI. de la Chambre Royale des Libraires & Imprimeurs de Paris, N. 530. F. 421. conformément aux anciens Reglemens confirmez par celui du 28 Fevrier 1723. A Paris le 3. Decembre 1726.*
Signé, VINCENT, Adjoint.

De l'Imprimerie de GISSEY, ruë de la vieille Bouclerie.

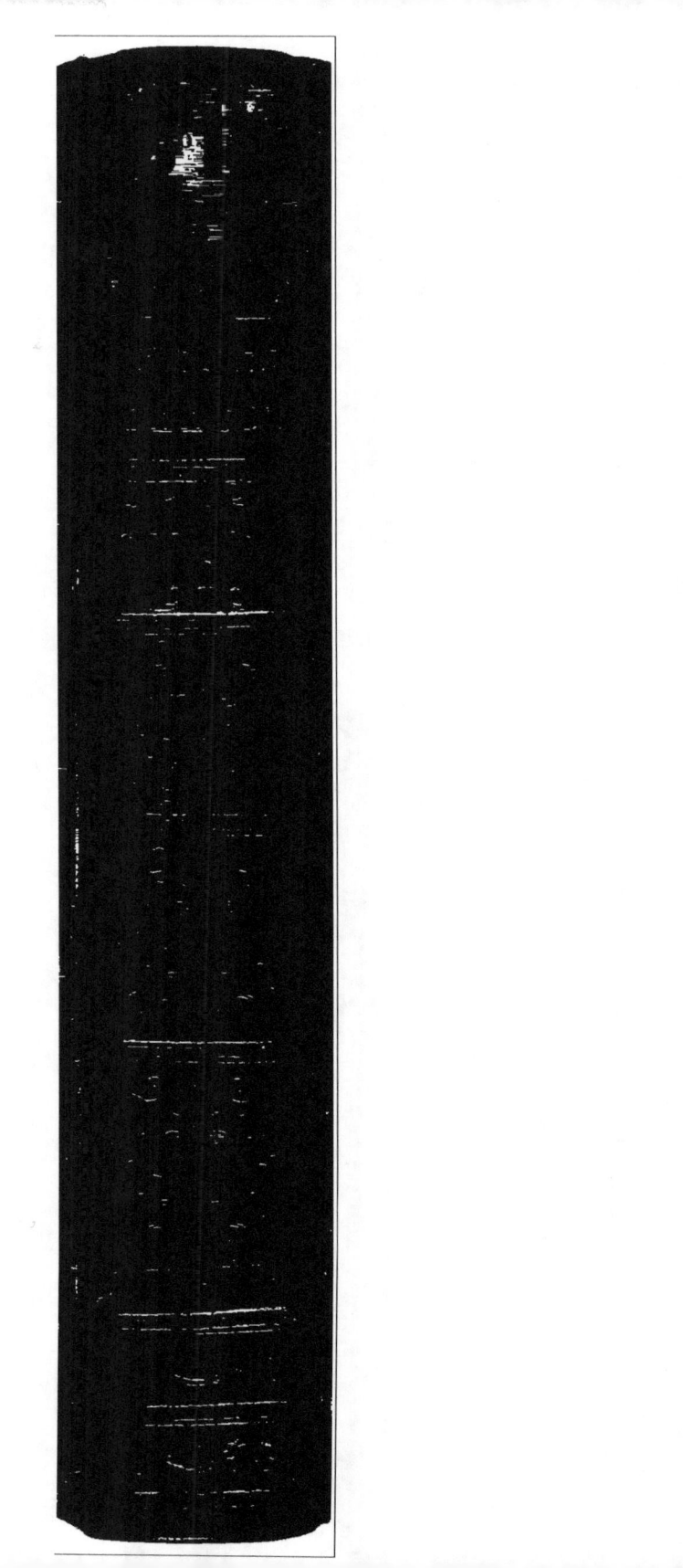